KB017136

가족 3

가족 3

초판1쇄 발행 | 2016년 11월 10일
초판1쇄 발행 | 2016년 11월 20일

지은이 | 이원호
펴낸이 | 박연
펴낸곳 | 한결미디어

등록일자 | 2006년 7월 24일
등록번호 | 제313-2006-000152호
주소 | 서울시 마포구 모래내로 83 한올빌딩 6층
전화번호 | 02 · 704 · 3331
팩스번호 | 02 · 704 · 3330

ISBN 979-11-5916-029-5 979-11-5916-026-4(set) 04810

가족

이원호 지음

③ 눈물이 넘쳐서 흙이 되었다

한결미디어

목차

10장 어머니

그날 오후, 최혜영과 정영아는 말을 맞췄는지 함께 도착했다. 최혜영이 대전에서 정영아를 만나 같이 차를 타고 온 것이다.

"어머니."

건성으로 김선호에게 인사를 하고 난 둘이 윤수정에게 달려들었으므로 집안 분위기가 대번에 가라앉았다. 일요일이어서 집에 있던 박미경도 인사를 하지 못한 채 기둥 옆에 몸을 숨기고 있다. 당황한 윤수정이 앞장서서 방 안으로 들어갔고 제각기 가방과 선물 꾸러미를 팽개친 두 며느리가 뒤를 따른다. 김동수의 눈짓을 받은 김희선이 따라 들어가 방에는 여자들만 넷이 모였다.

"며느리들이 이제 알게 된 거냐?"

마당에서 얼쩡거리던 윤재일이 김태수 형제에게 물었지만 대답은 돌아오지 않았다. 윤재일은 마당에서 두 외조카며느리들을 만났지만 인사도 제대로 받지 못했던 것이다. 김선호가 마루 끝에 앉아서 한숨만 쉬었을 때 방 안에서 울음소리가 터졌다. 정영아의 울음소리에 이어서 최혜영도 운다.

"엄니, 이게 무슨 일이대요!"

정영아가 소리치며 울었다.

"왜 우리 엄니가!"

정영아는 지난 사건 이후로 윤수정에게 각별했다. 수시로 윤수정에게 안부를 묻고 선물을 보냈는데 진심이 묻어났다. 10년쯤 전에 친정어머니가 오빠가 있는 미국으로 건너간 터라 요즘은 친정어머니처럼 대해왔던 것이다. 울음소리가 그치지 않았으므로 입맛을 다신 김선호가 김동수에게 말했다.

"네가 들어가 봐라, 금방 어떻게 될 것도 아닌데 왜 저러냐?"

"그치겠지요."

마당에 선 김동수가 외면한 채 말했다.

"에이, 나 좀 나갔다 올란다."

몸을 일으킨 김선호가 마당으로 내려오자 윤재일이 따라왔다.

"형님, 어디 가시게요?"

"네가 알아서 뭐하게?"

"저도 같이 갑시다."

김선호가 대답하지 않는 것을 승낙으로 받아들인 윤재일이 옆을 따른다. 철수가 둘을 따라가다가 마당으로 돌아왔다. 방 안의 울음은 어느새 잦아들고 윤수정의 달래는 목소리가 들렸다.

"오늘 집에 가기는 틀렸지?"

마당에 선 김동수가 김태수에게 물었다.

"형은 회사 안 바빠?"

"아, 그거야."

"난 내일 아침에 강의 있는데…"

"종근 엄마는 여기 있을 테니까 넌 저녁때 올라가라."

"형, 애들은 괜찮아?"

"아줌마가 있으니까 괜찮아."

"참 아줌마가 있지."

그사이에 방 안에서 울음소리는 들리지 않았다.

"사는 게 다 그래."

김태수가 안방을 바라보며 혼잣말처럼 말했다.

"그놈의 시간이란 게 말이다."

"시간이 왜?"

"사람을 가만두지 않는구나."

김태수의 얼굴이 일그러졌다.

"좋은 일도, 슬픈 일도 다 쓸고 가는 거야."

"…."

"가만 생각하면 인간도 저 땅바닥에 떨어진 낙엽하고 똑같은 존재야."

"…."

"미물이야, 아주 하찮은 미물."

"형, 기운 내."

김동수가 외면한 채 말했다.

"적어도 어머니 앞에서는 기운 차리라고, 형. 우리가 기운 잃으면 어머니는 더 낙담할 테니까."

"그래야지."

어깨를 늘어뜨린 김태수가 긴 숨을 뱉었다. 그때 방문이 열리더니 김희선이 나왔다. 울어서 눈이 붉어져 있다. 마루방의 냉장고로 다가간 김희선이 물병을 들고 다시 들어갔다.

"이제 우는 건 끝난 모양이군."

김동수가 혼잣소리로 말하더니 토방에 놓인 자루 위에 털썩 앉았다. 지친 표정이다.

그날 오후 7시가 되었을 때 김동수가 먼저 문촌 마을을 떠났다. 김희선의 소형차를 운전해서 고속버스터미널까지 데려다주면서 김태수가 김동수에게 말했다.

"내일 모두 제 식구들한테 돌아가면 집에는 희선이하고 외삼촌이 남겠구나."

"다행이야, 외삼촌 데려와서."

김동수가 정색하고 말을 이었다.

"외삼촌이 안돼 보여."

"네가 그런 말을 하다니."

"어머니 동생 아냐?"

"어머니가 우리를 다시 강하게 묶어주는 것 같다."

"내 생각도 그래."

"어머니는 우리보다 더 견디기 힘든데도 참고 있어, 우리도 견뎌야 돼."

김태수가 이 사이로 말했다.

"견뎌야 돼."

다시 스스로 다짐하듯 말했던 김태수는 일부러 김동수를 돌아보지 않았다.

"어머니가 아프시다면서요?"

뒤에서 울리는 목소리에 김희선이 놀라 몸을 돌렸다. 그 순간 김희선이 숨을 들이켰다. 한상호가 서 있다. 거의 반년 가깝게 연락도 안 하고 잊었던 남자.

"여기 웬일이세요?"

저절로 그렇게 물은 것은 아웃렛 앞이었기 때문이다. 점심시간이어서 직원들이 옆을 지나고 있었으므로 김희선이 옆쪽 화단가로 비켜섰다. 한상호가 쓴웃음을 짓고 말했다.

"어머니 아프시단 소문을 듣고 그저 얼굴이나 한번 뵙고 싶었습니다."

"소문 빠르네요."

"문촌 마을 주민들도 제 단골이거든요."

김희선이 한상호를 보았다. 후줄근한 작업복 차림에 깃에는 기름때가 묻었다. 김희선도 한상호의 소문은 들었다. 이제 면사무소 옆 전자상가는 기반이 굳혀져서 장사가 잘된다는 것이다. 출장 서비스가 정확하고 친절해서 문촌 마을에 한상호네 가게 차가 들어오는 것도 여러 번 보았다.

"어쨌든 고맙습니다."

주춤거리면서 할 말 다 했다는 시늉을 했더니 한상호가 한 걸음 다가섰다.

"제가 기다려도 되겠습니까?"

"뭘요?"

했지만 김희선이 숨을 들이켰다. 무슨 말인지 알았기 때문이다. 한상호의 시선을 받은 김희선이 머리를 저었다.

"죄송해요."

"5개월을 기다렸습니다."

"죄송해요."

"기다린다는 것이 고통이기도 하면서 행복하더군요."

"기다리지 마세요."

이제는 정색한 김희선이 똑바로 한상호를 보았다.

"제 어머니가 아프다는 소문까지 들으셨다면서요? 지금 이런 말 할 정신이 없어요."

가족들이 모두 모였다가 어제 오전에 다 떠났다. 이제 집에는 외삼촌 하나만 남아있을 뿐이다. 어머니는 식구들이 떠나자 갑자기 기력이 떨어져 어제는 하루 종일 누워 있었다. 그런데 이게 무슨 꼴인가? 그때 한상호가 김희선의 시선을 받은 채 대답했다.

"그래서 찾아온 겁니다."

"아니, 왜요?"

"어머니가 보름쯤 전에 저한테 전화를 하셨습니다."

놀란 김희선의 얼굴이 하얗게 굳어졌다. 눈만 크게 뜬 김희선에게 한상호가 말을 이었다.

"전 아프신 줄 몰랐습니다. 갑자기 전화를 해오시더니 희선 씨에게 연락이나 한번 하라고 하시더군요."

"…."

"그래서 '저야 기다리고 있는 중입니다'라고 말씀드렸지요."

한상호가 시선을 내리더니 길게 숨을 뱉었다.

"그랬더니 '희선이가 미경이 때문에 그러는데 자네 딸처럼 잘만 키워주면 될 거네'라고 하셔서 '그거야 당연한 일 아닙니까?' 그랬는데…"

"…."

"아프시다는 소문을 듣고 나서 참을 수가 없었습니다. 그래서 희선 씨를 보려고 나온 겁니다."

한상호가 헝클어진 머리를 손가락으로 쓸어 올리더니 김희선을 보았다.

"부탁이 있습니다."

김희선의 시선을 받은 한상호가 말을 이었다.

"어려운 부탁이 아닙니다."

"말씀하세요."

"어머님한테 제가 다녀갔다고 말씀 좀 해주시지요."

"…."

"아프신데도 그렇게 희선 씨를 생각해주셨는데 제가 인정머리 없는 놈으로 비치기는 정말 싫네요."

"…."

"어머님이 마음을 놓으시게 해 드리고 싶습니다. 그냥 찾아왔다고만 하세요."

"…."

"기다리지 말라고 했다는 말씀은 안 하시는 게 낫겠습니다, 하지만."

어깨를 부풀렸다가 내린 한상호가 김희선을 보았다.

"말씀대로 기다리지 않도록 노력할 테니까요."

그러고는 한상호가 몸을 돌렸다. 그러고 보니 길가에 한상호의 가게 트럭이 세워져 있다. 화단가에 우두커니 서서 한상호가 차에 타는 모습을 바라보던 김희선의 눈에 눈물이 고였다.

"엄마는 참."

저절로 입에서 혼잣말이 나왔다. 그때 운전석에 오른 한상호가 이쪽을 보았으므로 김희선은 저도 모르게 손을 흔들었다. 손바닥을 펴고 좌우로 살짝 흔들었을 뿐인데 한상호가 놀란 듯 움직임이 굳어졌다. 한상호와의 거리는 10미터 정도나 되었지만 반쯤 벌린 입도 보였다. 김희선이 놀라 손을 내렸지만 한상호와 마주친 시선은 떼어지지 않았다. 맑은 날씨였다. 오늘은 찬바람도 불지 않는다.

이창수 가게 문간방에 넷이 둘러앉았다. 김선호와 조길만, 박복수와 가게 주인 이창수다. 오후 4시 반, 아직 이른 시간이었지만 방에는 앉은뱅이 소반에 꽁치찌개가 아닌 돼지고기를 넣은 김치찌개가 올라 있고 막걸리 대신 소주가 놓였다. 본격적인 술상이다. 오늘은 조길만이 한잔 산다면서 김선호와 박복수를 부른 것인데 이유는 생일 턱을 낸다는 것이지만 뻔하다. 김선호를 불러 위로해 주려는 것이다. 모두 술꾼이긴 해도 주인 이창수만 빼고 모두 70대 중반이다. 소주 서너 잔씩 들어가자 어깨가 늘어졌고 목소리가 높아졌다.

"항암 치료는 안 받냐?"

조길만이 불쑥 묻자 김선호가 머리를 들었다.

"한 달에 한 번 받기로 혔어."

이제 두 번째 받을 날이 사흘 후로 다가왔다. 그때 박복수가 위로하듯 말했다.

"유진이 이모 말을 들응께 괜찮으시다고 허던디요, 암 진단 받고 십 년도 더 사시는 분들도 많다고 합니다."

유진이 이모는 함께 사는, 죽은 며느리 동생이다. 그 동생이 지금 김선호네 집에서 일을 거들고 있다.

"암, 의사가 다 맞추지는 않지."

조길만이 머리를 끄덕였다.

"돌팔이도 많고."

"의사들은 잘 될 것도 어렵다고 합니다."

이창수가 거들었다.

"그래야 잘 되었을 때 생색이 나고 안 되면 그것 봐라 하거든요."

이제 문촌 마을은 물론 서동리까지 소문이 다 퍼져서 문병까지 오는 상황이다. 자식들이 다녀간 지 닷새 만에 동네방네가 다 알게 된 것이다. 그것은 윤수정이 유진이 이모한테 병세를 알려주었기 때문이다. 자식, 며느리가 다 모여서 울고불고하는 꼴도 본 터라 얘기해주었던 것이다. 그때 조길만이 박복수를 보았다.

"자네 안사람이 뭘로 갔지?"

"심부전증이었죠."

술잔을 든 박복수가 붉어진 얼굴로 말을 이었다.

"고혈압에다 관절염, 당뇨까지 와서 의사가 병 백화점이라고 했지요."

"오래 견뎠지?"

"한 5년 견디었습니다. 그렇게 병을 달고서도 5년을 더 살았으니까요."

김선호가 잠자코 술을 삼켰다. 조길만이 박복수를 부른 이유가 이것이다. 김선호도 박복수의 부인이 병치레를 오래하다가 죽은 상황을 옆에서 지켜보았던 것이다. 박복수의 처는 술을 좋아해서 가기 한 달 전에도 술을 마셨다. 술을 마시면 기운이 나서 노래도 불렀다. 성격이 밝고 거칠어서 박복수와 자주 싸웠지만 금실도 좋은 부부였다. 박복수도 저를 부른 이유를 아는지 시키지도 않은 말을 늘어놓았다.

"돈이 드는 것보다도 마누라가 술 마시고 늘어지는 꼴이 견디기 힘들었습니다. 본인이야 술 마시면 잊고 기분이 좋을지는 몰라도 옆에서 보는 사람은 안쓰럽지요."

"그렇겠지."

"그러다가 시간이 지나니까, 아이고, 나도 더 살아서 뭣 하냐? 자식 보는 재미도 없고 사는 것도 팍팍항게로 같이 가는 것이 낫겠다는 생각이 들더구먼요."

"하긴 그려."

조길만이 추임새를 넣었고 박복수가 말을 이었다.

"그러다가 갑자기 마누라가 꽃이 시드는 것처럼 맥이 떨어졌어요, 불과 며칠 사이입니다."

"…."

"말도 못 하고 누워서 눈만 끔벅거리면서 나를 보는데 환장하겠습디다."

"술이나 한잔 혀."

김선호가 박복수의 잔에 술을 따르면서 말했다.

"나 들으라고 허는 말 같은디 그만혀."

"아닙니다, 성님."

잔을 받으면서 박복수가 흐린 눈으로 김선호를 보았다.

"저허고 성님하고 같을 수가 있습니까? 성님은 잘 견디시겄지요."

"자식 죽는 것만큼 가슴 미어지는 경우가 없지."

이번에는 조길만이 말했다. 모두의 시선을 받은 조길만의 눈동자에 초점이 멀어졌다.

"그 어떤 것보다 가슴에 오래 박혀 있지."

조길만은 6년쯤 전에 둘째 아들이 산에 갔다가 낙석 사고로 죽었는데 거의 실성을 해서 1년여를 보냈다. 그것을 옆에서 지켜 본 터라 김선호도 머리만 끄덕였다. 지금도 조길만은 지갑에 죽은 아들의 사진을 넣고 다니다가 생각나면 꺼내 본다. 술잔을 든 조길만이 말을 이었다.

"나이가 70이 넘으면 수없이 초상을 치른 용사들 아니냐? 당시에는 같이 죽을 것 같다가도 시간이 지나고 보면 이렇게 살아 있단 말이다."

한 모금에 소주를 삼킨 조길만이 일그러진 얼굴로 김선호를 보았다.

"내가 그때는 어떻게 밥을 먹고 물을 마셔서 이렇게 명줄을 이어가고 있는가? 하고 신통하단 말이다."

그러고는 조길만이 결론을 냈다.

"그렇게 인간이 간사하다는 거다. 시간이 지나면서 조금씩 잊어 먹게 돼, 조금씩."

"애들은 참."

최혜영이 혼잣소리처럼 말했지만 김태수가 머리를 들었다. 오후 6시 반, 집에는 입주 가정부로 일하는 중국 동포 아줌마하고 셋이 남았다. 50대 후반의 아줌마는 음식 솜씨도 좋을 뿐만 아니라 깔끔하고 부지런해서 최혜영과 손발이 잘 맞는다. 더구나 말이 없는 데다 일이 없으면 방에 들어가 이쪽 사생활에 간여하지 않는 것이다. 최혜영에게는 더 이상 바랄 데가 없는 가정부다. 김태수의 시선을 받은 최혜영이 외면한 채 말했다.

"대근이가 전주는 다음 주에 가겠대."

"왜?"

김태수가 들고 있던 신문을 내려놓았다. 그러고는 리모컨으로 TV 음소거를 했다. 길게 숨을 뱉은 최혜영이 김태수를 보았다.

"하긴 대근이 말도 맞아."

“글쎄 왜 다음 주에 간다는 거야?”

김태수의 목소리가 높아졌다. 김대근이 여행에서 돌아온 것은 사흘 전이다. 영문도 모른 채 어머니를 통해 귀국 통보를 받은 김대근은 여러 번 이유를 물으면서 말을 따르지 않았다. 최혜영은 할머니 얘기를 해주지 않았다가 결국 아프시다고만 연락했던 것이다. 그래서 김대근은 친구들과 헤어져 혼자 귀국했는데 집에 돌아와서야 할머니가 췌장암에 걸렸다는 것을 알았다. 김태수는 김대근의 인사를 받고 할머니한테 가보라고만 했는데 이틀이나 미루다가 다음 주에 간다는 것이다. 최혜영이 길게 숨을 뱉고 나서 말했다.

“우리 세대에서 한 세대 건넌 다음 세대 아냐? 느끼는 감정이 다르겠지, 더구나 요즘 세대는…”

“뭐가 달라?”

“생각이.”

“무슨 생각?”

김태수의 목소리가 높아졌고 최혜영은 머리를 저었다. 지쳤다는 표정이다.

“나도 놀랐어, 애들이 너무 팍팍한 것 같아.”

“아, 정말 답답하네.”

눈을 치켜뜬 김태수가 최혜영을 노려보았다.

“글쎄, 그 자식이 전주에 다음 주에 간다는 이유가 뭐야?”

“여행사하고 경비 결산할 것이 있대.”

“…”

“급한가 봐.”

“…”

"할아버지, 할머니한테 안부 전화는 했어."

"…."

"글쎄, 우리하고는 한 계단 떨어진 세대야, 우리 기준으로 생각하지 말자고."

"알겠다."

쓴웃음을 지은 김태수가 머리를 끄덕였다.

"지가 귀국한다고 해도 할머니가 나을 것도 아닌데 내가 오버했다고 반항하는군."

"반항하는 건 아냐."

"후레자식."

"여보."

"저런 싸가지 없는 놈이 크면 뻔해, 틀림없이 제 어미 애비는 못 본 척할 놈이라고."

"우리가 자식 덕 보려고 키우는 거야?"

"뿌리는 알아야지, 그걸 모르는 놈은 짐승이야, 개 같은 놈이라고."

"여보."

"시키지 않았어도 할머니 얘기를 들었으면 바로 내려가야 정상이지, 뭐? 여행 경비 결산?"

최혜영이 입을 다물었다. 김태수 말이 사실이기 때문이다. 최혜영의 말을 들은 김대근이 이랬다.

"엄마, 할머니가 아프신 건 나도 가슴이 아파, 슬퍼, 하지만 나를 불러들인다고 할머니 병세에 차도가 있는 건 아니잖아? 자식 생각하는 부모라면 여행 끝날 때까지 그런 말 안 할 것 같은데, 나 같으면 내 자식들한테 그럴 것 같아."

그 말을 들은 최혜영은 할 말을 잃었던 것이다.

"지금 어디 갔어?"

김태수가 물었으므로 최혜영이 생각에서 깨어났다.

"친구 만나러."

"친구?"

"여보."

"할머니가 췌장암으로 시한부 선고 받았다는 말을 분명히 했지?"

최혜영은 대답하지 않았다. 김태수는 김대근의 얼굴을 본 순간 가슴이 벌렁거리면서 목이 메어 그 말은 못 했던 것이다. 최혜영한테 맡겨 놓았더니 사흘이 되도록 김대근은 위로의 말 한마디 해주지 않았다. 당사자가 아니어서 그런가? 전주의 할머니 할아버지한테는 뭐라고 안부 전화를 했단 말인가?

"아무리 시대가 변했다지만 우리가 이런 놈을 위해서 희생할 필요가 있을까?"

"어떻게 해?"

외면한 채 말한 최혜영이 길게 숨을 뱉었다.

"남는 건 껍질만 걸친 부부뿐인 것 같아."

어깨를 늘어뜨린 최혜영이 말을 이었다.

"속은 다 자식들한테 파 먹힌 부모, 난 어머니 때문에 부모 은덕을 알게 되었어."

그리고 남는 건 부부간이라는 진실이다. 방 안에 한동안 무거운 정적이 덮였다.

"할머니, 많이 아파?"

아까부터 주변에서 얼쩡거리던 박미경이 마침내 조심스럽게 옆에 앉더니 물었다. 오후 8시 반, 마침 김희선은 이창수 가게로 양초를 사러 갔고 김선호는 박용득 씨 집에 가서 아직 돌아오지 않았다. 마늘을 까고 있던 윤수정이 얼굴을 펴고 웃었다. 박미경이 다가오기를 기다리고 있었던 것이다.

"응, 조금. 나이 들면 다 아픈 거다."

"나, 인터넷에서 췌장암에 대해 찾아 봤어."

박미경이 똑바로 윤수정을 보았다. 맑은 눈동자가 또렷했고 입술 끝이 야무지다. 엄마를 닮았으니 정에는 약할지도 모른다고 생각하자 윤수정의 가슴이 찌르르 울렸다.

"아이구, 그래? 할미 생각해서 봤어?"

"많이 아프대."

"난 괜찮다."

"아프면 말해, 할머니."

"오냐."

"나, 울었어."

그러더니 박미경이 숨을 들이켜는 소리를 냈다. 놀란 윤수정이 눈을 크게 떴을 때 박미경의 눈에서 주르르 눈물이 쏟아졌다.

"난 엄마 다음으로 할머니를 의지하고 있었는데 왜 아픈 거야?"

"아이구, 내 새끼."

손을 뻗쳐 눈물을 닦아 주려다가 마늘 만진 손이어서 윤수정은 움츠렸다. 가슴이 짠해지면서 머리가 맑아졌다. 기쁜 것이다.

"할미가 나이 들어서 그래, 괜찮아."

"나이 들면 다 췌장암 걸려?"

"다 아프단다, 다른 병도 걸리고, 사람은 다 떠나게 되어 있거든."
"떠나?"
"응."
"가지 마."
"오냐."
머리를 든 윤수정이 박미경을 보았다.
"미경아."
박미경이 손등으로 눈물을 닦더니 윤수정을 보았다. 물기에 덮인 맑은 눈이 꼭 제 엄마의 어릴 적 모습 같았으므로 윤수정의 가슴이 또 미어졌다. 그때가 얼마나 좋았던가? 그 후로 온갖 풍상을 이 아이 어미도 겪었구나, 그래서 이제 딸만 데리고 시골에 와서 제 어미의 병시중을 들게 되었구나.
"우리 미경이."
윤수정이 혼잣말처럼 다시 불렀다. 이 어린것도 커서 이때를 기억할까? 10년, 20년, 30년이 지나 제 엄마 나이가 되었을 때…, 그때 박미경이 말했다.
"할머니, 나, 엄마 말 잘 들을게."
"오냐, 내 새끼."
"엄마가 날 위해서 희생한 만큼 나도 엄마한테 보답할 거야."
"아이구, 내 새끼."
"나도 내 생각만 하지 않을 거야, 지난번 엄마한테 화난 것도 생각해보니까 너무 내 생각만 했던 것 같아."
"아이구."
갑자기 눈물이 쏟아졌으므로 윤수정도 손등으로 눈물을 닦았다. 그러나 흐느낌이 이어졌다. 하느님, 이 어린것에 무슨 짐을 지우십니까? 이 어린것은 어린대로 살게 해주십시오. 그때 박미경이 말을 이었다.

"할머니, 나, 다 컸어."

"아이구, 그러게, 내 새끼."

"내가 요즘 핸드폰으로 친구들하고 카톡만 하다가, 할머니가 아프다니까 가족 생각을 많이 하게 되었어."

"그렇구나."

"엄마랑 그 아저씨랑 여기 우리 집에서 같이 살았으면 좋겠어."

"응?"

놀란 윤수정이 숨을 들이켰다.

"누구? 그 아저씨라니?"

"그때 길에서 만난 아저씬데, 전자대리점하는 아저씨야."

숨이 막힌 윤수정이 물끄러미 박미경을 보았다. 보름쯤 전에 한상호한테 전화를 했던 윤수정이다. 하느님이 이 어린것의 마음속에 들어가 기적을 행하셨는가?

"아이구, 그렇구나."

"할머니, 내가 그런 말 했다고는 하지 말고 엄마한테 그렇게 말해봐, 나는 모른 척할 테니까."

"아가, 그것은…"

"하지만 여기서 할머니 할아버지하고 같이 사는 조건이야."

"알았다, 니 엄마가 어떻게 생각할지는 모르지만 네가 엄마 생각하는 건 알겠구나."

"내가 말했다고 하면 안 돼."

"오냐, 내 새끼."

다시 손등으로 눈을 닦은 윤수정이 갑자기 허리가 끊어질 것처럼 아팠으므로 신음했다. 놀란 박미경이 윤수정을 보았다.

"할머니, 아파?"

"아니다. 오래 앉아 있어서 그런다."

그러나 신음이 이어졌고 곧 윤수정이 옆으로 누웠다. 그러자 박미경이 문간방의 윤재일을 소리쳐 부른다.

"문간방 할아버지!"

윤수정은 밤에 전주로 실려가 전북대 병원에 입원했다. 요즘은 119 체제가 잘되어 있어서 윤재일이 119에 신고를 한 지 25분 만에 문촌 마을까지 구급차가 들어온 것이다. 응급실로 실려 간 윤수정은 그날 밤 중환자실로 옮겨졌다가 다음 날 아침에 4인실로 왔다. 통증은 가셨지만 갑자기 기력이 싹 빠져서 영양제를 맞고 있다. 윤수정은 119 구급차에 실려 가면서도 김선호, 김희선, 윤재일한테까지 자식들에게 말하지 말라고 신신당부를 했다. 금방 죽을 것이 아니라는 말까지 하면서 부탁한 것이다. 그래서 다음 날 오전까지는 비밀이 지켜질 수 있었다. 하지만 다음 날 오후 2시경에 김선호는 다급한 전화를 받았다. 정영아다.

"아버님, 지금 어디세요?"

대뜸 그렇게 묻는 정영아의 목소리를 듣자 김선호는 길게 숨부터 뱉었다.

"응, 왜 그러느냐?"

눈치를 보려고 그렇게 물었던 김선호의 귀에 정영아의 말이 폭포수처럼 쏟아졌다.

"저, 지금 약 가지고 문촌 마을에 왔다가 어머니 어젯밤에 병원 가셨다는 말 들었어요, 저 지금 정신이 없어서 운전도 못 하겠어요, 택시 타고 갈 테니까 병실만 알려 주세요, 어서요!"

"야, 종근 에미야, 지금은 괜찮다."

"아버님, 왜 그러세요! 며느리는 가족 아닌가요? 왜 말씀 안 하세요!"

"아니, 내가 왜."

했다가 김선호가 어깨를 늘어뜨렸다.

"별일 아니다, 아가, 그래서 그랬다."

"아버님, 병실은요?"

"전북대 병원 1402호실이다."

"제가 바로 갈게요."

전화가 끊겼을 때 김선호가 길게 숨을 뱉었다. 그러고 나서 10분쯤 후부터 김동수, 최혜영, 김태수의 전화를 받느라고 정신을 차리지 못했다. 같은 말을 되풀이 하면서 김선호는 병실 밖에서 한참 동안 전화만 받고 돌아왔다. 얼마 되지 않아서 머리가 헝클어진 정영아가 병실로 달려 들어왔고 저녁때가 되기 전에 서울에서 김태수 부부까지 다 내려왔다.

"앞으로 이러면 안 돼."

침대에 앉은 윤수정이 조금 높은 목소리로 둘러선 자식들에게 말했다. 김선호는 뒤쪽에 섰고 윤재일은 복도로 나가 있었으므로 두 아들 부부와 김희선까지 다섯이 서 있다. 정색한 윤수정이 말을 이었다.

"내가 아프다고 너희들이 맨날 이렇게 오면 내가 병원에 올수나 있겄냐?"

"어머니 도대체 무슨 말씀이세요?"

정영아가 화난 표정으로 되물었다.

"아니, 그럼 말도 없이 혼자 병원에 가신단 말씀이세요? 자식들은 모른 척 하구요? 그런 법이 어디 있어요?"

"어머니, 진정하세요, 저희들이 놀라서 그래요."

최혜영이 부드럽게 말했다.

"어머니 걱정시켜 드리지 않을게요, 그러니까 다음부턴 꼭 연락부터 해주세요."

그때 뒤에 서 있던 김선호가 말했다.

"아, 어젯밤에 애들한테 말했으면 오늘 이렇게 놀라서 내려오지 않았을 거 아냐? 괜히 말하지 말라고 해서."

"너는 어머니가 말하지 말라고 했다고 가만있냐?"

김동수가 윤수정 앞이었지만 김희선을 대놓고 나무랐다.

"바로 연락을 했어야지, 어머니는 어떻게든 자식 걱정 안 시키려고 하시는 걸 너도 알잖아?"

김희선이 눈을 크게 떴다가 입을 다물어 버렸다. 지당한 말이지만 어머니 앞에서 직접 겪어 보면 그렇게 안 된다고 말하고 싶었을 것이다. 윤수정은 내일 퇴원해도 된다고 했지만 또 언제 이런 통증이 재발할지 모른다는 것이다. 그리고 그것이 자주 일어날 것이고 상태가 심해진다고 했다. 그러다가 결국은 일어나지 못하는 상태로 병원에 머물게 될 것이다. 둘러선 모두가 그것을 알고 있었으므로 참담한 표정이다. 그동안 소리 없이 흐르던 강물이 이제는 거칠고 빨리 흘러가기 시작한 느낌이 든 것이다. 그러다가 폭포를 만나 떨어지는가? 그때 윤수정이 앞에 선 가족들을 둘러보며 말했다.

"아이구, 난 이제 원도 없다."

순간 모두 숨을 죽였고 윤수정의 얼굴에 웃음이 떠올랐다. 맑은 웃음이다.

“너희들 귀찮게 하지 않고 빨리 떠나는 것이 이제는 내 소원이다.”

“어머니!”

김동수가 꾸짖듯이 윤수정을 불렀고 김태수는 어금니를 물었다. 모두 말을 잃었다.

집으로 돌아오는 차는 2대, 김태수 김동수는 제각기 일이 있어서 조금 전에 병원 앞에서 헤어졌고 최혜영과 정영아가 택시를 타고 김희선의 소형차를 따르고 있다. 입원한 다음다음 날 오후다. 두 며느리는 어젯밤 전주 여관에서 잤지만 오늘도 문촌 마을에서 자고 갈 요량으로 따라 간다. 김희선의 옆자리는 윤재일이 뒤쪽에 김선호, 윤수정이 타고 있다. 차가 전주 시내를 빠져 나갔을 때 윤수정이 김희선에게 물었다.

“미경이 지금쯤 학교 끝났겠지?”

“응, 지금 학원으로 갈 거야.”

김희선이 백미러로 윤수정을 보았다.

“미경이 걱정 마, 엄마. 걔 다 컸어.”

“그래, 다 컸더라.”

윤수정이 입을 다물었으므로 차 안에 잠깐 정적이 덮였다. 그젯밤 윤수정이 통증으로 쓰러졌을 때 옆에 있던 박미경은 일을 야무지게 처리했다. 문간방의 윤재일을 부르는 한편 할아버지 김선호에게 연락했으며 핸드폰을 갖고 가지 않은 김희선에게 달려가 데려왔던 것이다. 그날 밤 박미경은 병원에 따라가지 못하고 집에 남았다. 물론 유진이 이모랑 유진이가 와서 같이 자고 아침에 같이 학교에 갔다. 어제는 학교 끝난 후에 유진이하고 문병을 와서 저녁때까지 있다가 돌아간 것이다.

오늘까지 이틀간 김희선하고 떨어져 살았다. 물론 유진 이모가 챙겨 주었지만 처음 있는 일이었다. 그때 머리를 든 윤수정이 김희선의 등에 대고 말했다.

"미경이가 한 사장이 우리 집에서 살면 좋겠다고 하더라."

김희선은 앞쪽만 보다가 조금 후에야 말뜻을 이해한 것 같다. 갑자기 차가 흔들거리더니 속력이 뚝 떨어졌다가 다시 나갔다. 옆자리의 윤재일이 놀라 머리 오른쪽의 손잡이를 쥐었다.

"먼 소리여?"

김선호가 먼저 물었고 김희선의 시선이 백미러를 통해 부딪쳤다.

"한 사장 말이요."

윤수정이 말하자 김선호가 이맛살을 찌푸렸다.

"그건 알아, 근디 왜 걔가 우리 집에서 살아?"

"미경이가 글쎄."

다시 차가 흔들거렸으므로 윤재일이 주의를 주었다.

"어허, 조심혀."

윤수정이 말을 이었다.

"한 사장이 우리 집에서 같이 살면 엄마하고 만나도 좋다고 합디다."

"엄마!"

김희선이 소리치듯 불렀을 때 윤재일이 끼어들었다.

"한 사장이 누군데 그러요?"

"넌 가만있어."

한마디로 제압한 김선호가 윤수정을 보았다.

"미경이가 그런 말을 혀?"

"글쎄, 내가 그 말을 듣다가 배가 아파서 쓰러졌다니까요."

"그 말을 듣고 아팠어?"

"아니, 그 얘기를 하다가, 이 양반이 지금 무슨 말을 하는 거여?"

"미경이가 글쎄…"

"아, 그만하세요!"

다시 김희선이 소리쳤지만 오늘따라 윤수정은 막무가내다. 호흡을 고른 윤수정이 말을 이었다.

"글쎄, 할머니, 나도 다 컸어, 하더니 엄마랑 그 아저씨랑 우리 집에서 같이 살면 좋겠다네, 엄마가 자길 위해서 희생한 만큼 자기도 엄마한테 보답할 거라고 하지 않겠소?"

"어? 그래?"

건성으로 되물은 김선호에게 윤수정이 말을 이었다.

"가만 생각해 보니까 너무 지 생각만 한 것 같다고 하면서 말이요."

"어허."

"지가 그랬다는 말은 하지 말고 엄마한테 그렇게 말해 보라고 합디다. 자기는 모른 척하겠다면서."

"아이구."

마침내 김선호가 긴 숨을 뱉고 나서 말을 이었다.

"그놈이 다 컸네."

"나, 싫어요!"

그때 김희선이 다부지게 말했다. 차는 이제 서동리를 지나고 있었는데 김희선은 백미러도 보지 않았다. 박미경에 대한 고마움과 죄책감이 물밀 듯이 덮쳐오면서 다시 한상호한테서 들은 윤수정의 부탁도 떠올랐다. 어머니와 딸이 한꺼번에 덮어주고 있다. 어느덧 눈물이 흘러내리고 있었지만 김희선은 놔두었다. 윤재일이 놀란 얼굴로 힐끗거리고 있다.

"너, 태수 아들 아니냐?"

경운기가 멈추더니 노인이 소리쳐 물었으므로 김대근이 바라보았다. 태수라면 아버지 이름이 맞다.

"예, 아버지가 김태수 씨인데요."

"내가 니 할아버지 친구다."

소리치듯 말한 노인이 경운기 짐칸을 눈으로 가리켰다.

"타라."

"감사합니다."

서동리에서 버스를 내려 문촌 마을까지 걸어가는 중이다. 오후 1시 반, 11월 말이어서 이미 산골은 겨울이다. 앞쪽 산기슭은 낙엽으로 뒤덮여 을씨년스러웠고 잎을 다 떼어놓은 잡목 숲은 철조망 같다. 경운기를 모는 노인은 조길만이다. 면에서 닭 사료를 사오던 중에 김대근을 만난 것이다. 다시 경운기를 출발시키면서 조길만이 소리쳐 물었다.

"할머니 뵈러 가는 길이냐?"

"예."

"네가 휴학하고 해외여행을 갔다는 손자냐?"

"예."

"여행은 끝났냐?"

"예."

서동리에서 문촌 마을까지 가는 길은 수로가 옆에 나 있는 데다 산비탈하고 붙어서 겨우 경운기 한 대가 간다. 정영아처럼 운전 솜씨가 뛰어난 운전자는 그런대로 2킬로 가까운 길을 운전해 들어오지만 큰

차를 갖고는 애를 먹는다. 그래서 한상호가 문촌 마을에 올 때는 꼭 초소형 트럭을 몰고 온다. 지금도 경운기 짐칸의 양쪽 바퀴가 길 끝에 걸려서 아슬아슬하게 지난다. 조길만이 다시 말을 이었다.

"네 아버지가 효자지, 아느냐?"

"예."

"너도 장남이지?"

"예."

"장남은 뭐가 달라도 다른 법이지."

"…."

"자식들은 부모 속을 모른다. 다 지 생각, 지 자식들 생각인디, 그중 부모 마음 절반만 헤아려도 효자 소리를 듣는 법이여."

"…."

"그래도 니 집안은 자식들이 부모 챙기고 형제간에 우애가 깊어서 동네에서 부러움을 받는다. 다 네 조부모가 이룬 공이지."

그러더니 머리를 돌려 김대근을 보았다. 얼굴에 쓴웃음이 떠올라 있다.

"노인들은 다 이렇게 혼잣소리, 헛소리만 허고 가지만 너희들도 노인이 되면 다 똑같다. 그때는 이미 어렸을 적에 노인들한테 들었던 소리를 다 까먹었겠지."

"아닙니다."

김대근이 건성으로 대답했는데 이미 10초 전에 들은 말도 다 까먹은 상황이다. 김대근이 집에 들어섰을 때 마당에서 약을 달이고 있던 김선호가 놀라 눈을 크게 떴다.

"대근이냐?"

"예, 할아버지."

"아이고, 이자식이."

몸을 일으킨 김선호가 냅다 안방에다 대고 소리쳤다.

"태수 엄마! 대근이가 왔네!"

"아이구."

안방에서 외침이 들리더니 곧 윤수정이 나왔다. 평상복 차림으로 허둥거린다.

"할머니."

마루 끝으로 나온 윤수정을 바라본 김대근의 심장이 철렁거렸다. 괌 여행을 갔을 때가 넉 달도 되지 않았는데 할머니가 몰라보게 달라진 것이다. 여위었다. 얼굴이 반쪽으로 줄어든 것 같다. 거기에다 눈 흰자위가 붉고 물기로 가득 덮여 있다.

"아이구, 내 새끼, 어서 오너라."

마루로 올라간 김대근의 손을 두 손으로 감싸 쥔 윤수정의 눈에 눈물이 가득 고여졌다. 김대근이 가져온 선물 가방을 옆에 놓고는 앞쪽에 선 조부모를 향해 큰절을 했다.

"어, 어."

김선호가 절을 받으려고 서둘러 앉으면서 절인사를 했지만 윤수정은 다가와 김대근의 어깨를 쓸었다.

"대근이가 클수록 태수를 닮아요, 안 그래요?"

"어, 어."

김선호는 김대근을 똑바로 보지 않고 시선을 주었다가 내렸다가 한다. 김대근이 정신을 차리고는 윤수정에게 병 인사를 했다. 오면서 오랫동안 궁리한 인사말이다.

"할머니, 아픈 거, 괜찮으세요? 빨리 나으셨으면 좋겠어요."

"신약이 나왔다고 하던데, 인터넷에서 읽었어, 쿠르단이던가?"

김태수가 말하자 최준성이 머리를 저었다.

"그거 5년쯤 지나야 시판된다. 인터넷에 도는 소문은 사실이 아냐."

최준성은 김태수의 고교 동창으로 서울 국제병원 외과과장이다. 지금까지 김태수는 어머니의 췌장암에 대해 최준성에게 자문을 받아왔다. 초음파 사진은 물론 모든 자료를 최준성에게 보이는 바람에 전북대병원 주치의는 짜증이 났을 것이다. 최준성이 말을 이었다.

"네 심정은 잘 알겠는데 지금 그 상태에서 안정적인 치료를 해 드리는 게 나아, 어머니 상태는 내가 보나 그쪽에서 보나 다 똑같아, 요즘은 특별한 경우가 아니고는 오판이 없다."

"그건 알아."

어깨를 부풀린 김태수가 번들거리는 눈으로 최준성을 보았다.

"너, 어머니 해외여행 보내드렸다면서?"

"응, 왜?"

머리를 들었던 최준성이 입맛을 다셨다.

"이 자식이 정말."

"얀마, 나처럼 닥쳐봐, 기적을 믿고 싶은 심정이 된단 말이다."

"그래서 내가 인마, 미국에다 약도 주문하고 그러잖아?"

최준성이 눈을 치켜떴다.

"너하고 호흡 맞추려고, 인마."

최준성은 김태수의 성화를 받고 미국 대학에서 임상실험 중인 췌장암 신약 샘플을 주문해놓은 것이다. 물론 비공식 루트를 통한 불법 주문이다.

"어쨌든 고맙다. 다시 올게."

김태수가 건성으로 사례하고 나서 최준성의 연구실을 나왔다. 병원 현관으로 나온 김태수가 바지에 넣은 핸드폰이 진동했으므로 꺼내보았다. 오후 4시 반, 발신자는 최혜영이다.

"응, 왜?"

"대근이가 도착했다는 연락이 왔어."

"응, 그래."

김태수가 시큰둥하게 대답했더니 최혜영이 말을 이었다.

"할머니가 몰라보게 여위셨다고 해."

"…."

"자주 보면 모르는가 봐, 대근이가 놀래."

"…."

"당신이 대근이한테 전화나 한번 해줘."

"내가 왜? 당신이 했으면 됐지."

김태수가 이맛살을 찌푸렸다. 할머니가 병원에 입원했다가 퇴원하는 소동이 일어나고 나서야 김대근은 무거운 엉덩이를 들었던 것이다. 김태수가 아예 말도 걸지 않았기 때문에 눈치를 챈 김대근은 제 어머니한테만 말하고 내려간 것이다. 김태수가 말을 이었다.

"그놈한테 내 분위기 알릴 것도 없고 내가 그놈 상황 들을 것도 없어, 당분간 그놈 얘기 마."

"나 참, 이러다가 부자간의 의 상하겠네."

했지만 최혜영은 김태수를 비난하는 분위기는 아니다. 윤수정의 갑작스러운 병으로 둘은 서로 의지하는 상황이 되었다고 봐도 될 것이다.

김태수가 주차장으로 걸으면서 말을 이었다.

"어머니, 병원에 입원시키는 것이 낫겠어, 그래야 우리가 마음이 놓일 것 같아."

"아직은 그럴 때가 아니라고 생각해."

최혜영이 바로 말을 잘랐다.

"그러면 간병인 하나 두고, 우리들이야 편할지 모르지만 본인은 완전히 병인(病人)이 되는 거야."

"병인이라니?"

되물었던 김태수가 곧 긴 숨을 뱉었다. 최혜영 말이 맞다. 어머니 입장을 생각해보지 않은 것이다. 병원에 갇힌 어머니는 그때부터 나올 수 없는 감옥, 병실에서 때를 기다려야만 한다. 주차장 앞에 멈춰 선 김태수가 긴 숨을 뱉었다.

"혜영아."

"왜?"

"네가 나보다 낫다."

"뭐가?"

"내가 내 생각만 했어, 어머니 생각은 하지 못했어."

"좀 그러지 마."

최혜영이 짜증난 목소리로 말을 이었다.

"요즘 자긴 걸핏하면 자책하고 허둥거리더라? 자기가 중심을 잡아야지 그러지 않으면 가족이 흔들려."

"알았어."

"기운 내."

"고맙다."

"종근 엄마하고도 상의해 볼 테니까 자기는 종근 아빠하고 말 맞춰."
"그래."
김태수가 다시 발을 떼었다. 가슴이 먹먹하고 든든했다.

저녁을 먹고 난 김대근은 밖으로 나왔다. 철수가 뒤를 바짝 붙어 따른다. 오후 6시 반, 산골은 이미 어둠으로 덮여 있다. 저녁 식사는 온 가족이 모여 같이 먹었다. 김희선이 박미경을 싣고 6시에 집에 왔기 때문이다. 문간방의 윤재일까지 여섯이 둘러앉아 먹었는데 윤수정도 맨밥을 반 그릇이나 먹었다. 그것을 본 윤재일이 맏손자가 오니까 누님 식욕이 돋아난 모양이라면서 좋아했다. 차가운 날씨다. 7시도 안 되었는데 산골 마을은 조용하다. 집 앞 밭두렁 길을 걸어 산기슭으로 다가간 김대근이 나뭇등걸 밑에 앉는다. 할아버지 집에 자주 왔기 때문에 이곳이 앉아 쉬기에 적당한 곳이라는 것을 알고 있는 것이다. 낙엽이 잔뜩 깔려 있었으므로 바닥은 푹신하다. 두 다리를 길게 뻗은 김대근이 문득 할머니가 돌아가시면 우리 가족이 어떻게 될 것인가를 생각해 보았다. 그러고 보면 할아버지가 가장 어른 대접을 받았고 할머니는 그 그늘에 가려진 것 같지만 아니다. 지난 여름휴가 때 가족들과 어울리고 보니 할머니 영향력이 가장 컸다. 할아버지는 명칭만 대장이지 허당이었다. 할머니가 어머니, 작은 어머니, 고모를 이끌었고 가족들은 졸졸 뒤만 따랐다. 팔짱을 끼고 앉은 김대근이 문득 할머니의 얼굴을 떠올렸다. 저녁을 먹으면서도 할머니는 자주 시선을 주었던 것이다. 그때 옆에 앉아 있던 철수가 벌떡 일어서더니 냅다 어둠 속으로 달려갔다. 집 쪽이다. 김대근이 시선을 들었을 때 앞쪽에서 어른거리는 물체가 보이더니 철수를 앞세운 김선호가 다가왔다. 철수가 안내해온 것이다.

"너, 여기 있구나."

"할아버지."

자리에서 일어선 김대근에게 김선호가 다가서며 웃었다.

"그 자리는 네 아버지, 삼촌이 옛날부터 숨어서 담배를 피우던 곳이다."

"아버지가요? 아버지는 담배 안 피우는데."

"네가 태어나기 전에 끊었을 거다."

김선호가 털썩 낙엽 위에 앉더니 옆자리를 손바닥으로 두드렸다.

"여기 앉아라."

김대근이 다시 자리에 앉자 철수도 옆쪽에 앉았다. 다시 산기슭에 정적이 덮이더니 귀에서 울림소리가 났다. 그때 김선호가 앞쪽을 향한 채 물었다.

"너, 여행 중에 돌아왔지?"

"예."

긴장한 김대근이 숨을 죽였을 때 김선호가 말을 이었다.

"네가 돌아왔다는 말을 듣고 네 할머니가 어찌나 가슴 아파하던지, '나 때문에 대근이가 돌아온 것 같다'고 말이다."

"아니 왜요?"

가슴이 뜨끔했지만 김대근이 묻자 김선호가 길게 숨을 뱉었다.

"나는 잊고 있었지만 네 할머니는 돈이 없어서 네 아버지를 수학여행에 못 보낸 것을 가슴에 담아 두고 있었던 모양이다. 40년 전 일인데도 말이다."

"…."

"다 내 탓이지만, 그때 나는 초등학교 교사 월급으로 자식 셋의 고등학교 중학교 학비를 대느라 힘이 들었지, 옛날에는 교사 월급이 박해서 다섯 식구가 겨우 밥을 먹었단다."

"…."

"네 아버지는 중학교 때부터 고등학교 때까지 수학여행은 한 번도 못 갔어, 동생한테 양보를 하거나 돈이 없어서 못 보내고 그랬지."

"…."

"글쎄, 난 잊고 있었다고 하지 않느냐? 그런데 네 할머니는 그것을 가슴에 묻어두고 있다가 네가 여행 중에 돌아왔다고 하니까 자기 때문에 손자까지 여행을 못 하게 되었다고 하는구나."

"아유, 그게 아닌데요, 할아버지."

"네 아버지 가슴이 아팠을 거다."

"…."

"널 불러들인 네 아버지 말이다."

김선호가 길게 숨을 뱉더니 어두운 앞을 응시했다.

"대근아."

"예, 할아버지."

"네 할머니, 오래 못 산다."

"…."

"이 할애비도 곧 따라 가겠지."

"…."

"다 왔다가 가는 것이지만 너 같은 손자가 있는 것이 든든하다."

"할아버지, 저는"

"네 할머니가 멀게 느껴지겠지만 네 뿌리다. 네 아버지를 낳고 또 네가 이어가고 있지 않느냐?"

김선호가 자리에서 일어서더니 발을 떼었으므로 따라 일어선 김대근이 뒷모습만 보았다. 철수가 따라가고 있다.

"누님, 무슨 일이요?"

놀란 윤재일이 상 위에 놓인 원고지를 부랴부랴 치우면서 물었다. 갑자기 문간방으로 윤수정이 들어왔기 때문이다.

"아이구, 방은 뜨뜻하구먼."

방바닥을 손으로 쓸어본 윤수정이 아랫목에 앉더니 아직 엉거주춤 서 있는 윤재일에게 앞쪽을 눈으로 가리켰다.

"거기 앉아라!"

"근디 무슨 일인데요?"

앉으면서 윤재일이 다시 묻자 윤수정의 시선이 방구석에 놓인 원고지로 옮겨졌다.

"뭘 쓰냐?"

"쓰기는요? 아무것도…"

"글쎄, 뭘 쓰냐니까?"

"누님은 그걸 알아서 뭐하려고 그러슈?"

"내가 알아야겠다."

윤수정이 엉거주춤 일어나 원고지 쪽으로 다가가려고 했더니 윤재일이 기겁을 하고는 가로막았다.

"누님, 왜요?"

"좀 보자."

"보기는 뭘, 일기장 같은 건데."

"일기 형식으로 쓰는 거냐?"

"아니, 그것보다도…"

다시 자리에 앉은 윤수정이 이마에 배어나온 땀을 닦았다. 오후 8시가 조금 넘었다. 벽에 기대앉은 윤수정이 지그시 윤재일을 보았다. 윤재일이 집에 온 지 보름이 되어 간다. 그동안 윤재일은 문촌리 생활에 익숙해져서 김선호로부터 칭찬까지 받았다. 윤수정의 약 달이는 일은 꼭 도울 뿐만 아니라 규칙적인 생활을 하는 것이다. 저녁 8시부터는 방에서 원고를 썼는데 술도 마시지 않았다. 윤수정이 입을 열었다.

"내가 태수 아버지하고 상의를 했는데 넌 계속해서 여기서 살아도 돼."

윤재일의 시선을 받은 윤수정이 길게 숨을 뱉었다.

"어디 댕기지 말고 여기서 눌러 살란 말이다. 가끔 내 산소도 와 보고."

"누님."

"여기가 네 고향이여, 네 가족이 모두 여기에 있고."

"누님, 그건 나중에 이야기하고 지금은 누님 나을 생각이나…"

"난 오래 못 산다."

윤수정이 요즘 더 깊어진 눈으로 윤재일을 보았다.

"내가 너한테만 말하는데 요즘 아파서 밤에 잠을 못 자."

"…."

"낮에 조금씩 자는 것으로 때운단다. 태수 아버지도 아직 몰라."

"…."

"내가 더 견디기 힘들면 비명을 지를 테지. 그럼 태수 아버지가 날 병원으로 데려갈 것이고, 그땐 못 나와."

"누님, 왜?"

윤재일이 어느덧 눈에 고인 눈물을 손등으로 비벼 닦고는 윤수정을 보았다.

"이게 웬일이데요?"

"웬일은? 갈 때가 된 거지."

"누님, 안 돼요."

"안 되긴 뭐가 안 돼?"

그러더니 윤수정이 가늘게 신음했다.

"요즘은 시도 때도 없이 아파."

"오늘은 밥 잘 잡수더만."

"조금 전에 다 토하고 왔어."

윤수정이 잇몸을 드러내고 웃었다. 이제 얼굴의 살이 거의 다 빠져서 가죽만 남아 있다. 그러나 눈에는 열기를 띠어서 번들거리고 있다.

"내가 긴 이야기 앞으로 못 하게 될지 모르니까 오늘 약속해라."

"뭘요?"

"여기서 마음 붙이고 살겠다는 것."

"살지요."

"내일 네 매형하고 나하고 같이 있을 때 말혀, 그리고 매형 허락을 받아, 알았어?"

"알았어요."

"네 매형이 널 굶기지는 않을 거다. 네 매형을 도와, 그리고 서로 의지하고 살아라, 알았어?"

"예, 누님."

"네 매형도 나 없으면 어떻게 할지 모를 거야, 그러니까 둘이 같이 있어."

마침내 윤재일이 어깨를 떨며 울기 시작했다. 눈물이 쏟아졌지만 닦을 생각도 않고 머리를 숙인 채 흐느껴 운다.

"이 못난 놈."

윤재일의 모습을 보면서 윤수정이 길게 숨을 뱉었다.

"네 매형이 널 데리고 있겠다고 했어, 그래서 난 안심이 돼."

"누님."

윤재일의 울음소리가 이어지고 있다.

토요일 오후 2시, 점심을 먹고 매장에 들어섰던 한상호가 숨을 들이켰다. 안쪽 소파에 김희선이 앉아 있었기 때문이다. 한상호를 본 김희선이 일어섰는데 웃음은 띠었어도 굳어 있다.

"아이구, 여긴 웬일로…"

한상호가 커다랗게 말했지만 역시 부자연스럽다. 매장에는 남자 직원 하나가 남아있었는데 손님을 상대하느라고 정신이 없다. 김희선이 물었다.

"지나다가 들렀는데, 바쁘세요?"

"아니, 바쁘긴요. 저기, 나가시죠. 커피숍이 옆집인데, 아주…"

"그러시죠."

김희선이 한상호를 따라 매장 옆쪽의 커피숍에 들어가 마주보고 앉았다. 종업원에게 커피를 시킨 한상호가 물었다.

"어머니는 좀 어떠세요?"

"약해지고 계세요."

김희선이 외면한 채 말했다.

"그리고 서두르고 계시구요."

"뭘 말입니까?"

한상호가 묻자 김희선이 시선을 들었다. 종업원이 커피 잔을 놓고 돌아갔다. 한상호의 시선을 받던 김희선이 대답했다.

"다요."

"다라니요?"

"모두 다."

김희선이 창백해진 얼굴로 말을 이었다.

"주변 일들을 모두 빨리 정리하려고 하세요."

"…."

"제 문제도 함께요."

"…."

"저를 좋아하세요?"

그러자 한상호가 어깨를 부풀렸다가 내렸다.

"아시면서 묻습니까?"

"저도 한 사장님을 좋아해요."

"고맙습니다."

"알고 계셨지요?"

"예."

한상호가 똑바로 김희선을 보았다.

"희선 씨나 나나 한 번씩 실패한 경험이 있지요, 이제는 실패하면 안 됩니다."

"…."

"그래서 저도 심사숙고한 겁니다. 그리고 희선 씨가 내 남은 인생의 반려자가 되어야겠다는 확신이 선 것이죠."

"…."

"기다리고 있었지요, 어머님이 그렇게 되셔서 걱정은 되었지만 그런 상황이라 접근하지 못했던 겁니다."

그런데 오히려 윤수정한테서 연락이 온 것이다. 그때 김희선이 물었다.

"제 집에서 사실 수 있으세요? 저하고 제 딸하고, 제 부모님하구요."

"아, 그럼요."

대번에 말한 한상호가 어깨를 펴고 김희선을 보았다. 두 눈이 반짝이고 있다.

"아버님은 제 아버님 친구 아닙니까? 어머님은 말씀드릴 것도 없고, 그, 미경이는…"

"미경이도 한 사장님이 문촌 마을로 오시면 좋다고 했어요."

"예? 미경이가요?"

한상호가 눈을 크게 떴다. 입도 반쯤 벌어져 있다. 김희선이 머리를 끄덕였다.

"같이 살자고 했어요."

"아이구."

한상호가 갑자기 손을 뻗어 김희선의 손을 움켜쥐었다. 놀란 김희선이 손을 빼기도 전에 한상호가 두 손으로 감싸 쥐었다. 따뜻한 손이다. 주먹을 쥐었던 김희선의 손가락에 힘이 풀렸고 곧 부드럽게 펼쳐졌다. 한상호는 그것이 김희선의 몸이나 된 것처럼 주무르기 시작했다.

"고맙습니다."

한상호가 상기된 얼굴로 말했다. 빨랫감처럼 주무르던 김희선의 손이 빠져 나갔으므로 한상호의 손이 더듬거리다가 커피 잔을 쥐었다. 그때 김희선이 말했다.

"제가 부모님하고 오빠들한테 이야기하겠어요."

이제 머리만 끄덕인 한상호에게 김희선이 말을 이었다.

"제가 연락하면 오실 수 있죠?"

"언제든지."

정색한 한상호가 말을 이었다.

"바로 가겠습니다."

"이런 때 말씀드려서 죄송해요."

"그게 무슨 말씀이요?"

눈을 치켜뜬 한상호가 목소리를 높였다.

"그런 상황인데도 저한테 전화해 주신 어머님한테 얼마나 고마웠는지 아십니까? 어머님 앞에서 꼭 약속을 해드려야겠습니다."

이제 눈물이 그렁그렁해진 김희선을 향해 한상호가 말을 이었다.

"희선 씨하고 행복하게 잘 살겠다는 약속을요."

"아버지, 저요."

김대근이 말하자 김태수가 소파에 등을 붙였다. 오전 11시 반, 회사 사무실 안이다. 김대근이 지금 문촌 마을에서 전화한 것이다. 김태수가 물었다.

"그래, 웬일이냐?"

"예, 저기, 할머니는 식사를 거의 안 하세요."

"어."

갑자기 말문이 막힌 김태수가 숨을 들이켰다. 할머니 이야기를 먼저 꺼낼 줄은 예상하지 못한 때문이기도 하다. 그때 김대근이 말했다.

"아버지."

"응, 왜?"

"저, 내년에 개학할 때까지 여기 있으려고 해요."

김태수가 눈만 치켜떴고 김대근의 말이 이어졌다.

"제가 아버지 대신은 안 되겠지만 할머니 옆에 있을게요."

"…."

"수시로 할머니 상태나 어려운 일 있으면 직접 아버지께 연락할게요, 그래도 되죠?"

"아, 그야."

그 순간 목이 멘 김태수가 숨을 들이켰고 곧 눈물이 주르르 흘러내렸다. 방에 혼자 있었지만 손등으로 서둘러 눈물을 닦는 김태수의 귀에 김대근의 목소리가 이어졌다.

"할머니한테 먼저 제가 여기 있겠다는 허락을 받았어요, 처음에는 그럴 필요 없다고 하시다가 나중에 허락하셨어요."

"어."

"할아버지는 좋아하셨어요."

"그래."

"제가 수시로 연락드릴게요."

"어."

그러다가 김대근이 전화를 끊을 것 같았으므로 김태수가 서둘러 불렀다.

"야, 대근아."

"예, 아버지."

"고맙다."

"참, 아버지도."

김태수는 김대근이 말을 잇기 전에 핸드폰의 종료 버튼을 누르고는 긴 숨을 뱉었다. 인간도 감정이 격해지면 가만있지 못하는 경향이 있다. 곤충은 어떤지 몰라도 짐승이나 같다. 김태수가 곧장 최혜영에게 전화한 것도 그런 맥락이다.

"응, 왜?"

전화를 받은 최혜영이 그렇게 물었을 때 김태수는 김대근이 문촌 마을에 머물겠다고 한 이야기를 단숨에 했다. 다 듣고 난 최혜영이 긴 숨을 뱉었다.

"거봐, 가만두면 제가 알아서 한다니까? 자식은 다 아버지한테서 배우는 거야, 가정교육은 가르치는 것이 아니라 스스로 보고 배운다고 하잖아?"

"글쎄, 그놈이 그런 결심을 할 줄은, 내가 아버지 어머니한테 체면이 섰어."

"체면보다도 아버지 어머니가 뿌듯하시겠어."

"대근이 용돈은 줘 보낸 거야?"

"나, 참."

최혜영의 목소리에 모처럼 웃음기가 섞여졌다.

"내가 알아서 줬으니까 신경 안 써도 돼."

"대근이한테서 전화 오면 잘 생각했다고 칭찬해줘, 난 제대로 칭찬도 안 했어."

"알았어."

통화를 끝낸 최혜영이 이번에는 김대근의 단축 버튼을 누른다. 곧 신호음이 끊기더니 김대근의 목소리가 울렸다.

"응, 엄마."

"네 아버지한테서 방금 전화 왔다."

최혜영이 소곤거리며 말을 이었다.

"요즘 들어 네 아버지의 밝은 목소리는 처음 들었다."

"뭐래?"

"날더러 너 칭찬해주란다."

"…."

"자기는 제대로 칭찬도 안 했다면서 말이야, 너한테 용돈 제대로 줬느냐고도 물어보더라."

"…."

"봐라, 네 아버지한테 전화 잘한 거지?"

김대근은 먼저 최혜영한테 전화를 한 것이다. 최혜영은 모른 척하고 김태수의 이야기를 들은 셈이다.

"어머니, 아버지가 나 돌아오라고 한 것을 이해하게 되었어."

김대근이 가라앉은 목소리로 말했으므로 최혜영은 듣기만 했다. 김대근이 말을 이었다.

"난 여기 있는 동안 할아버지 할머니하고 실컷 이야기할 거야, 그래서 이야깃거리를 만들어 놓을 거야."

통증이 가시면서 긴 숨이 뱉어졌다. 온몸에 땀이 배어나와 있었지만 손끝 하나 까닥하기 싫다. 벽시계가 12시 40분을 가리키고 있다. 방 안의 불은 꺼 놓았어도 어둠에 눈이 익어서 초침까지 다 보인다. 집은 조용하다. 조금 전까지 코를 골던 김선호가 모로 눕더니 숨소리도 들리지 않는다. 오늘로 97일째, 석 달하고도 6일이 지났다. 의사가 6개월이라고 말했으니 절반은 지난 셈이다. 췌장암 통보를 받은 것이 바로 엊그제 같았다가 어떤 때는 몇 년이 지난 것 같다. 바로 지금이 그렇다. 그러나 병상 일지는 머릿속에 선명하게 기록되어 있다. 음식을 끊은 지는 이제 나흘이 되었다. 도무지 소화도 되지 않고 식욕도 당기지 않아서 먹다 말다 한 것은 두 달쯤 전부터였고 억지로 미음과 한약을 먹기 시작한 것은 한 달 전이었다. 그러나 그것도 다 부질없는 것이었다. 항암 치료는 열흘에 한 번 꼴로 받았는데 지난번 의사의 통보를 받았다. 항암 치료가 고통만 줄 뿐이고 효력이 나타나지 않는다는 것이다. 말은 그렇게 했지만 증세는 더 나빠졌다는 것이나 같다. 그래서 이 주일 전부터 항암 치료를 끊고 한약으로만 지탱하고 있다. 윤수정이 반듯이 누워 천장을 보았다. 실낱같은 숨이 코로 뱉어졌다가 호흡되고 있다. 통증이 끝난 후의 바로 이 순간이 좋아지고 있다. 바로 이 상태가 죽음 직전이리라. 이러다가 숨이 딱 끊기면 세상과 이별하게 되는 것이겠지, 인연과의 이별이다. 남편, 자식, 형제와의 이별, 이제 윤수정의 얼굴은 평온하다. 전에는 인연만 떠올려도 주체할 수 없이 흐느낌부터 터져 나왔으나, 이제는 고통이 시작되면 어서 이 고통으로부터 해방되었으면 하는 바람이다. 이윽고 윤수정이 입술을 달싹이며 말했다.

"하느님, 부처님, 제 남편, 자식, 동생이 편안히 살게 해주십시오."

다시 윤수정의 말이 이어졌다.

"절 데려가 주세요, 이젠 힘듭니다."

지치기 시작하면 온갖 추태가 나오고 주변 인연들을 괴롭히게 된다는 것을 윤수정은 수없이 보아왔다. 그래서 정신이 아직도 있을 때 가려고 음식을 끊은 것이다. 가족에게는 먹는 시늉을 했지만 곧 화장실에 가서 다 토해내었다. 금방 노란 위액과 함께 먹은 것이 쏟아졌다. 자식들이 정성들여 가져온 한약도 마찬가지다. 먹고 나면 다 토했다.

"내가 며칠이나 더 갈 것인가?"

맑은 머리로 생각하던 윤수정의 얼굴에 희미한 웃음이 떠올랐다. 김대근이 어제 개학할 때까지 이곳에서 살겠다고 한 것이 떠올랐기 때문이다. 그놈이 아버지 닮아서 효자다. 부전자전이다. 윤수정은 눈을 감았다. 그러자 올 여름에 온 가족이 괌에서 놀던 장면이 떠올랐다.

"할머니."

다시 목소리가 들렸으므로 윤수정이 눈을 떴다. 잠깐 눈앞이 보이지 않았지만 주변은 환했다. 이곳이 어디인가?

"할머니."

목소리가 분명해졌다. 대근이다, 맏손자가 부르고 있다.

"오냐."

대답은 했지만 목소리가 나오지 않는다.

이윽고 눈앞이 보이더니 대근의 얼굴이 드러났다. 밝은 표정이다.

"할머니, 나, 보여요?"

"그럼."

이제 목소리가 나온다. 이곳은 병원이다.

"할머니가 깨어났어요!"

김대근이 소리치자 곧 김선호, 김희선, 윤재일의 얼굴이 위를 덮었다.

"아이구 답답해."

윤수정이 웃음 띤 얼굴로 말했다.

"위를 그렇게 덮으면 어떡해?"

"어머니!"

김희선의 얼굴에는 눈물이 얼룩져 있다.

"쫌만 기다려, 한 서방이 온다고 했어."

이년이 한 사장이 아니라 이제는 한 서방이라고 하는구나, 윤수정의 얼굴에 다시 웃음이 떠올랐다.

"지지리도 남자 복이 없던 애가 이제야 제대로 된 남자를 만났구나."

"여보."

김선호가 예전의 무뚝뚝한 얼굴로 내려다보며 말했다.

"애들이 내려오고 있어, 당신 깨어났다고 말해줘야겠구먼."

"아이구, 애들 고생하겠네."

"손자들 다 데리고 온다네."

그때 윤재일이 말했다.

"누님, 정인이도 곧 올 겁니다."

윤재일의 얼굴도 눈물범벅이다.

"누님 덕분에 다 모였어요."

"웃어?"

김선호가 물었으므로 윤수정이 눈을 떴다. 눈앞에 김선호 혼자서 내려다보고 있다. 아니, 이곳은 방 안이다. 꿈을 꾸었는가?

"아니, 내가 꿈을…"

윤수정이 숨을 들이켜고 나서 몸을 비틀어 먼저 한손으로 방바닥을 짚었다. 이렇게 해서 상체부터 일으키고 일어나 앉는 것이다.

"꿈을 꾸었어? 좋은 꿈을 꾼 모양이구먼, 웃는 걸 보니."

"내가 웃었어요?"

상반신이 너끈하게 일으켜졌으므로 윤수정의 기분이 밝아졌다. 아침에 이부자리에서 일어날 때 통증이 심했기 때문이다. 그런데 오늘은 괜찮다.

"오늘 한 사장이 온대."

김선호가 이불을 걷으면서 말했다.

"집 안 청소 좀 할 테니까 당신은 밖에서 바람이나 쏘이고 있어."

"배가 고프네."

벽에 기대앉은 윤수정이 혼잣소리처럼 말했더니 김선호가 들고 있던 베개를 떨어뜨리고 몸을 폈다. 두 눈이 치켜떠져 있다. 지금까지 석 달 7일 동안 윤수정이 배고프다는 소리를 한 적이 없다.

"잠깐 기다려."

떨리는 목소리로 말한 김선호가 방을 나가다가 문지방에 발끝이 걸려 절름거렸다.

"희선아! 희선아!"

마루방으로 나온 김선호가 떠들썩한 목소리로 부르자 김대근이 놀라 대답했다. 마당에 있었던 모양이다.

"왜요? 할아버지!"

무슨 일이 난 것으로 알았는지 목소리도 다급했다.

"네 고모 어딨냐?"

"왜요? 아버지?"

김희선의 목소리가 다급하게 울렸을 때 김선호가 소리쳤다.

"네 엄니가 배고프단다."

오전 8시 10분이다. 벽시계의 초침까지 다 보인다. 벽에 기대앉은 윤수정은 방 밖에서 일어나는 활기를 느끼고 있다. 이제는 윤재일까지 마당에 나와서 한마디 거들고 있다. 윤수정이 손으로 아랫배를 쓸어보았다. 조금 전의 꿈이 지금도 생생했다. 그래서 지금도 꿈속의 꿈같다.

"어이, 밥 먹고 병원에 한번 갔다 오지, 한 사장은 오후 5시에 온다니까 시간은 충분혀."

마루 끝에서 김선호의 목소리가 울렸다.

"밥이 만병통치약이거든요, 밥만 잘 먹으면 병이 안 걸린다는 말도 있지 않습니까?"

윤재일의 목소리다.

"할아버지, 경운기 몰고 갔다 와도 돼요?"

김대근은 요즘 경운기 운전을 배워서 걸핏하면 빈 고추밭까지 경운기를 몰고 갔다 온다. 미경이를 태우려고 애썼지만 초보운전 차에는 안 탄다고 했다. 오전 11시 반이 되었을 때 김선호, 윤수정 부부는 전북대 병원의 주치의 유병식 교수 앞에 나란히 앉아 있었다. 윤수정은 오늘 다시 CT 촬영을 했고 채혈까지 했다. 유병식이 머리를 끄덕이며 말했다.

"식사도 조금 하시고 통증도 줄어든 것 같다고 하시니 다행입니다."

김선호와 윤수정은 숨도 죽이고 있다. 그러나 오늘 검사한 결과는 닷새 후에 나올 것이었다. 유병식이 말을 이었다.

"몸이 약해지면 암세포 활동이 줄어들긴 합니다. 계속 줄어들기만 하면 좋겠지요."

"그렇죠."

마침내 김선호가 맞장구를 쳤다. 유병식은 호의적이다. 어떻게든 희망을 주려고 했지만 자신이 없는 것이다. 그래서 이렇게 어중간한 진단을 한다.

"어쨌든 통증이 없어지셨다니 식사 제대로 하시고…"

유병식의 배웅을 받으면서 진료실을 나온 김선호가 윤수정의 팔을 끼면서 말했다.

"내가 이런 말을 안 하려고 했는데."

"하지 마요."

윤수정이 김선호의 팔을 두 손으로 잡으면서 말했다.

"의사 선생이 억지로 희망적인 말을 할 때는 참 안쓰러운 생각이 듭디다."

"별 걱정을 다, 내 말은…"

눈을 부라린 김선호가 다시 말을 이으려고 했으므로 윤수정이 팔을 당겼다.

"빨리 갑시다."

"내 말은…"

김선호가 기어이 입을 열었다.

"의학으로도 안 되는 일을 기적이 혀내, 기적은 언제든지 일어나고 있어."

"이런 이야기는 허지 마라."

김선호가 앞에 앉은 윤재일, 김희선, 김대근을 차례로 보았다. 시선이 김대근한테서 조금 더 머물다가 비껴났다. 셋은 긴장한 채 입을 다물고 있다. 오후 8시 반, 넷은 집 앞 공터에 둘러서 있다. 주위는 어둡다. 김선호가 갑자기 불러냈기 때문에 김희선은 셔츠만 걸쳤다. 12월의 찬 바람이 낙엽을 쓸고 지나갔다. 김선호가 말을 이었다.

"입 잘못 놀리면 복 달아난다고 헌다. 물론 미신이지만 당분간은 입 다물고 있어라."

"아버지 무슨 말인데요?"

마침내 참다못한 김희선이 팔짱을 끼고 어깨를 움츠리며 물었다. 그때 윤재일이 먼저 대답했다.

"어머니 말이여."

"어머니가 왜요?"

"차도가 있거든."

"무슨 차도요?"

김희선의 목소리가 높아졌다. 김희선은 전주에서 돌아온 지 30분밖에 안 되었다. 막 씻고 밥을 먹으려는 참이다. 그때 김선호가 말했다.

"오늘 병원에 가서 CT 촬영 결과를 보았는디 암세포가 딱 멈춰 있다는구나."

"멈, 멈춰요?"

"그래서 확인을 두 번이나 했는데 한 달 전하고 똑같았어."

"그, 그러면, 울 엄니가…"

"차도가 있는 거지."

"어머니."

김희선이 두 손으로 얼굴을 감싸 쥐었다. 그러고는 발까지 동동거렸을 때 김선호가 말을 이었다.

"글쎄, 그건 어떻게 될지 모르니까 당분간 가만두고 기다리자, 알았냐?"

"오빠들한테 안 알리고요?"

"너무 호들갑떨지 말란 이야기다."

김선호의 목소리가 엄격해졌다.

"네 오빠들 그 소식 듣고 펄쩍 뛰었다가 또 일이 잘못되면 낙망이 더 커질 거다, 그렇게 만들면 안 된단 말이여."

"…."

"무슨 말인지 알겠어?"

"그렇지만…"

"이런 답답한 애가 있나?"

이제는 김선호가 발을 굴렀다. 따라 나온 철수가 옆에 붙어 서 있다가 꼬리를 내리더니 슬그머니 집으로 들어갔다. 김선호가 말을 이었다.

"입이 근질거리더라도 방정 떨지 마라, 네 오빠들을 당장 기쁘게 해준답시고 입만 열지 말란 말이여, 만일 니 엄니가 또 나빠진다면 니 오빠들은 낙담해서 아예 일을 못 할 거다, 알았냐?"

"예, 아버지."

"나도 지금 춤을 추고 싶지만 참는다, 지금 살얼음판 위를 걷는 기분이여."

"형님, 잘 알았습니다."

요즘 들어서 김선호의 신임을 받기 시작한 윤재일이 김선호의 등을 밀면서 말했다.

"희선이가 어디 어린애입니까? 말씀 다 알아들었을 것입니다."

그때 김선호의 시선이 김대근에게로 옮겨졌다. 김선호가 막 입을 열려고 할 때 김대근이 먼저 말했다.

"예, 할아버지, 잘 알겠습니다."

마루방으로 들어온 김선호에게 윤수정이 물었다.

"지난번에 종근 에미가 사온 곶감이 있었는데 어따 둔지 아시오?"

"곶감? 곶감은 왜?"

눈을 크게 뜬 김선호가 윤수정을 보았다.

"글쎄, 갑자기 곶감이 먹고 싶어서."

"어, 어디 있을 거여."

김선호가 서둘러 마루방 선반을 뒤지기 시작했다. 곶감이 보이지 않았으므로 곧 소리쳐 김희선을 불렀다.

"희선아! 혹시 곶감 못 봤냐? 니 엄니가 곶감 찾는다."

"곶감이요? 못 봤는데."

그때 건넌방에서 박미경이 나왔다.

"할아버지, 흰 상자에 담긴 것 말이죠?"

"응, 그래, 그렇지."

김선호가 눈을 크게 떴을 때 박미경이 손으로 안방 문 옆 선반을 가리켰다.

"거기 두 번째요."

달려간 김희선이 선반에서 곶감 상자를 꺼냈다.

"아이구, 우리 미경이가…"

감동한 김선호가 박미경의 머리를 쓸었고 김희선이 곶감 상자를 윤수정 앞에 놓았다.

"엄니, 여기."

"아이구, 이게 무슨 수선이냐?"

쓴웃음을 지은 윤수정이 곶감 하나를 집더니 마침 다가온 박미경에게 주었다.

"옛다, 먹어라."

김선호가 나서려다 입만 딱 벌렸고 두 번째 곶감을 쥔 윤수정이 한 입 베어 물고는 상자째 박미경 앞으로 밀어 놓았다.

"난 한 개면 됐어."

김희선과 김선호, 그리고 나중에 들어온 김대근과 윤재일까지 윤수정이 곶감을 씹어 먹는 것을 구경하고 있다. 나중에는 박미경도 본다.

눈을 뜬 윤수정이 옆자리를 보았다. 김선호는 요란하게 코를 골며

자는 중이다. 벽시계가 오전 1시 반을 가리키고 있다. 집은 조용하다. 대근이가 오면서부터 집안 분위기는 더 단단해진 느낌이 든다. 대근이는 김선호를 따라 빈 고추밭에도 가고 가게에 심부름도 다니는 등 가만 있지를 않았다. 꼭 제 할아버지, 아비를 닮은 성품이었기 때문에 김선호는 만족했다. 대근을 바라보는 시선만 봐도 알 수 있다. 또 미경이는 어떤가? 처음에는 부끄럼을 타더니 이젠 수학 문제를 풀다가 모르는 것이 있으면 대근한테 달려간다. 어려울 때 맏손자가 내려와 있는 것이 이렇게 든든한지는 아무도 예상하지 못했다. 윤수정은 조심스럽게 몸을 일으켰다. 이젠 일어날 때 허리의 통증이 가셔서 신기하기만 하다. 처음 통증이 느껴지지 않았을 때는 감각까지 무디어졌는가? 하고 털컥 겁이 났는데 그것이 아니었다.

"아이구, 하느님, 고맙습니다."

입속으로 말한 윤수정이 옷을 집어 들고 방을 나왔다. 마루방 왼쪽 방은 자식들이 올 적에 자는 방이었지만 이제 김대근 차지가 되었다. 오른쪽 방 두개는 김희선과 박미경이 차지했으니 이제 방에 식구가 다 찼다. 자식과 손자들이 누워 자는 방을 지나 마루방 유리문을 열고 토방으로 나왔더니 철수가 꼬리를 힘껏 치면서 반긴다. 철수도 윤수정의 병을 아는지 전에는 몸을 붙이면서 밀기까지 하던 놈이 지금은 꼬리만 친다. 마당으로 내려온 윤수정이 곧 불이 꺼진 윤재일의 방 앞을 조심스럽게 지나 대문을 나왔다. 달이 밝은 밤이다. 점퍼로 몸을 감싼 윤수정이 대문 앞 논두렁길을 걸어 산기슭 밑으로 다가갔다. 철수가 잠자코 뒤를 따른다. 주위는 조용해서 귀울음 소리만 들린다. 이윽고 산기슭의 소나무 둥치 앞으로 다가간 윤수정이 곧 등을 붙이고 앉았다. 곧 긴 숨이 뱉어지면서 혼잣말이 나왔다.

"아버지, 어머니, 지금 제가 어떻게 된 겁니까?"

옅은 바람결에 낙엽이 바스락거리는 소리를 내었다. 옆에 서 있던 철수가 저한테 말하는 줄 알고 머리를 내밀면서 꼬리를 살랑살랑 흔들었다.

"하느님, 제 몸이 어떻게 된 겁니까?"

윤수정이 두 손을 모으고는 하늘을 올려다보았다. 달이 환해서 앞쪽 논두렁길이 다 보인다. 보름이다. 별무리도 드러났다.

"하느님, 저한테 왜 이렇게 해주세요?"

이제 윤수정의 속마음이 쏟아졌다.

"이러다가 갑자기 가는 것이 아닙니까? 그러면 정리할 시간을 조금만 주셔야지요."

"혹시 이렇게 낫는 수도 있을까요? 제가 하느님 부처님도 믿지 않았는데 그럴 수 있을까요?"

바람이 불면서 뒤쪽에서 우수수 낙엽 흩어지는 소리가 났다. 철수가 잠깐 그쪽으로 머리를 돌렸다가 다시 물끄러미 윤수정을 보았다. 이제는 꼬리도 치지 않는다.

"하느님, 기적을 주신 것입니까? 저는 겁이 납니다. 이대로 받아들이기에도 겁이 나고 갑자기 변할까 봐도 겁이 납니다."

먼 쪽에서 부엉이가 울었다. 전 같으면 그 소리가 무서웠겠지만 지금은 누가 대답하는 것 같다. 그래서 윤수정의 목소리에 열기가 띠어졌다.

"우리 딸이 이곳에서 반평생을 같이 지낼 남편을 맞아 제법 살 때까지 제가 보게 해주십시오."

이제 윤수정은 두 손을 비비기 시작했다. 달이 환해서 누가 내려다

보는 느낌도 든다.

"우리 두 아들 내외간 화목하고 탈 없게 잘 살게 해주십시오."

윤수정의 눈앞에 문득 김선호의 얼굴이 떠올랐다. 왜 이제야 떠올랐을까? 미안한 마음에 윤수정의 목소리가 높아졌다.

"우리 그 양반 저 없으면 아직도 텔레뱅킹도 못 하는 양반입니다. 전기세, 세금도 어떻게 내는 줄도 모르는 양반이니까 제가 가르칠 때까지…"

목이 멘 윤수정이 두 손을 모으고는 달을 우러러 보았다. 눈물이 볼을 타고 흘러 내렸다. 그 순간 문득 이런 기운을, 이런 기회를 만들어 준 하느님께 고맙다는 생각이 들었다.

"감사합니다, 감사합니다."

마음속에 있는 것을 하느님은 다 알고 계시리라는 생각이 들었으므로 윤수정은 다시 입을 열지 않았다. 허리는 아프지 않다. 윤수정은 소원을 다 빌었으므로 자리에서 일어섰다. 밭두렁을 건너 대문 안으로 들어서자 마당으로 나오는 김선호가 보였다.

"아니, 어디 갔다 와?"

김선호의 목소리가 컸으므로 윤수정이 손부터 흔들었다.

"아이구, 애들 깨겄소."

"아니, 이 밤중에 어디 갔다 오는 거여?"

김선호는 놀란 듯 두 눈이 크게 떠졌다.

"잠깐 바람 쏘이려고."

"바람?"

"응, 다리에 힘이 붙는 것 같아서."

"아이구."

감동한 김선호가 윤수정의 소매를 잡았다가 찬 기운에 놀라면서 말했다.

“오래 나가 있었어?”

“아니, 오 분쯤.”

마루방의 벽시계가 2시를 가리키고 있다. 30분 가깝게 나가 있었던 것이다. 방으로 들어선 김선호가 윤수정을 보면서 혼잣말처럼 말했다.

“하느님, 부처님, 고맙습니다.”

“어머니.”

정영아의 목소리에 윤수정은 깜짝 놀랐다. 윤수정보다 더 놀란 김선호는 들고 있던 철수 사료를 땅바닥에 떨어뜨리고 몸을 돌렸다. 정영아가 집 안으로 들어서고 있다. 양손에 가득 헝겊 가방을 들었는데 두 눈이 놀란 듯 크게 떠졌다.

“어머니, 뭐 하세요?”

윤수정이 마당에서 고추를 말리고 있었기 때문이다. 겨울이었지만 오늘은 하늘이 맑고 밝았다. 오후 1시 반, 집에는 둘뿐이다. 윤재일도 머리 깎는다고 면사무소 근처 이발소로 갔기 때문이다.

“아이구, 네가 웬일이냐?”

몸을 일으킨 윤수정을 보자 정영아가 가방을 내던지고 달려왔다.

“어머니, 괜찮으세요?”

“아이구, 괜찮어.”

달려온 정영아가 윤수정의 팔을 잡았다. 눈이 둥그레져 있는 것이 믿기지 않는다는 표정이다. 지난번 만났을 때는 막 병원에서 퇴원하고 방에 누워 있었던 윤수정이다. 그런데 멀쩡하게 마당에서 고추를 말리고 있다니.

“근데 갑자기 연락도 안 하고 웬일이냐?”

김선호가 물었는데 도둑질하다 들킨 것처럼 무안해진 표정이다.

“아유 아버님, 제가 뭐라고 온다 간다 통보하고 뵈러 와요? 그냥 오는 거죠.”

“그건 그렇다만 바쁠 텐데…”

“바쁘긴요, 그나저나…”

정영아가 다시 윤수정의 팔을 두 손으로 잡았다.

“어머니, 괜찮으세요?”

이렇게 해서 두 자식 내외에게는 당분간 말하지 말자고 약속까지 받아놓았던 윤수정의 상태가 정영아의 돌연한 방문으로 깨졌다. 윤수정의 차도를 알게 된 정영아가 휴대폰이 뜨거워지도록 이쪽저쪽에 전화를 해대는 동안 부부는 토방에 나란히 앉아 겨울 해바라기를 하고 있었다. 정영아의 전달이 끝난 후에는 김선호와 윤수정의 핸드폰에 불이 났다. 처음에는 불편하고 불안한 기색이었던 김선호와 윤수정이 나중에는 자식들의 분위기에 휩쓸려서 웃었다.

“다 온다고 했어요.”

정영아가 씩씩하게 소리쳤을 때 이제는 부부도 따라 웃었다.

“아이구, 야, 너무 그러지 마라.”

윤수정이 말리는 시늉을 했다.

“어허, 아직 좀 더 기다려 봐야 한다니깐.”

하면서도 김선호는 더 이상 상관하지 않았다. 정영아는 오늘밤 자고 갈 작정으로 왔는데 제 눈으로 윤수정을 보고 나자 흥분을 감추지 못했다. 더구나 문촌리 가족들이 당분간 비밀로 하기로 했다는 것을 나중에 김희선한테 듣고 나서는 윤수정이 차도가 난 것에 제가 일등공신인 것처럼 굴었다. 제가 문촌리를 기습 방문하지 않았다면 타지(他地)의 가족들은 여전히 슬픔과 낙망의 시간을 보낼 것이었기 때문이다. 그날 밤, 정영아가 일으킨 열풍 덕분으로 집에서 돼지고기를 굽고 소주 파티가 열렸다. 분위기에 휩쓸린 윤재일이 삼겹살에 소주나 마시자고 제의를 했기 때문이다. 이제는 윤재일의 말에 토를 달지 않는 김선호가 그러자고 해서 김대근이 술심부름을 했다. 돼지고기는 김희선이 사온 것이 있어서 충분했다. 정영아는 윤수정이 이번 겨울을 나지 못 할 줄 알고 마지막으로 겨울 코트를 사온 참이었다. 눈물을 뚝뚝 흘리면서 사온 코트라고 말은 못 하고 마루방 구석에다 놓았다. 그날 밤 마루방에 식구들이 다 둘러앉아 삼겹살을 구웠다. 남자는 김선호와 윤재일, 김대근 셋뿐이었는데 소주는 5병이나 놓였다. 김대근이 이창수 가게에서 가져온 것이다.

"어머니, 어머니."

갑자기 정영아가 울먹거리더니 윤수정의 허리를 껴안았다.

"어머니, 하느님이 기적을 베푸신 거예요."

"아이구 얘야, 자꾸 그러지 마라."

윤수정이 정영아의 어깨를 쓸면서 말했다.

"다 너희들 음덕이다."

"그렇지."

고기가 구워지기도 전에 소주잔을 든 김선호가 말했다.

"내가 이런 말 하기는 뭣하지만 우리 자식들, 며느리들의 덕을 보았지."

"그럼요."

윤재일이 붉어진 눈으로 윤수정을 보았다.

"우리 누님이 고생만 하시다가 덕을 좀 보시면 어떻습니까?"

"아버지 술 조금씩 드세요."

고기를 굽던 김희선이 김선호에게 말했다.

"내일 오빠들 오면 또 술 자실 텐데."

"또 마시면 어떠냐?"

한 모금에 소주를 삼킨 김선호가 윤재일에게 잔을 권하면서 웃었다.

"이런 때 안 마시면 언제 마신단 말이냐?"

내일 김태수, 김동수가 가족들을 데리고 모두 내려오는 것이다. 금요일이었지만 아이들 병가를 내고 다 데려온다고 했다. 괌 여행 이후로 가족들이 다시 모이게 되는 것이다. 이 세상에는 기적이 가끔 일어난다.

한꺼번에 서울과 대전 식구들이 내려왔다. KTX로 김태수 가족 네 명이 서울에서 출발했고 같은 기차에 대전의 김동수가 아이들을 데리고 탄 것이다. KTX 안에서 두 형제 식구가 만나 전주에서 택시 두 대에 나눠 타고 왔다. 용산역발 여수행 KTX를 타면 용산, 대전 찍고 전주에 도착한다. 각각 식구 하나씩이 문촌 마을에 있는 터라 정보는 빠삭해서 집 안으로 들이닥치는 분위기는 밝다.

"어머니!"

김동수가 마루방 앞에 서 있는 윤수정에게 제일 먼저 달려가 허리를 번쩍 안아 들었다.

"아이구, 아, 놓아라."

윤수정이 김동수의 어깨를 때렸지만 웃는 얼굴이다.

"아이구, 어머니."

눈에 눈물이 가득 고인 최혜영이 막 내려놓은 윤수정의 팔을 두 팔로 감싸 안았고 김태수는 뒤에서 쳐다만 본다.

"어 참, 정신이 없군."

김선호가 입맛을 다셨다.

"너희들, 애비한테는 인사도 안 하냐?"

"할아버지."

김태수의 막내딸 서현이가 김선호의 팔을 잡았다.

"저, 왔어요."

"저도요, 할아버지."

동갑내기 주현이가 다른 쪽 손을 잡는다. 미경이까지 세 집에서 막내가 각각 중학교 1학년으로 동갑내기다. 이제 모두 2학년으로 올라간다.

"너희들 나한테는 인사 안 하냐?"

뒤쪽에서 윤재일이 떠들썩한 목소리로 아이들을 나무랐다. 집안 경사가 난 터라 철수도 이리저리 뛰면서 꼬리를 흔들었다. 손자들까지 차례로 김선호와 윤수정에게 인사를 마쳤지만 들뜬 분위기는 좀처럼 가라앉지 않았다. 오후 3시 반이다. 김태수가 김선호와 윤수정을 보면서 말했다.

"오면서 동수하고 상의했는데요, 내일 동네 어른들 모시고 고기하고 술이나 대접했으면 좋겠는데요."

"아이구, 야, 무슨 큰일이라고."

윤수정이 질색하고 손까지 저었지만 김선호는 대번에 머리를 끄덕였다.

"어, 좋지."

눈을 크게 뜬 김선호가 윤재일을 보았다.

"니 생각은 어떠냐?"

"좋지요, 잔치는 이런 때 하는 겁니다."

윤재일이 적극 찬성했다.

"아이구, 왜들 이래요?"

윤수정이 다시 말렸지만 이번에는 최혜영과 정영아가 양쪽에서 번갈아 나섰다.

"어머니, 놔두세요. 저희들이 알아서 할 테니까요."

최혜영이 말했고 정영아는 한 걸음 더 나갔다.

"마을 회관에서 하는 것이 낫겠어요, 지금부터 준비하면 내일 점심 때 시작할 수 있을 것 같아요."

"그럼 하자."

김선호가 손바닥으로 무릎을 치면서 동의했을 때 이번에는 김동수가 나섰다.

"아버지."

"뭐냐?"

김동수의 시선이 윤수정에게로 옮겨졌다.

"어머니하고 상의하셔야겠지만요."

"뭔데?"

이번에는 윤수정이 물었고 마루방의 모든 시선이 모였다. 그때 최혜영이 푸득 웃다가 손바닥으로 입을 가렸다. 정영아도 빙글 웃는 것이 뭔가를 아는 눈치다. 그때 김동수가 입을 열었다.

"희선이 말인데요."

그때 마루 끝에 앉아 있던 김희선이 얼굴이 굳어졌다. 눈치를 챈 것이다.

"오빠, 오빠."

김희선이 다급하게 불렀을 때 김동수가 입을 열었다.

"저기, 한 사장이란 사람, 부르시지요."

"어, 한 사장."

놀란 듯 김선호가 말했을 때 김희선이 서둘러 안쪽으로 다가와 말했다.

"안 돼요, 이번은, 미경이가 아직 준비가 안 됐어요."

모두의 시선이 마당으로 모였다. 마당 끝 쪽에서 동갑내기 셋이 모여서 재잘거리고 있다. 셋은 K-팝 가수 얘기를 하고 있는 것이 틀림없다. 미경이의 핸드폰을 보면서 웃고 있다. 김희선이 말을 이었다.

"다음에요, 다음에 조금 더 기다렸다가요."

"얘가 마음은 굳힌 모양이군."

마침내 김태수가 웃으며 말했다. 그러자 김동수도 머리를 끄덕이며 웃었다.

"아버지, 그럼 이번에는 한 서방 빼고 잔치를 하지요."

오후 6시 반, 마을 회관에서 열린 잔치는 끝났지만 노인들의 술자리는 이어지고 있다. 노인들은 술을 많이 마시지 않는 대신 사설이 길다. 마을 회관에 모인 잔치 손님은 30여 명이 되었는데 잘 먹였다. 금요일 오후부터 전주로 달려가 시장을 봐 온 터라 잔치는 풍성했다. 남은 고기와 음식을 그릇에 담아 나눠주었더니 며느리들이 똑똑하다고 집집마다 칭찬이 쏟아졌다.

“이거 가져가세요.”

김희선이 보자기에 싼 박스를 내밀자 한상호가 눈을 둥그렇게 떴다.

“뭡니까?”

마을에서 2백 미터쯤 떨어진 산모퉁이 앞이다. 이곳까지 한상호는 대리점의 소형 트럭을 몰고 온 것이다.

“아이구 무거워라.”

보따리를 받은 한상호가 트럭 짐칸에 싣더니 이맛살을 찌푸렸다.

“아니, 이렇게 무거운 것을 여기까지 들고 왔어요? 안에 뭐 들었는데요?”

“잔치 떡하고 고기를 이것저것 섞어 담았어요.”

“아이구, 이런.”

“어머니가 한 사장님 갖다 주라고 담아주신 것이라고요.”

“아이구.”

“어머니가 그러시니까 두 올케도 거들어줬고요.”

“올, 올케들까지…”

산골의 겨울 해는 빨리 떨어진다. 이미 주위는 짙은 어둠에 덮였고 이쪽 모퉁이에서는 마을이 보이지 않는다. 김희선이 웃음 띤 얼굴로 한상호를 보았다.

“오빠들이 한 사장님도 불러서 같이 잔치를 하자고 했는데 제가 말렸어요.”

“…”

“미경이도 그렇고 분위기가 어색할 것 같아서요.”

머리를 끄덕인 한상호가 한 걸음 다가섰으므로 김희선이 긴장했다. 그때 한상호가 김희선의 허리를 끌어안더니 머리를 숙여 입을 맞췄다.

갑작스러운 행동이라 김희선이 두 손으로 한상호의 어깨를 잡았지만 밀치지는 않았다. 곧 한상호가 김희선의 입술을 빨면서 허리를 더 세게 안았다. 이윽고 김희선도 두 손으로 한상호의 목을 감아 안았다. 이윽고 둘의 입이 떼어졌을 때 한상호가 가쁜 숨을 뱉으면서 말했다.

"희선 씨, 언제라도 연락해요, 뵈러 갈 테니까, 난 준비가 다 되었어요."

한상호가 아직도 허리를 감아 안은 채 말을 이었다.

"난 설계도까지 다 그려놓았어요."

"무슨 설계도?"

김희선이 묻자 한상호가 다시 입술을 이마에 붙였다가 떼었다. 김희선도 아직 한상호의 목을 두 팔로 감아 안고 있다.

"희선 씨 집 옆쪽 땅에 단층집을 짓는 거요, 본채와 같은 구조로 방 두 개에 주방과 마루방이 딸린 집."

한상호가 김희선의 볼에 볼을 붙이고는 말을 이었다.

"그럼 미경이 방하고 옆채 우리 안방하고는 5미터밖에 떨어지지 않지, 미경이도 엄마 빼앗기지 않았다는 생각이 들 거요."

그때 김희선이 한상호의 볼을 볼로 비볐다. 그러나 입을 열지는 않았다.

"미경이가 날 부담 없는 아저씨로 생각했다가 언젠가 좋은 아저씨, 그랬다가 아빠 같은 아저씨, 그리고 엄마의 남편인 아빠로 여기게 될 때가 있을 거요."

"고마워요."

김희선이 한상호를 빈틈없이 껴안고는 몸을 웅크렸다.

"차 안으로 들어가요."

몸을 뗀 김희선이 차로 다가가며 말했다.

“차가 옆에 있는 걸 잊었네.”

때마침 겨울바람이 몰려와 옷자락을 날렸다. 바람결에 흙과 나무 냄새가 맡아졌다. 시골 냄새다. 바로 땅 냄새인 것이다. 땅에서 생명이 솟아나고 땅으로 스며들어 생을 마감한다. 그래서 땅을 만물의 근원이라고 한다. 그 시간에 김선호는 조길만, 이창수, 박복수와 함께 마을 회관에서 술을 마시고 있었는데 취했다. 그래서 김동수가 회관 앞마당에서 모셔가려고 기다리고 있다.

“나이 들면 낙(樂)이 없어져, 감동이 없어진단 말이지.”

술잔을 내려놓은 김선호가 붉어진 얼굴로 말을 이었다.

“우리 나이에 활짝 웃는 노인을 보았나? 없네, 온갖 것을 다 겪었기 때문이야, 그렇지 않은가? 그러니 웃을 일이 있나?”

그러더니 얼굴이 우는 것처럼 일그러졌다.

“마누라가 살아나다니, 이런 일도 있네그려.”

밤, 10시 반이 되었을 때 마루방에 가족이 다 모였다. 9시쯤 술에 취해 돌아온 김선호는 방에서 한 시간 넘게 자다가 깨어서 나왔는데 정신이 더 말짱해졌다. 6시에 한상호 만나러 나갔던 김희선은 8시 반이나 되어서야 돌아왔는데 춥지도 않은지 재킷 지퍼도 채우지 않고 얼굴도 상기되었다. 중학생 막내딸 셋은 구석에서 핸드폰만 보면서 낄낄대었으므로 김동수가 박미경의 방으로 쫓아 보냈기 때문에 손자들만 뒤쪽에 모였다. 윤재일도 이제는 엄연한 식구로 꼽아주었으므로 김선호의 옆에 앉았다. 잔치가 끝난 후의 가족 모임인 셈이다. 윤수정이 술은 꺼내지도 말라고 했기 때문에 가운데에는 과일과 떡, 플라스틱 마개가 달린 각종 음료수가 놓여졌다. 모두 며느리들의 솜씨다. 요즘은 커피에서부터 온갖 음료수가 따기 좋은 플라스틱 뚜껑으로 만들어져 나온다. 그때 먼저 윤수정이 입을 열었다.

"애들아, 고맙다."

김태수는 바라만 보았으며 김동수는 씩 웃었다. 김희선은 이제 조금 진정이 되었는지 눈치만 살피고 있다. 김선호는 딴생각을 하는 표정이고 윤재일은 제 누님을 유심히 본다. 최혜영은 웃음 띤 얼굴로 시선을 주었고 정영아는 왠지 긴장하고 있다. 뒤쪽 손자들, 김대근은 윤수정의 옆모습만 보았고 김영근과 김종근은 낮게 이야기를 하는 중이다. 그때 윤수정이 말을 이었다.

"난 이제 더 이상 원이 없구나, 더 욕심을 부린다면 진짜루 벌을 받을 것 같다."

"아이구, 어머니."

가장 먼저 정영아가 나섰다. 정색한 정영아의 목소리가 마루방에 울린다.

"어머니, 왜 그러세요? 어머니 같은 분은 백 살까지, 아니, 그 이상도 사실 자격이 있으세요, 다른 죄 많은 사람들도 아흔 살을 훌쩍 넘어 사는데 왜 그러세요? 그런 말씀 마세요."

"그럼요, 어머니."

정영아가 말을 길게 하는 바람에 최혜영이 짧게 마무리를 했다. 이것만 봐도 며느리들의 손발이 맞는다. 그때 김동수가 헛기침을 했다.

"어머니, 희선이 재혼도 봐주셔야 하고 손자들이 대를 잇는 것까지는 보셔야지요, 대근이 좀 보세요."

김동수가 손으로 김대근을 가리켰다.

"대근이가 여기 와 있는 것을 보니까 제 가슴이 갑자기 뭉클하더라고요, 이것도 다 아버지 어머니 은덕입니다."

"역시 대학교수는 말 맺음을 잘헌다."

김선호가 오늘은 가족 앞에서 농담을 했다. 웃음 띤 얼굴로 김선호가 말을 이었다.

"니 엄니는 복이 많은 사람이여, 그 복을 너희들한테 더 나눠주고 갈 테니까 걱정하지 마라."

"어머니, 어머니가 계시는 것만으로도 집이 따뜻해지고 든든해집니다. 다른 건 신경 쓰지 마세요, 다 물 흐르듯이 흘러갈 테니까요."

김태수가 말했다.

"장남 하는 말이 그럴 듯하구나."

이번에는 윤재일이 끼었다. 오늘 잔치에서 윤재일이 가장 바빴고 인기를 끌었다. 노래방 기계를 서동리 마을 회관에서 빌려온 터라 노인들이 노래를 불렀는데 윤재일은 앙코르를 받아 다섯 곡이나 불렀던 것이다. 그것을 본 김선호가 문촌 마을 과부들은 조심하라고 했다. 그때 윤수정이 웃음 띤 얼굴로 말했다.

"고맙다, 모두. 그리고 감사하구나."

"어머니, 이젠 좀 누우시죠."

김동수가 말했고 최혜영과 정영아가 자리에서 일어나 윤수정을 부축했다. 오늘은 김희선이 좀 느리다. 한 발짝 늦게 일어나 며느리들의 부축을 받은 윤수정의 뒤를 따라 방으로 들어간다.

"아버지도 쉬셔야지요?"

김태수가 묻자 김선호가 머리를 저었다.

"내가 너희들한테 할 말이 있다."

마루방이 금방 조용해졌다. 손자들도 모두 시선을 준다. 호흡을 고른 김선호가 말을 이었다.

"내가 모은 돈이 조금 있는데 그걸로 너희들 어머니가 조금 더 나아지면 둘이 여행을 다녀오려고 한다."

"아, 좋지요."

김동수가 금방 찬성했고 윤재일도 커다랗게 머리를 끄덕였다.

"가셔야지요, 형님."

"네 엄니가 젊었을 때 프랑스 파리를 가보고 싶어 했거든, 거기 한번 데려가고 싶다."

"아, 가셔야죠."

다시 거든 김동수가 김태수를 보았다. 김태수는 머리만 끄덕이고 있다.

다음 날 오전에 가족은 다 떠나고 집에 맏손자 김대근 하나만 남았다. 김태수가 이젠 같이 올라가자고 했지만 김대근은 신학기가 될 때까지 할머니 옆에 있겠다고 한 것이다. 명절날이 되었을 때 한꺼번에 우 떠나면 허전해서 어떤 때는 안 내려온 것보다 못했는데 지금은 다르다. 문간방에 윤재일이 있는 데다 옆방에는 맏손자 김대근, 그리고 건넌방에는 딸 김희선 모녀가 있는 것이다. 그날 저녁, 남은 식구와 저녁밥을 먹고 소화도 시킬 겸 마당으로 내려왔던 김선호가 인기척에 머리를 돌렸다. 토방으로 김대근이 내려서고 있다.

"응? 어디 가려고?"

"예, 가게에서 음료수 사오려고요."

"어, 그래, 나도 거기나 가야겠다."

이창수의 며느리 오빠가 곧 올 예정이어서 그 집이 요즘 바쁘다. 아들이 교도소에 있는 대신 며느리 오빠가 오는 꼴이었으니 헛숨이 나오는 일이었지만 그 집 식구들은 들떠 있는 것이다. 조손(祖孫)은 곧 어둠이 덮인 밖으로 나왔는데 길눈이 밝은 김선호가 앞장을 섰고 김대근이 뒤를 따른다. 오후 8시쯤 되었다. 12월 중순이어서 바람 끝이 차갑고 날씨는 흐리다. 곧 눈이 내릴 것 같다. 앞쪽을 향한 채 김선호가 입을 열었다.

"대근아."

"예, 할아버지."

"네가 내 나이가 되면 이곳으로 올 거냐?"

"예, 할아버지."

김대근이 바로 대답하는 바람에 김선호의 발길이 조금 늦춰졌다. 예상하지 못한 것 같다.

"허, 그런 생각을 한 거냐?"

"예."

"언제부터?"

"여기 내려온 지 며칠 후부터요."

"왜?"

"그냥 그래야 될 것 같아서요."

"일부러 그럴 필요는 없는데."

"할아버지, 그게 자연스러운 것 같아요."

"아이구야, 그건 50년도 더 후의 일이구나."

김선호가 앞을 향한 채 한숨과 함께 말을 뱉었다. 그때는 이미 내 몸은 흙이 되어 있겠지, 태수도 그렇게 되어 있겠는가? 그러고 보니 산 너며 선산에 안 간 지도 오래되었구나, 지난 추석 때 한 번 들르고 까맣게 잊고 있었다니, 문득 김선호의 눈에 물기가 고였다. 뒤를 따르는 손자 김대근은 제 증조부의 목소리도 듣지 못했다. 그때 김대근이 뒤에서 부른다.

"할아버지."

"오냐."

"지난 추석 때 증조부 산소에 갔었잖아요?"

"그렇지."

"산속에 증조부 증조모 두 분이 계시는 게 쓸쓸하게 보이더라고요."

"어허."

"가기도 힘들고요."

"그렇지."

"가까운 데로 모셨으면 좋겠어요."

김선호는 숨을 들이켰다. 납골당이면 가깝고 한꺼번에 모실 수도 있으리라. 그러나 화장을 해야 되고 여러 가지 문중 절차도 있다. 김선호가 머리를 돌려 김대근을 보았다. 걸음이 늦춰지는 바람에 김대근이 바짝 다가왔다. 김대근의 두 눈이 반짝이고 있다. 갑자기 가슴이 미어지는 느낌이 들더니 김선호의 입에서 긴 숨이 뱉어졌다. 내가 바로 이놈, 김대근이다. 내 젊은 뿌리가 여기 있다. 나는 곧 가지만 여기 내 뿌리가 있지 않는가? 이제 둘은 좁은 밭길에 서로 마주보고 섰지만 전혀 어색하지가 않다. 김대근은 시선을 준 채 기다리고 있다.

"대근아."

"예, 할아버지."

"형제간에 우애를 돈독히 하고 부모를 공경해라."

"예, 할아버지."

"난 네가 자랑스럽다."

"고맙습니다."

다시 몸을 돌린 김선호가 발을 떼었고 김대근이 뒤를 따른다. 김선호는 더 이상 말을 안 하기로 했다. 40여 년간 교단에 섰던 덕분에 한 시간이건 두 시간이건 끝없이 말을 늘어놓을 수 있지만 시간이 지나고 나자 긴 말보다 요약된 말이 더 유효하다는 것을 알게 되었다. 그리고 감동을 말로 표현하는 것보다 속으로 느끼는 것이 더 깊게 박힌다는 것도 알게 되었다. 다 욕심이다. 느끼고, 뱉고, 갖고 싶은 욕심이 그렇게 만든 것이다. 그 욕심이 활력은 만들어 주지만 어느 순간이 오면 그 욕심만큼 좌절이, 절망이 찾아온다. 그것은 필연이다. 인간의 숙명이다.

"할아버지."

이번에는 김대근이 뒤에서 김선호를 다시 불렀다.

"오냐."

"저는 이번에 아버지의 고마움을 느끼게 되었어요."

"아버지?"

"예, 제 아버지, 그리고 아버지의 아버지, 그리고 그 위까지 다 포함되는 것 같아요."

김선호는 숨을 들이켰다. 문득 죽어도 여한이 없겠다는 생각이 또 든다.

"아이고, 누님."

앉은뱅이책상에 앉아서 뭔가를 쓰고 있던 윤재일이 놀라 원고지를 치우면서 일어섰다. 밤 9시 반, 윤수정이 윤재일의 방으로 들어섰다.

"뭐 쓰냐?"

앞쪽에 앉으면서 윤수정이 묻자 윤재일이 쓴웃음을 지었다.

"아니, 그저, 심심해서…"

지난번 뭘 쓴다는 소리를 들은 김선호가 '사기꾼 백서'를 쓴다고 식구들 있는 데서 망신을 준 후부터 윤재일은 뭘 쓴다는 말은 일절 하지 않았던 것이다.

"근데 무슨 일이쇼?"

윤재일이 화제를 바꾸려는 듯이 서둘러 물었다. 집은 조용하다. 조금 전 김선호가 대근이하고 밖으로 나가는 기척이 들렸다. 그때 윤수정이 아직도 파리한 얼굴로 윤재일을 보았다.

"너, 올해 예순여섯이지?"

"예, 이젠 경로우대권 받아요."

"벌써 그렇게 되었구나."

"그러게 말입니다."

윤재일이 쓴웃음을 지었다. 그동안 보면 20년 넘게 동가식서가숙하며 살다가 이곳에 정착한 셈이다. 한 군데 열흘 이상 머물러 본 적이 없는 것은 역마살이 낀 성격 때문이 아니라 누가 쫓아올까 봐서, 또는 사기를 쳤기 때문이다. 다시 윤수정이 지그시 윤재일을 보았다.

"네 매형한테 이야기 들었지?"

"예, 지난번에 지나는 말로…"

"뭐라고 하데?"

"너, 갈 데 없을 테니까 그냥 여기 살아라, 합디다."

"그럼 된 거다."

윤수정이 머리를 끄덕였다.

"네 매형 성격 알겠지만 빈말하는 사람이 아니야, 그리고 요즘 네 매형이 너를 자주 데리고 다니더구나."

"아, 대신 술 마시라고…"

"네 칭찬도 해, 변했다고."

"누님, 몸이 나아져서 정말 기적이오."

윤재일이 다시 화제를 바꿨다. 친 남매간이었지만 지금도 어색하다. 죄를 너무 많이 짓기도 했지만 몇십 년 동안 오래 이야기를 나눈 적도 없었기 때문이다. 그때 윤수정의 얼굴에 쓴웃음이 떠올랐다.

"사람은 갈 때가 되면 다 가는 거다, 나는 이제 네 일까지 잘 되면 여한이 없다."

"누님 무슨 말씀이요? 백 살까지 사셔야지요."

윤재일이 건성으로 말했을 때 윤수정이 정색했다.

"네 딸, 정인이 불러라."

"예?"

"못 들었어? 정인이를 오라고 하란 말이다."

"왜요?"

"왜가 왜야? 만나서 이야기라도 하려고 그러지, 넌 걔를 그냥 내버려둘 생각이냐?"

윤수정의 목소리가 높아졌다. 불빛을 받은 윤수정의 얼굴에 핏기가 올라왔고 두 눈이 반들거리고 있다. 윤재일이 시선을 내렸다.

"예, 제가 지금 능력이 없어서…"

"전화 통화는 될 것 아니냐?"

"예, 그건 되지요."

"전화를 해, 지금."

"누님."

"내가 보는데서 해."

"지금이 몇 신데…"

"9시도 안 됐어."

"뭐라고 하지요?"

"날 바꿔라, 이 못난 놈아."

"누님 걔는…"

"걔가 어쨌단 말이냐? 하나밖에 없는 자식을 사기에 끌어들인 나쁜 놈아."

윤수정이 손바닥으로 앉은뱅이책상을 쳤다.

"걔가 지금 뭐하고 돌아다니는지 알기나 하냐? 잘못 되어서 무슨 일이라도 나면 어떻게 할래?"

"누님, 정인이가 지금 대전에 있어요."

마침내 윤재일이 머리를 숙이고 말했다. 윤수정이 숨을 죽였고 윤재일의 말이 이어졌다.

"대전 학원에서 스페인어 강사로 일하는데 보수가 적어서 곧 옮긴다고 합니다."

"남자는 있냐?"

"없어요, 지금은."

"전화해."

"전화를 해도 내가 해줄 일이 있어야지요? 안부 전화만 하기도 미안합니다."

"다 너 때문이다."

"압니다."

"내가 동수한테 한번 만나 보라고 할 테니까 전화번호를 내라."

그러자 윤재일이 심호흡을 하더니 머리를 끄덕였다.

"그렇게 하지요, 누님. 하지만 제가 먼저 연락하겠습니다."

"알았다."

자리에서 일어서려던 윤수정이 어지러운지 비틀거렸다. 윤재일이 서둘러 부축하자 윤수정이 손을 잡았다. 그러더니 발을 떼면서 말했다.

"어이구, 불쌍한 놈."

"어, 저기 오는구나."

윤재일이 말하고는 손을 들었다가 얼굴이 곧 굳어졌다. 김동수의 뒤를 김태수가 따라 들어오고 있었기 때문이다. 오후 2시 반, 대전 시내 국제호텔의 라운지 안이다. 지금 윤재일은 윤정인과 나란히 앉아 있다. 윤수정으로부터 윤정인에게 연락을 하라는 꾸지람을 들은 지 나흘째가 되는 날 오후다. 윤정인이 자리에서 일어서자 윤재일이 엉거주춤 따라 일어서려다가 말았다. 두 조카는 이제 50 가까운 장년인 데다 이른바 사회 유지다. 인척 관계가 없었다면 다른 세상에서 살게 되었을 것이다.

"외삼촌, 오셨어요?"

먼저 윤재일에게 인사를 한 김동수가 김태수에게 자리를 비켜 주면서 말했다.

"형이 같이 가자고 해서요."

"어, 그래."

윤재일이 김태수를 보았다. 오늘은 김동수하고 셋이 만나기로 했는데 서울에서 김태수까지 내려온 것이다. 김태수가 머리를 숙여 인사를 했다.

“외삼촌, 건강하시지요?”

“응, 잘 왔다.”

그때 서 있던 윤정인이 그때서야 둘을 향해 인사를 했다. 그저 머리만 숙이고는 시선을 내렸는데 얼굴이 상기되었다가 금방 하얗게 굳어졌다. 김동수하고 셋이 만나자고 했을 때도 윤재일에게 안 만난다고 했던 윤정인이다. 윤재일이 사정하다시피 해서 데리고 나왔는데 김태수까지 나타나자 오금이 저린 것 같다. 넷이 마주보고 앉았을 때 먼저 김동수가 입을 열었다.

“형한테 정인이 이야기를 했더니 같이 만나 상의하자고 해서요.”

“어, 그래, 고맙지.”

머리가 큰 두 조카가 어려운 윤재일이 건성으로 대답했다. 본인도 누님 집에서 무위도식하고 있는 판에 자식도 누님의 자식들에게 신세를 끼치게 된 것이다. 얼굴에 철판을 깔았다고 해도 근지러워야 정상이다. 그때 김태수가 윤정인을 보았다.

“네가 스페인어를 잘하겠구나?”

“예.”

볼리비아에서 3살 때부터 살았으니 벙어리가 아닌 이상 당연한 일이다. 시선을 내린 채 윤정인이 대답하자 김태수가 다시 물었다.

“너, 학교는 어디 나왔어?”

“라파스대학 경제과 나왔어요.”

“어, 그래? 공부는 잘했어?”

“그저 그래요.”

“거긴 취업 안 되냐?”

"네, 힘들어서 귀국한 거예요."

그리고 이곳에서도 힘들다. 윤재일이 말을 들으면 학원 강사로 한 달에 1백만 원 정도를 번다고 했다. 그래서 고시텔 월세, 생활비가 모자라서 편의점 알바 등 별것 다 했다고 한다. 지난번 아이 간병도 그런 맥락이다. 머리를 끄덕인 김태수가 윤정인을 보았다.

"영어는 어떠냐? 할 수 있어?"

"네, 스페인어만큼은 못해도 한국어보다는 잘할 수 있어요."

"그럼 자격 조건은 충분한데."

김태수가 말을 이었다.

"내 스페인 바이어가 한국 매장에서 일할 직원을 뽑아, 스페인어, 영어를 할 수 있는 사람으로 말이야, 유명 브랜드 의류인데 초봉이 5백만 원쯤 될 거다."

그때 김동수는 머리를 든 윤정인의 두 눈이 반짝이는 것을 보았다. 김태수가 들고 온 서류 봉투를 윤정인에게 내밀었다.

"여기 회사 소개와 이력서, 그리고 대우까지 다 적혀 있다."

윤정인이 서류 봉투를 받아들고는 머리를 숙였다.

"감사합니다."

"내가 추천인이야, 입사 면접은 보겠지만 결격 사유가 없으면 합격 될 거다."

윤정인이 숨만 쉬자 김태수가 헛기침을 하고 나서 물었다.

"뭐, 걸리는 일 있냐?"

"지난번에 사기 사건에 연루되었는데요, 신원 조회를 하면 바로 나올 텐데요."

윤정인이 다시 시선을 내리고 말했는데 얼굴이 하얗게 굳어 있다.

그때 김동수가 머리를 끄덕였다.

“내가 그 사건을 다시 조사했는데 넌 끌려든 경우더구나, 사기라는 것을 나중에 알게 되었고 말이야.”

“…”

“변호사를 사지 못해서 공범으로 처리 되었는데 빠져 나올 수가 있었어.”

그때 김동수가 말했다.

“그건 내가 알아서 할 테니까 취직한다면 열심히 해볼 거냐?”

“예, 오빠.”

머리를 든 윤정인의 눈에 눈물이 가득 담겨 있다. 숨을 들이켠 윤정인이 눈을 크게 뜨고 말했다.

“지난번, 정말 죄송합니다. 아무것도 생각하지 못하고 그런 짓을 저질렀어요, 부끄럽습니다.”

“아니다, 다 내 잘못이다.”

윤재일이 손을 저었는데 목소리가 딴사람 같다.

“내가 자식까지 다 버려 놓은 거다, 너는 잘못이 없다, 끌어들인 내가 죽일 놈이다.”

오후 9시 반, 자리에 누워 있던 윤수정이 몸을 일으켰다. 앉은걸음으로 문 앞까지 다가가 문을 반쯤만 열고 김희선을 불렀다.

“얘, 희선아, 희선아.”

김희선의 방에서 TV 소리가 뚝 그치더니 문이 열리고 김희선이 나왔다.

“엄마 왜?”

"내 방으로 와."

"아버진 어디 가셨어?"

"가게에서 술 드신단다."

"아버진 맨날 술이야."

방으로 들어온 김희선이 윤수정의 옆에 바짝 붙어 앉았다. 요즘 집안 분위기가 밝다. 가족이 다 모였다가 떠난 지 오늘로 엿새째가 된다. 문간방 윤재일은 어제 윤정인이 매장 직원으로 채용되었다는 연락을 받더니 오늘 아침에 서울 다녀온다면서 떠났다. 조카인 김태수한테 인사를 한다는 것이다. 김선호가 차비 하라고 20만 원을 주었더니 한사코 받지 않고 간 것이다. 벽에 기대앉은 윤수정이 김희선을 보았다.

"이제 일이 잘 되는구나."

"응, 그래, 잘됐어."

윤수정 옆에 앉은 김희선도 벽에 등을 붙였다. 윤수정이 윤정인 얘기를 하는 줄로 안 것이다. 그때 윤수정이 손을 뻗어 김희선의 손을 쥐었다. 뜨거운 손이다.

"너도 말이다, 희선아."

"응, 그래."

김희선은 두 손으로 윤수정의 손을 감싸 쥐었다. 오늘도 김희선은 회사 끝나는 길에 한상호를 만나고 온 것이다. 어제는 박미경을 싣고 오다가 한상호한테 들러 셋이 같이 저녁밥을 먹고 집에 왔다. 윤수정이 김희선을 보았다.

"희선아, 잘 살아야 돼."

"그래, 엄마."

김희선이 윤수정의 두 손을 제 가슴에 붙였다.

"이젠 잘 살 수 있을 것 같아."

"한 서방이 착하더라."

"배려심이 많아."

김희선의 목소리에 열기가 띠어졌다.

"미경이도 몰라보게 달라졌어, 그 사람을 좋아한다니까."

"좋아하기는."

"아냐, 사춘기라서 걱정했는데 그 사람 앞에서 장난도 쳐."

"아이구, 저런."

숨을 몰아쉰 윤수정이 번들거리는 눈으로 김희선을 보았다.

"한 서방이 네 아버지 친구 아들이니까 네 아버지도 잘 모실 거다."

"친아버지 같대."

"네가 아버지 옆에 살아서 다행이야."

"엄마하고도 같이 살잖아?"

머리를 든 김희선이 윤수정을 보았다.

"엄마, 괜찮아?"

김희선의 얼굴이 굳어졌다. 윤수정의 얼굴에 땀방울이 돋아나 있었기 때문이다.

"응, 말을 오래 해서 그런가 봐."

윤수정이 말하자 김희선이 자리에서 일어섰다.

"엄마, 누워."

"그래야겠다."

윤수정이 요 위에 눕더니 길게 숨을 뱉었다.

"희선아."

"응?"

“아이구, 내 딸.”

윤수정이 다시 손을 뻗어 김희선의 손을 쥐었다. 그러고는 눈을 감았다.

“잘 살아야 돼, 희선아.”

“아이구, 엄마, 걱정 마.”

김희선이 윤수정의 손을 흔들었다. 윤수정이 곧 잠이 들었으므로 김희선은 한참 동안이나 옆자리에 앉아 있다가 방을 나왔다. 마루방으로 나왔더니 마당에 서 있는 김대근이 보였다. 밖에 나갔다가 온 모양이다. 대근이 옆에 선 철수가 김희선을 보더니 짧게 짖었다. 낮에도 짖지 않는 철수가 더구나 김희선을 보고 짖은 것이다.

“쟤 좀 봐.”

그것이 신기한 김희선이 철수를 때리려는 시늉을 하고 김대근에게 물었다.

“넌 심심하지 않아?”

“여기 돌아다니는 것이 외국 여행보다 더 도움이 돼요.”

“뭐가?”

“제 인생에요.”

“아유, 대근이가 철학자 되겠다.”

그때 철수가 대문으로 뛰어갔고 어둠 속에서 김선호가 나타났다.

“어, 취한다.”

김선호는 이창수 가게에서 오는 길이다. 이창수의 며느리 오빠가 어제 베트남에서 왔기 때문이다. 이창수가 한턱낸 것인데 무슨 잔치인지는 마을 사람들은 물론이고 이창수조차도 모른다. 굳이 말한다면 사람이 늘어난 잔치일 것이다. 방으로 올라온 김선호가 떠들썩한 목소리로 말했다.

"나왔어!"

"쉿, 어머니 주무세요."

"아, 벌써 자?"

김선호가 활기차게 방으로 들어섰다.

"아직 10시인디, 초저녁잠이여?"

딴 때는 10시면 잤지만 요즘은 안 그렇다. 윤재일, 김대근이 온 후부터, 아니, 그전에 김희선 모녀가 왔을 때부터 김선호 씨 집에는 초저녁잠이 없어졌다. 가족이 모여 이야기할 시간이 많아진 것이다.

"그놈, 다옥이 오빠 말이여, 한국말을 배우고 왔다더만."

김선호가 옷을 갈아입으면서 누워 있는 윤수정에게 말했다.

"안뇽하심니? 하는디 우스워 혼났어."

옷을 갈아입은 김선호가 윤수정 머리맡에 앉았다. 윤수정은 눈을 감은 채 편안히 잠이 들었다.

"어이구, 잘도 잔다."

김선호가 윤수정을 내려다보면서 말했다.

"아주 곤히 자네."

윤수정의 얼굴에 웃음기가 떠 있는 것 같았으므로 김선호가 말을 이었다.

"이봐, 이제 다 잘되었어, 재일이까정 지 딸 좋은 디 취직혔다고 내가 준 차비도 안 받고 가네그려."

짧게 웃고 난 김선호가 말을 이었다.

"다, 당신 복이여, 당신이 복을 나눠 준 것이라고."

"…."

"희선이도 곧 한상호 데리고 오겠지. 참, 상호가 다음 주 중에 정식으로 당신한티 인사 온다던디, 그러고 옆채 공사를 혀야겄디야."

"…."

"그러고 지 형님들한티 인사를 혀야겄다는디. 태수, 동수한티 날을 잡아보라고 혀야겄구먼."

그러더니 김선호가 윤수정을 내려다보았다. 눈을 감은 윤수정의 얼굴에 옛날 젊은 시절의 고운 자취가 배어나왔으므로 김선호는 저도 모르게 손을 뻗어 얼굴을 만졌다.

"여보."

김선호가 숨을 들이켰다. 이마가 차다.

"태수 엄마."

김선호가 손바닥으로 얼굴을 쓸었다.

"여보, 왜 그려?"

윤수정은 여전히 눈을 감고 웃는 얼굴이다.

"여보, 간 거여?"

손바닥에 찬 기운이 느껴졌으므로 김선호가 가라앉은 목소리로 다시 묻는다. 윤수정은 대답이 없다.

"여보, 다 이뤄놓고 간 거여?"

이제 김선호가 윤수정의 몸을 가만가만 흔들어 보았다. 윤수정이 눈을 감고 웃는 것 같다.

"여보, 이렇게 자는 듯이 가는구먼."

김선호가 얼굴을 숙여 윤수정의 볼에 붙였다.

"이렇게 조용허게 간 거여?"

이제 김선호는 윤수정의 옆에 몸을 붙이고 누웠다. 두 손으로 윤수정의 어깨를 껴안고 몸에 빈틈없이 붙여보았다.

"여보, 조금만 이러고 있을게."

김선호가 윤수정의 귀에 대고 말했다.

"우리, 50년 살었는가?"

"…."

"그렇지, 딱 50년이구먼, 태수가 50이니께."

"…."

"당신 파리 데려간다고 혔는디, 우리 다음 생에서나 만나 같이 가야겄구먼."

"…."

"허긴 거기가 요즘 테러 때문에…"

"…."

"여보, 아프지 않고 간 거지?"

"…."

"참 대단헌 사람이여, 당신은."

김선호가 윤수정의 볼을 손바닥으로 쓸었다.

"당신이 먼저 간 것이 다행이여."

"…."

"내가 먼저 갔으면 당신 속이 얼매나 아펐겄는가? 내가 이렇게 당허는 게 낫지."

"…."

"여보, 나는 이제 어떻게 해야 허지?"

"…."

"당신 없이 어떻게 살란 말인가?"

길게 숨을 뱉은 김선호가 말을 이었다.

"여보, 잘 가시게."

"…."

"나도 곧 따라갈 테니께 곧 다시 만나세."

김선호가 윤수정의 볼에 볼을 비볐다.

"여보, 고생했네."

"…."

"나도 곧 갈게."

그러고는 김선호가 몸을 일으켰다.

"희선아! 대근아!"

김선호가 방에 앉은 채로 소리쳤다.

"희선아! 대근아!"

그때 철수가 마당에서 크게 짖었다. 계속해서 짖었고 곧 김희선과 김대근의 대답이 들렸다.

"예, 아버지."

"할아버지, 왜 그러세요?"

"너희 어머니, 할머니가 돌아가셨다."

순간 문이 열리더니 김희선이 들어섰다. 뒤로 김대근이 따른다. 그때 김선호가 윤수정의 볼을 손바닥으로 쓸었다. 차분한 표정이다.

11장 아버지

"아버지."

새벽 12시 반에 도착한 김동수가 마당에 서 있는 김선호를 보더니 갈라진 목소리로 불렀다. 헛소리 같다.

"아버지."

"어."

마당은 어수선했다. 조길만이 소리쳐 지시를 했고 이창수는 이리 갔다 저리 갔다 한다. 김동수가 김선호의 손을 두 손으로 움켜쥐었다.

"아버지."

"안에 들어가 보지 않고 뭘 하냐?"

김선호가 김동수를 나무랐다.

"니 엄니가 누워서 기다린다."

"아버지."

"빨리 가봐, 희선이가 옆에 있다."

마루방에도 할머니들이 차 있었는데 김희선의 울음소리가 소음 속에서도 들렸다. 김동수가 마루방으로 오르자 할머니 하나가 소리쳤다.

"동수 왔어! 다들 비켜."

"아이구, 동수 왔구나."

할머니 하나가 말했지만 김동수는 정신없이 안방으로 들어섰다.

"오빠."

윤수정 옆에 앉아서 울고 있던 김희선이 김동수를 보더니 소리쳤다.

"엄마가 죽었어."

김동수가 다가가 윤수정 옆에 앉았다. 누가 윤수정 얼굴 위에 이불보를 덮어놓았으므로 김동수가 걷었다. 그 순간 윤수정의 자는 얼굴이 드러났다.

"어머니!"

김동수가 불렀다. 윤수정은 잔잔하게 웃는 얼굴이다.

"어머니! 나, 동수 왔어!"

다시 부른 김동수가 그때서야 울기 시작했다.

"어머니! 아이고, 어머니이!"

두 손으로 윤수정의 얼굴을 감싸 쥔 김동수의 목소리가 점점 더 커졌다.

"엄마! 엄마! 엄마! 아이고오! 어머니!"

김동수가 윤수정의 몸을 부둥켜안고 몸부림을 쳤다.

"아이고! 우리 어머니이!"

김희선도 다시 소리 내어 운다. 방 안에 두 남매의 목소리가 점점 더 커졌다. 그때 정영아가 달려 들어왔다. 사고 날까 봐 대전에서 택시를 타고 왔다가 문촌 마을 샛길에 택시 바퀴가 빠진 것이다. 그래서 김동수가 먼저 달려오는 바람에 정영아가 늦었다.

"어머니이!"

마당에서부터 정영아가 절규하듯 외치는 바람에 김선호가 비켜서면서 처음으로 눈물을 쏟았다. 며느리의 터지는 외침에 허가 찔린 셈일까? 한번 쏟아지기 시작한 눈물은 걷잡을 수 없이 흘렀다. 신발을 토방과 마루방에 한 짝씩 내던진 정영아가 안방으로 달려 들어가 윤수정의 몸을 부둥켜안았다.

"아이고, 어머니, 어머니이!"

정영아의 애절하고 격렬한 통곡이 터지자 김동수와 김희선의 울음이 다시 이어졌다.

"아이고 어머니!"

"어머니이!"

마당에서 천막 기둥을 세우느라고 허리를 굽히고 있던 조길만이 수돗가에 앉아서 뚝뚝 눈물을 쏟으며 흐느끼는 김선호에게 말했다.

"야, 빨리 입관시켜야지 자손들이 와서 자꾸 흔들면 귀찮다."

김선호가 흐느끼기만 하자 조길만이 목소리를 높였다.

"야, 네가 들어가서 말려!"

"아, 괜찮여, 내둬싸!"

치지도 않은 천막 귀퉁이에 미리 들어가 앉아 있던 박용득 씨도 버럭 소리쳤다.

"자손이 많으면 많이 흔들게 될 것 아녀! 그게 복이여!"

조길만이 찍소리도 못 했고 이창수가 문 앞을 보더니 서둘러 나갔다. 관을 맞으러 가는 것 같다. 노인들이 많은 시골 마을이라 장례 절차는 훤하다. 손발을 맞춰 제각기 맡은 일을 해주는 것이 옛날 함께 모를 심고 추수하고 고추 거둘 때 손발을 맞춰 일하는 것이나 같다. 그렇다,

이것도 씨 뿌리고 추수하는 일이나 마찬가지다.

"할아버지, 이거 걸치세요."

김대근이 다가와 김선호의 어깨에 점퍼를 걸쳐 주었다. 김선호는 조끼 차림이었던 것이다.

"어."

점퍼를 여민 김선호의 입에서 다시 흐느낌이 이어졌다. 이제는 손자가 챙겨주는 것이 고맙기 때문이다.

"다 가는 거여."

박용득 씨의 뻔한 소리로 가슴이 다시 미어졌다.

"남는 사람이 더 가슴이 미어지는 것이라네."

그때 철수가 토방에 서서 짖었다.

"어, 저놈이 오늘 자주 짖네."

조길만이 천막을 다 세우고 손을 털면서 철수를 보았다.

"저놈이 안주인이 간 걸 아는개 벼."

"아, 그럼요."

박복수가 맞장구를 쳤을 때 철수가 다시 긴 울음소리를 내었다. 박복수가 말을 이었다.

"개가 영물입니다. 저 밥 주는 사람이 가면 눈물을 흘립니다."

모두 입을 다물었고 방안의 울음소리만 선명하게 들렸다.

오전 3시가 되었을 때 김태수 부부가 아이들까지 다 데리고 왔다. 마땅한 열차나 버스 편이 없었기 때문에 그들도 네 식구가 택시를 대절해서 왔는데 오는 동안 둘은 울어서 눈이 충혈되어 있었다. 다시 집에서 통곡 소리가 울린다. 울음은 인간이 뿜어내는 가장 순수한 소리다. 김태수도 마음껏 울었다. 몸부림을 치면서 울었다. 주먹으로 방바닥을 치면서 울었다. 싸늘해진 어머니 윤수정을 부둥켜안고 통곡했다. 애간장이 녹아난다는 표현이 바로 이를 말함이다. 인간이 가장 슬플 때가 바로 어머니가 돌아갔을 때다. 자신을 낳아준 어머니가 흙으로 돌아간 것이다. 생명을 준 어머니가 땅이 되어 사라졌다. 온 세상을 둘러봐도 없다. 목소리가, 냄새가 모두 사라졌다. 두 번 다시 볼 수도, 들을 수도, 만질 수도 없다.

"어머니!"

김태수가 울부짖었다.

"어머니! 다 해놓고 가시려고 기운을 내신 건가요!"

그 말에 김동수가, 정영아가, 김희선이, 그리고 최혜영까지 통곡을 했다.

"어머니! 조금만 더 사시지 왜 급하게 가신 겁니까!"

김태수가 가슴을 주먹으로 치며 울부짖었다.

"어머니! 내 어머니!"

그때 마당에서 철수가 길게 울었다. 천막 안에 모인 동네 사람들도 탄식했고 마루방에서 자식들의 뒷모습을 보던 김선호도 다시 손등으로 눈을 닦으며 울었다. 슬픔에 덮인 마당에 눈이 내리기 시작했다.

"아이고, 눈이네."

조길만이 눈물이 그렁그렁한 눈으로 아침 하늘을 바라보며 소리쳤다. 12월 말, 연말이 사흘 남았다.

"아이고, 눈이나 보고 가지."

조길만의 처 오연숙이 하늘을 보면서 목이 멘 소리로 말했다.

"아이구, 우리 착헌 언니 가신다고 눈이 내리는 것 좀 봐."

이창수 처 박순미가 울먹였다. 마을 여자들이 다 와서 일을 거들고 있다. 그리고 오전 10시쯤 되었을 때 눈이 발목에까지 쌓인 길을 헤치고 윤재일이 달려 들어왔다. 뒤를 윤정인이 따른다.

"누님!"

윤재일에게는 하나뿐인 혈육이다. 눈을 치켜뜬 윤재일의 외침은 피를 토하는 것 같았다.

"아이고, 누님!"

방 안으로 달려 들어간 윤재일이 이제 입관을 한 윤수정을 부둥켜안았다. 윤재일이 누구인가? 수십 년 동안 누나 윤수정의 애간장을 끓였던 동생, 그 가슴에 얼마나 뼈를 깎는 것 같은 후회가 쌓였을까?

"누님! 누님! 누님!"

윤재일이 부르고 또 불렀지만 깊은 잠에 빠진 윤수정은 깨어나지 않는다.

"아이고, 우리 누님, 내 죄를 어떻게 씻을 거나!"

이마로 방바닥을 찧고 울부짖는 윤재일을 달래던 김동수도 다시 울었다. 돌아서서 참던 김태수도 다시 흐느껴 운다.

"어허, 호상이다."

마당의 천막 안에서 밤을 새웠던 박용득 씨가 울음소리를 안주 삼아 막걸리 잔을 들면서 말했다.

"눈까지 푸근하게 내리는구나, 우리 제수씨는 극락에서 복 내리겠다."

그때 이창수가 다옥의 오빠 구엔에게 막걸리 한 박스를 메게 하고 데려왔다.

"어, 저 사람이 다옥이 오빠인가?"

박용득 씨가 묻자 이창수가 구엔에게 말했다.

"인사해라, 우리 마을 가장 큰어른이시다."

구엔이 눈치를 채고는 허리를 꺾어 절을 했다.

"안녕하시오."

"그대 이름이 뭐라고?"

"구엔입니다."

대답은 이창수가 했다.

"구인이라고 해, 성이 구, 이름은 인."

"예, 그게 좋겠네요."

마음대로 이름을 정한 이창수가 마침 대문으로 다옥이가 들어오자 큰 소리로 말했다.

"다옥아, 네 오빠 이름을 박 이장님이 구인이라고 지어주셨다. 그렇게 말해라."

"예, 구인이요?"

"그래, 성이 구, 이름이 인."

"예, 아버님."

그러더니 다옥이 기관총 같은 월남어로 구엔에게 설명했다.

"이름이 좋구먼요."

박복수가 거들었고 조길만도 머리를 끄덕였다.

"눈 오는 날, 호상 집에서 좋은 이름 얻었다. 너, 복 받을 거여, 돈 많이 벌 거다."

그때 집 안에서 윤재일의 외침이 다시 이어졌다.

"쟤가 가슴이 미어지겄지."

조길만이 혀를 차며 말했다.

"그렇게 지 누님, 매형 속을 썩이더니 이제 좀 누님한테 이쁨 받을 만할 때 이렇게 되었으니 말이여."

"그러게 평소에 잘하란 말이 있는 거여."

박용득 씨가 말하고는 다시 술잔을 들었다. 그때 마루방에서 김선호가 나오더니 이쪽으로 다가왔다. 그러자 모두 반겼다. 박용득 씨가 옆쪽 자리를 만들어주면서 어서 오라고 손짓했다. 눈이 더 쏟아지고 있다.

장례는 마을장이나 마찬가지다. 마을 사람들이 다 모였고 장지까지 모두 따라갔다. 장지는 문촌 마을에서 2킬로밖에 안 떨어진 산기슭이어서 차도 필요하지 않았다. 상여가 마을에 없었기 때문에 관 위에 멍석을 덮고 박용득 씨의 주장으로 전주 시내에서 꽃을 사왔다. 멍석 위에 생화(生花)를 가득 덮은 다음 여덟 명이 짊어질 들것을 만들었더니 조길만의 표현대로라면 '신식 상여'가 되었다. 관을 기다란 장대 두 개 위에 올려놓고 묶은 후에 장대 앞뒤 두 곳에 둘씩 여덟 명이 짊어지게 해놓았다. 관 앞쪽 판자에 받침대 4개를 만들어서 교꾼들이 메는 옛날 '가마'처럼 만들었기 때문이다. 그 신식 상여는 윤수정의 두 아들과 남동생, 그리고 손자 셋까지 번갈아서 메었기 때문에 보는 사람들도 감동했고 메는 당사자들도 뿌듯했다. 오늘도 눈이 내렸다. 그래서 포근한 날씨였다. 상여가 행차할 때 박용득 씨가 소리꾼 역할을 자임해서 어디서 구했는지 요령을 들고 맨 앞에 섰는데 잘 어울렸다.

"저 요령 소리가 귀에 익어."

2백 미터쯤 신식 상여를 메고 나서 박복수에게 인계한 조길만이 이창수에게 말했다. 박용득 씨가 힘차게 흔드는 요령을 말하는 것이다.

"이제 가면 언제 올꼬."

박용득 씨가 힘차게 소리치며 요령을 흔들었다.

"딸랑, 딸랑."

"어허, 어허."

뒤에서 상여를 멘 사람들과 따르는 마을 노인들이 이제는 힘차게 장단을 맞춘다. 뒤를 따르며 조길만이 말을 이었다.

"작년에 저 양반이 판 소 목에 걸었던 딸랑이 아녀?"

이창수가 발을 떼면서 말했다.

"소리도 듣기 좋구먼요."

"그 딸랑이 같어."

혼잣말을 한 조길만이 입맛을 다셨다.

"어허, 어허 하면서 딸랑이 소리에 맞추다 봉께 우리가 소가 된 것 갈구먼."

"아따, 형님도."

"어허, 어허."

갑자기 조길만이 박용득 씨 선창에 따라 장단을 맞췄으므로 말이 끊겼다. 김선호는 상여 바로 뒤를 따라가고 있었는데 장단을 맞추지는 않았다. 관 위에 놓인 꽃을 보면서 참 곱다는 생각을 하는 중이었다. 멍석으로 관을 감쌌지만 앞뒤 부분은 드러나 있다. 멍석 위의 꽃은 장미, 백합, 다알리아, 국화꽃까지 있다. 요즘은 온실 재배가 되어서 한겨울에도 온갖 꽃이 다 나온다. 관 위에 덮인 꽃 위로도 눈이 덮이고 있다. 그래서 더 싱싱하게 보인다.

"코스모스가 있었다면 좋을 텐데."

김선호가 혼잣소리처럼 말했지만 오른쪽 옆에 붙어 걷던 김희선이 들었다. 눈이 퉁퉁 부은 김희선이 창백해진 얼굴로 김선호를 보았다.

“코스모스는 꽃집에 없어요, 아버지.”

“민들레도 없더냐?”

김선호를 보던 김희선의 두 눈에서 주르르 눈물이 흘러내렸다.

“없어요.”

“개나리, 진달래…”

이제 김희선이 딸꾹질만 했고 김선호가 말을 이었다.

“니 엄니가 좋아허던 꽃인디.”

김희선이 전주 꽃집에 가서 꽃을 사온 것이다. 서동리까지 나가서 택시를 대절했는데 정영아가 따라갔다.

“허긴 산소 밑에 봄이면 개나리 진달래가 지천으로 필 텡게.”

“모두 모두 잘 살어라.”

박용득 씨가 다시 목청껏 소리쳤고, 골짜기로 들어서면서 목소리가 울렸다.

“어허, 어허.”

이제는 상여를 멘 김대근도 장단을 맞춘다. 종근, 영근 형제도 교대를 한 번씩 했다. 둘 다 고1이라 어른 체격이다.

“보고 싶은 내 자식들.”

“어허, 어허.”

“다음 생에 또 만나자.”

“어허, 어허.”

박용득 씨의 선창은 내용은 별것 없었지만 구성졌고 익숙해졌다. 그래서 장단을 맞추는 상여꾼은 말할 것도 없고 뒤를 따르는 남녀 노인들도 따라 부른다. 눈길의 발걸음이 장단을 맞추면서 힘이 붙는 것 같기도 했다.

"아버지."

김희선이 김선호의 팔을 끼면서 불렀다. 김선호의 시선을 받은 김희선이 말했다.

"엄마가 저한테 마지막 말을 했어요."

"…."

"지금도 다 기억나요."

김희선의 두 눈이 번들거리고 있다.

"아이구, 내 딸."

김선호의 시선을 받은 김희선이 말했다.

"잘 살아야 돼, 희선아, 하고."

그때 김선호가 눈을 치켜뜨고 말했다.

"니 목소리가 꼭 니 엄니 닮았구나."

장례 다음 날 저녁, 가족은 다 떠났고 집에는 대근이와 윤재일, 그리고 김희선 모녀가 남았다. 오후 7시 반, 저녁을 막 마친 김선호가 마루 끝에 나와 앉아 있을 때 대문에서 인기척이 났다. 머리를 든 김선호는 한상호가 들어서는 것을 보았다. 김희선이 뒤를 따르고 있다.

"아버님."

인사를 한 한상호가 마당에 서서 김선호를 올려다보았다.

"어, 그래. 네가 수고했다."

먼저 김선호가 고맙다는 인사를 했다. 장례 치르는 사흘 동안 한상호는 사위 노릇을 한 것이다. 동네 어른들에게 정식 인사는 못 했지만 모두 얼굴을 익혔고 김태수, 동수 내외하고는 경황 중에도 인사를 했다. 한상호는 몸이 매어 있는 상주 대신 온갖 잡일을 다 했는데 신식 상여를 얹는 장대 2개도 한상호가 얻어왔다. 그때 한상호가 말했다.

"아버님, 겨울이지만 옆채 공사를 시작하는 것이 어떨까 해서요."

"옆채?"

"예, 벽돌로 쌓고 회를 바르는 작업이라 공사 감독한테 물어보았더니 지장이 없다고 합니다."

"어, 그려?"

"면사무소에도 건축 허가를 상의해보았더니 별 문제가 없다고 하는구먼요, 허가 내준답니다."

"어."

김선호의 시선이 한상호 옆에 선 김희선에게로 옮겨졌다. 둘이 잘 어울렸다. 그때 김희선이 말했다.

"옆채에 방 셋을 만들고 미경이 방도 그쪽으로 옮기려구요. 미경이한테도 설계도 보여 줬어요."

"어, 그렇다면."

김선호가 머리를 끄덕였다. 한상호가 장례 끝난 다음 날에 공사 이야기를 꺼낸 이유를 아는 것이다. 정신없게 만들어서 집안 분위기를 바꾸려는 의도다.

"너희들이 알아서 해라."

"예, 아버님."

한상호가 머리를 숙였을 때 김선호가 물었다.

"식은 언제 올릴 예정이냐?"

"옆채가 다 되는 대로 하겠습니다, 아버님."

"잘됐다."

"제가 수시로 올 겁니다."

“그래야지.”

이제는 김희선이 나섰다.

“아버지, 어머니 빈자리를 저희들이 메워볼게요.”

“뭐, 그렇게까지.”

입맛을 다신 김선호가 신발을 신고 마당으로 나오면서 한상호에게 말했다.

“너는 온 김에 좀 쉬었다 가라.”

“예, 아버님.”

김선호가 대문을 나섰을 때 뒤에서 인기척이 났다. 김대근이 따라오고 있다. 그 뒤를 철수가 붙어 있다.

“어, 너는 어디 가려고?”

김선호가 물었더니 김대근이 점퍼 깃을 올렸다.

“예, 저도 마을 한 바퀴 돌려고요.”

“이놈아, 이젠 너도 서울 올라가라.”

머리를 돌린 김선호가 발을 떼면서 말을 이었다.

“네가 장손 노릇 다 했다. 할아버지는 아주 고맙게 생각한다.”

“할아버지.”

뒤로 바짝 붙은 김대근이 물었다. 어제까지 내린 눈이 녹지 않아서 밟으면 얼음 부서지는 소리가 난다.

“왜?”

“할아버지의 어머니, 그러니까 증조할머니 돌아가셨을 때 기억나세요?”

“아, 그럼”

눈을 가늘게 떴던 김선호의 심장 박동이 빨라졌다. 어머니, 돌아가신 지 28년이 되었다. 48살 때, 그렇지, 교감이 된 다음 해였다. 기뻐하시던 어머니 얼굴이 떠오른다. 2남1녀의 집안, 돌아가시기 5년 전에 미국으로 이민을 간 동생 정호를 그렇게 찾으시더니, 동생 정호의 얼굴도 떠올랐다. 32년 전 미국으로 이민을 간 정호는 세탁소를 하다가 지금은 달라스의 요양원에 있다고 한다. 아들 둘이 미국에서 제법 사는 모양이지만 제 아버지를 요양원에 넣어서 연락하려면 큰 조카한테 해야 한다. 그래서 이번 제 백모상은 연락하지 않았다. 김선호가 심호흡을 하고 나서 물었다.

"왜 묻느냐?"

"슬프셨어요?"

다시 김대근이 되묻자 김선호는 걸음을 늦췄다.

"아, 그럼. 하늘이 무너지는 것 같았지."

"증조할머니는 어떻게 돌아가셨는데요?"

"그때 네 증조모께서 73세셨다."

김선호는 옛일을 더듬으며 말했다.

"버스에서 내리시다가 넘어져서 머리를 다치셨다. 병원으로 옮겼지만 의식을 못 찾고 이틀 만에 가셨다."

"할아버지는 어떻게 견디셨는데요?"

"글쎄, 그때 어떻게 견뎠는지, 어떻게 밥을 먹고 물을 마셨는지, 지금도 생각하면 신통하다."

걸음을 멈춘 김선호가 숨을 들이켰다. 김대근이 묻는 의도를 알았기 때문이다. 이놈이 효자구나.

"아버지, 지금 어디세요?"

김태수의 목소리가 울렸다.

"어, 나, 지금 어디 좀 간다."

핸드폰을 귀에 붙인 김선호가 주위를 둘러보았다. 오전 11시 반, 김선호는 지금 윤수정의 묘소로 올라가는 중이다.

"어디 가시는데요?"

다시 김태수가 묻자 김선호가 산비탈의 바위에 앉았다. 눈이 녹지 않아서 앞쪽 그늘은 눈밭이다.

"마을 가게에 가는 중이야."

"아, 그러세요."

"회사는 별일 없냐? 요즘 수출이 안 된다던디."

"저희는 괜찮아요. 그런데 아버지."

김태수가 말을 이었다.

"제가 동수하고 상의했는데요."

"뭔데?"

"아버지 연세도 있으시고 농사도 힘드실 텐데요. 더구나 집에…"

어머니도 안 계신다는 말을 뺐다. 무슨 말인지 알아들은 김선호가 얼른 말을 막았다.

"아, 됐다. 생각해 주는 건 고맙다만 난 너희들하고 살 생각 없다."

"아버지."

"여긴 친구도 많고 네 어머니가 가깝게 있어. 내가 너희들 집에 가면 아마 몇 달 못 가서 죽을 거다."

"아니, 아버지."

"더구나 희선이하고 한 서방이 옆집에 살게 돼. 여기가 훨씬 낫다."

"아버지, 저는 아버지하고 조금이라도 같이 있고 싶어서 욕심을 부린 겁니다."

"안다."

"어머니도 가끔씩 뵙다가 돌아가셔서 죄지은 것 같아서 견딜 수가 없어요, 아버지."

"그건 안다, 태수야."

엉덩이가 시려 와 바위에서 몸을 뗀 김선호가 다시 골짜기로 올라가기 시작했다. 이제 2백 미터만 가면 묘소다.

"그렇게 살다가 가는 것이니까 너무 죄책감 느낄 것 없다. 너희들, 그만하면 효자다. 남들도 다 나를 부럽다고 한다."

"아버지, 기운내세요."

"내 걱정은 말고."

"술 많이 드시지 말구요."

"알았다. 그리고 이제 대근이 불러라."

"개학하면 온다고 하네요."

"그놈이 효자다."

"예, 아버지."

"그럼 전화 끊는다."

핸드폰을 귀에서 뗀 김선호가 긴 숨을 뱉었다. 자식들의 부모 생각은 부모의 자식 걱정보다 엷고 짧은 법이다. 시간이 지날수록 그 정도가 심해지는데 그것은 자식이 또 제 자식들을 만들었기 때문이다. 그래서 부모가 되어 봐야 부모의 심정을 안다고 하지 않는가? 모퉁이를 돌자 윤수정의 묘가 드러났다. 봉분에 떼를 입히지 못했지만, 대신 장례식 날 내린 눈이 쌓여서 포근하게 보인다.

"어이, 나 왔네."

다가가면서 김선호가 소리쳐 말했다. 잡목 숲이 뒤를 둘러쌌고 지대가 조금 높아서 아래쪽을 내려다보는 위치다.

“방금 태수가 전화를 했구먼, 날 데려가려고 하는디 여그 있겄다고 혔네.”

봉분 앞의 맨땅에 앉은 김선호가 말을 이었다.

“어때? 따뜻혀? 인자 안 아픈게 낫지?”

머리 위로 산새 한 마리가 소리 없이 날아갔다.

“한 서방이 내일부터 옆채 공사를 혀, 자네가 공사허는 거 봤으면 재미있었을 텐디.”

“…”

“재일이는 며칠 술 마시다가 말더만, 걔가 이제야 사람이 되었네. 다 자네 덕이지.”

“…”

“모두가 다 잘 풀리는디, 이 사람아, 당신이 그렇게 맹글어 놓고 떠난 것 같구먼.”

“…”

“요즘 잠이 안 와, 가슴이 미어져서 숨이 막힐 때가 많네. 그래서 자다가 벌떡 일어나서 눈물을 쏟고 헌다네.”

“…”

“이것이 얼마나 갈까?”

“…”

“내가 죽고 싶네, 정말이네.”

김선호가 손을 뻗어 봉분을 만졌다.

“혼자 어떻게 살겄는가? 이제 자식들도 다 잘되었으니께 당신 옆으로 가는 것이 낫지 않겠는가?"

김선호의 눈에서 눈물이 흘러내렸다.

"여보게, 여보, 수정아."

"…."

"자식들한티 미안하지만 나도 당신 따라서 갈라네. 내가 요즘 그 방법을 생각한다네."

울음이 북받쳐 오자 김선호는 주먹으로 땅바닥을 치면서 소리 내어 울었다. 울음소리가 골짜기에 부딪혀 귀에 울린다. 김선호가 눈물범벅이 된 얼굴을 들고 소리쳤다.

"내가 당신 기억이 생생헐 때 가야겄네!"

"어, 그래, 웬일이냐?"

김태수가 반갑지만 불안한 분위기를 숨기지 않고 물었다. 오후 3시 반, 사무실 안에서 시골에 있는 김대근의 전화를 받은 것이다.

"아버지, 할아버지가 별로 식사를 안 하세요."

김대근이 조심스럽게 말했으므로 김태수는 소리 죽여 숨을 들이켰다.

"어, 그래? 그럼 술 드시냐?"

"아뇨, 술도 별로 안 하시고…"

"그러면?"

어머니가 돌아가신 지 열흘, 제사를 지내려고 문촌 마을에 가족이 모두 모였다가 돌아온 지 다시 닷새가 지났다. 김대근은 계속 시골에 머물고 있었는데 한 달쯤 후면 개학이니 올라와야 할 것이다. 그때 김대근이 말했다.

"할아버지가 매일 할머니한테 가세요."

"응?"

잘못 알아들은 김태수가 눈을 껌벅였다. 누구 집에 찾아가는 것으로 들었다. 그러다가 어깨를 늘어뜨렸다. 어머니 묘소에 가신다.

"어, 그래?"

가슴이 먹먹해진 김태수가 헛기침을 했다.

"매일 가신다는 말이냐?"

"어제는 오전에, 그리고 오후 4시쯤에. 두 번이나 가셨어요."

"…."

"자꾸 어디를 나가시기에 뒤를 따라가 보았죠, 할 일도 없고 해서요."

"…."

"아버지."

"응? 왜?"

"할아버지가 불쌍해요."

"이놈아, 불쌍하기는."

말끝이 떨려 나왔으므로 김태수가 심호흡을 했다.

"어른한테 그런 말 하면 못 쓴다."

"예, 하지만..."

"하지만 뭐냐?"

"어제 오후에 몰래 따라가 보았더니 묘소 앞에서 말을 하고 계셨어요."

"말을? 누구하고?"

"할머니 하구요."

"…."

"말소리가 들리기에 궁금해서 가깝게 가 보았더니 할머니한테 이야기를 하고 계시더라고요."

"…."

"묘소를 쓰다듬으면서 한참이나 말씀하셨는데 진짜로 두 분이 말씀 나누는 것 같았어요."

"대근아."

"예, 아버지."

"할아버지가 이상한 행동은 안 하시대?"

"할머니하고 이야기하시는 것 빼고요?"

"그래."

"그런 건 없어요."

"…."

"식사를 잘 안 하셔서 고모가 걱정해요."

"…."

"고모는 고모부 될 아저씨하고 집 공사 하느라고 바빠요."

"…."

"할아버지 할머니 두 분이 참 다정하셨는데, 저는 앞으로 그런 할아버지가 되어야겠어요."

"할아버지?"

"예."

"얀마, 그건 60년쯤 후의 일이고…"

길게 숨을 뱉은 김태수가 말을 이었다.

"네가 할아버지 어디 가시는가 좀 봐드려라, 연로하셔서 미끄러운 데 넘어지면 크게 다치니까 말이다."

"예, 아버지."

"대근아."

"예, 아버지."

"참, 고맙다."

"아버지도 참."

김대근의 목소리에 웃음기가 띠어졌다.

"가족인데 당연한 일이지요 뭐."

김대근과 통화를 끝낸 김태수가 잠깐 생각에 잠겼다가 다시 핸드폰을 들었다. 버튼을 누르자 신호음 두 번 만에 김동수가 전화를 받는다.

"어, 형."

"야, 방금 대근이한테서 전화를 받았는데."

김태수의 목소리가 가라앉았다.

"아버지가 어머니 묘소에 자주 가신단다."

그러고는 김대근한테서 들은 이야기를 그대로 옮겼더니 김동수는 듣고 나서도 가만있었다.

"야, 들었어?"

"응."

"식사도 잘 안 하신다는데, 어떻게 했으면 좋겠냐?"

"희선이는 한 서방하고 옆채 짓는 데 정신이 없다고?"

"회사 나갔다가 돌아오면 밤이지, 공휴일에나 집 짓는 거 보겠지."

"바쁘겠구먼."

"글쎄, 내가 그래서 아버지를 모시려고 한 건데, 절대 안 오신다고 해서."

"내가 이번 토요일에 문촌리 가볼게."

"토요일은 일이 있는데, 내가."

그래놓고 김태수가 긴 숨을 뱉었다. 왠지 나사가 빠진 느낌이 들었기 때문이다.

박용득 씨가 토방 끝에 앉으면서 말했다.

"내가 그랬어."

토방 옆쪽에는 조길만이 양지에 앉아 있는데 오늘은 볕이 포근한 날이다. 바람도 없고 해바라기하기 좋은 날씨다.

오후 3시 반, 조길만이 지나다 들렀다면서 불쑥 박용득 씨 집으로 들어선 것인데 요즘 둘 사이는 좋아졌다. 둘이 각각 변했기 때문이다. 박용득 씨는 잘난 척을 덜했고, 조길만은 박용득이 거만하다는 선입견을 버렸다.

"형님, 근디 선호 증세는 좀 심각한 것 같습니다."

조길만이 햇살에 눈살을 찌푸리며 말했다.

"박복수 이야기를 들었더니 하루에 두 번씩 산에 간다고 합니다."

"그건 약소혀, 난 마누라 묘에서 살다시피 했응께."

박용득이 길게 숨을 뱉었다.

"그것이 한 일 년 가더만."

7년 전에 박용득은 부인과 사별했다. 그 후로 박용득은 서울 사는 아들과 함께 살다가 1년 만에 돌아왔다. 박용득이 말을 이었다.

"나도 맨날 마누라 묘를 끼고 살았어. 그것을 안 아들놈이 날 데리고 갔는디 서울서는 더 못 살겄더라고, 내가 어렸을 때 문촌리를 떠나서 일흔 둘에 돌아왔응께 55년이나 서울서 살었는디 말이여."

"그렇구먼요."

"근디 문촌리서 우리 내외가 산 지 5년 만에 마누라가 갔잖여?"

"그렸지요, 그려도 석 달쯤 앓다가 가셨응께 큰 고생 안 허셨지라."

"나 참, 엉덩이뼈가 부서져서 죽기도 허더만."

박용득 씨 부인 안순남은 노인 회관에서 넘어져 엉덩이뼈가 부서진 것이다. 그것이 악화되어서 석 달 만에 저세상으로 갔으니 허망할 만했다. 조길만이 눈을 가늘게 뜨고 손가락을 꼽았다.

"긍께 형수님은 74살 때 가셨구먼요? 맞지요?"

"동생은 나보다 더 잘 아네."

"제가 조사반장 아닙니까? 지금 살어 계셨다면 여든하나시죠."

"나허고 한 살 차이니께, 맞지."

그 후로 박용득은 혼자 살고 있었는데 성격이 깔끔해서 집의 문짝 하나 비틀리지 않았다. 박용득이 말을 이었다.

"지금이 선호가 가장 힘든 때여. 내가 자식도 잃어보고 마누라까지 보냈지만, 마누라 간 것이 가장 아프더라고."

"그런가요?"

조길만이 멍한 표정으로 박용득을 보았다. 5년 전에 조길만은 둘째 아들을 사고로 잃었기 때문이다.

"난 마누라보다 자식 잃는 것이 더 아픈 것 같은디."

조길만이 쓴웃음을 지은 얼굴로 박용득을 보았다.

"물론 내외 금술이 별로이기 때문도 하지만 말입니다, 형님."

"이 사람아, 그게 아니라네."

박용득이 앞쪽 헛간을 초점이 먼 시선으로 보면서 말을 이었다.

"있는 듯 없는 듯했던 마누라가 없어지니까 내 혼이 달아난 것 같았다니까, 자식을 잃었을 때는 몸 한쪽을 누가 칼로 떼어 간 것처럼 아프고 견딜 수가 없어서 소리를 지르고 울었지."

"…."

"근디 마누라가 가니까 소리도 안 나와, 살을 떼어 간 것이 아니라 혼을 뗀 것 같어, 숨이 막히고 물도 안 넘어가."

박용득이 그때를 회상한 듯 머리까지 저었다.

"차라리 아픈 것이 낫지, 못 견디겄더라고, 몸에 감각이 없고 세상이 노래져, 그게 바로 지옥인 것 같아."

"아이구, 형님도."

"겪어보지 않은 사람은 모르네, 그려서 내가 선호 동생 입장을 이해허겄어."

"형님, 그럼 선호가 맨날 묘에 가서 사는 걸 그냥 두는 것이 나을까요?"

정색한 조길만이 물었다. 오늘 그것을 상의하려고 온 것이다. 이제 동네에서도 소문이 났지만 누가 말릴 수도 없는 상황이다. 제 마누라 묘에 간다는데 누가 뭐라고 한단 말인가? 그것이 심할 뿐이다. 그때 박용득이 혼잣소리처럼 말했다.

"내 경험상 이곳을 떠나 아들네 집으로 간다는 건 별로 도움이 안 돼, 나는 더 심해져서 자살까지 시도했었다네."

놀란 조길만의 시선을 받은 박용득이 쓴웃음을 지었다.

"우리 나이에 그 생각 안 혀본 사람이 있겄는가? 말을 안 할 뿐이지."

"형님은 어떻게 극복하셨지요?"

"그냥."

눈동자의 초점을 잡은 박용득이 조길만을 보았다.

"그냥 지나니까 이렇게 살고 있더구먼, 인간이란 게 참 드럽고 간사

헌 동물이더라고. 시간이 지나고 봉께 코미디 프로를 보면서 웃고 있는 나를 보고는 깜짝 놀랄 때가 있다니께, 다른 방법이 없어."

"아버지, 저 왔어요."

김동수가 마당에 들어서면서 활기차게 소리쳤다. 김동수 뒤를 정영아가 따른다.

"아버님, 식사하셨어요?"

손에 선물 꾸러미를 든 정영아가 밝은 표정으로 인사했지만 금방 얼굴에 그늘이 졌다. 오후 1시 반, 김희선과 박미경은 시장 보러 전주에 가서 아직 돌아오지 않았고 윤재일은 서울에 취직한 윤정인을 만나러 갔기 때문에 집에는 김선호와 김대근 둘이 남아 있다.

"응, 잘 왔다."

온다는 연락은 받고 기다리고 있었던 터라 김선호가 둘을 맞았다. 오늘도 겨울 햇살이 따뜻해서 셋은 유리문을 열어젖힌 마루 끝에 나란히 앉았다. 숙부, 숙모를 마중 나갔던 김대근은 마당에서 기울어진 철수 집을 바로 세우고 있다.

"아버님, 식사는 제대로 하셔야죠."

정영아가 먼저 입을 열었다.

"제가 식욕 돋우시라고 한약을 지어 왔어요. 매일 아침 공복에 한 잔씩만 드시면 돼요, 아버님."

"아이구, 그래."

건성으로 대답한 김선호가 퀭한 눈으로 아들 부부를 보았다.

"나, 신경 쓰지 않아도 된다."

"이 한약만은 꼭 드세요, 아버지."

아예 두 달분을 포장해온 김동수가 옆에 놓은 한약 보따리를 손바닥으로 두드렸다.

"그럼 원기가 좀 날 테니까요."

"그래, 그건 그렇고."

김선호가 둘을 번갈아 보았다.

"나, 어디 좀 다녀올란다."

"예? 어디요?"

둘이 거의 동시에 물었고 김대근도 몸을 돌려 김선호를 보았다. 김선호가 쓴웃음을 짓고 말했다.

"여행."

"아, 예. 그런데 어디 가시려구요?"

김동수가 여전히 굳은 얼굴로 묻자 김선호가 헛기침을 했다.

"파리."

"예?"

이제 김대근이 주춤거리며 다가와 토방 끝에 서서 김선호를 보았다. 놀란 김동수 부부는 서로의 얼굴만 보았고 김선호가 말했다.

"네 어머니하고 파리 가려다가 그렇게 되었지 않냐? 알고 있지?"

"예, 아버님."

대답은 정영아가 했다. 벌써 눈물이 그렁그렁해진 정영아가 머리를 끄덕이자 눈물이 후드득 떨어졌다.

"어머니가 가시고 싶어 했던 곳이지요?"

"그래, 젊었을 때 파리 에펠 탑 사진을 놓고 언제 데려다 달라고 했지."

김선호의 목소리에 열기가 띠어졌다.

"내가 거기 가야겠다."

"아버지 혼자서요?"

"아, 그럼."

그때 김대근이 나섰다.

"할아버지 제가 모시고 갈게요."

"아니다."

예상 밖으로 대번에 거절한 김선호가 머리까지 저었다.

"넌 곧 개학 아니냐? 글고 할아버지는 영어도 좀 한다."

"아버지."

지금까지 입을 꾹 다물고 시선만 주고 있던 김동수가 김선호를 보았다.

"그렇다고 갑자기 혼자서 가시려는 겁니까?"

"아, 그럼, 그리고."

김선호가 퀭한 눈으로 김동수를 보았다.

"네 어머니하고 같이 갈라고."

"어떻게요?"

"사진하고 옷, 그리고 유품 몇 개를 싸 갖고 갈란다."

김동수와 정영아가 숨만 들이켰고 김선호가 말을 이었다.

"그럼 되지 않겠냐? 내가 네 어머니 생전에 데려간다고 했다가 못 갔는디…"

숨을 고른 김선호가 말을 이었다.

"니 어머니 숨 끊어졌을 때 내가 바로 말혔다. 파리 가서 다 보고 저승에 가서 이야기혀 주겠다고 말이다. 아마 그때 니 어머니 혼령은 천장 위에 떠서 내 말을 다 들었을 거다."

"…."

"숨이 끊어지면 혼은 금방 안 떠난단다. 천장 위에 떠서 다 내려다보고 듣는다고 하더라. 난 그 말을 믿는다."

김선호가 열기 띤 눈으로 부부를, 그리고 김대근까지 보았다.

"근디 가만 생각하니까 니 어머니 유품을 가져가면 같이 간 셈이 되겠드만, 그려서 갖고 가기로 결정을 혔다."

"아버지."

마침내 김동수가 어깨를 늘어뜨리며 말했다.

"형하고 상의해 볼게요, 아버지."

"그려, 니가 형한테 잘 말혀라."

김선호가 커다랗게 머리를 끄덕였다.

"그리고 나 혼자 간다, 니 어머니 유품 가지고."

"혼자는 절대로 안 돼."

김태수가 핸드폰을 귀에 붙이고 말했다.

"그래, 대근이를 달려 보내도 되겠지. 걔 개학 전에 다녀오면 되잖아? 개학이 아직 한 달 남았는데 말이야."

김태수는 지금 김동수와 통화를 한다. 오후 5시, 문촌 마을에 내려간 김동수가 아버지의 파리 여행을 전화로 알려온 것이다. 김동수가 말했다.

"형이 당해보지 않아서 그래, 아버지는 완강하셔. 혼자 가시겠다는 거야. 대근이가 개학이 아직 한 달 남았다는 말을 했다가 야단맞았어. 너희들이 날 보호하려는 것이 아니라 감시하는 것이냐고 화를 내시는 거야."

"야, 그래도…"

"와서 겪어보라니까 그러네."

"도대체…"

핸드폰을 고쳐 쥔 김태수의 이맛살이 모아졌다.

"야, 뜬금없이 왜 파리냐? 아무리 어머니가 옛날에 파리 가보고 싶다고 한마디 했다고 말이야."

"그거야…"

"돌아가신 지 반달도 안 됐어. 아직 묘의 흙도 마르지 않았단 말이다."

"난 아버지가 맨날 어머니 묘소에 가서 혼자 이야기 하시는 것보다 낫다고 생각하는데…"

"그래서 혼자 보내 드리라고?"

"아버진 영어 회화도 좀 하셔. 일본어도 의사소통은 되고."

"그래서?"

"형, 형은 지금 무슨 생각을 하는 거야?"

불쑥 김동수가 묻자 김태수는 심호흡을 했다. 생각이 났지만 말로 꺼내자니 소름이 돋으려고 한다. 절대로 그럴 리는 없다. 생각하는 것부터가 끔찍하다. 아무리 인간은 생각하는 동물이라고 해도 그렇다. 생각을 금지시킬 수가 없는 것이 인간이 만물의 영장이라는 증거라고? 그때 김동수의 말이 이어졌다.

"형, 아버지는 다음 주에 떠나시겠대."

"다음 주에?"

"그런 줄 알고 형한테 말 하라고 하셨어."

"…."

"한 시간이 넘게 아버지하고 얘기했는데 시간이 지날수록 아버지 뜻대로 해 드리고 싶다는 생각이 들어."

"…."

"아버지가 불쌍해."

"…."

"고집을 피우실수록 더."

"…."

"형."

"뭐?"

"우리가 아버지를 얼마나 알고 있을까?"

"너, 지금 어딨냐?"

"집밖, 산기슭 밑. 철수하고 같이 있어."

"아버지가 어머니 유품 가져가신다고 했지?"

"응, 옷가지하고 사진, 신발을 가져가신다고 했어."

"신발은 왜?"

"몰라."

다시 김태수는 입을 다물었고 김동수의 목소리가 수화구를 울렸다.

"형, 보내 드리자."

"…."

"아버지가 파리 이야기를 하실 때는 눈에서 생기가 나."

마침내 김태수가 말했다.

"나도 아버지한테 내려갈 거다. 이번 토요일에 가야겠군."

"아버지한테 말 할게."

"나도 아버지한테 전화드릴 테니까."

"형이 온다고만 할게."

"알았어."

"파리에서 요즘 폭탄 테러가 자주 일어나지만 괜찮을 거야, 형."

통화를 끝낸 김태수가 멍한 표정으로 앉아 있다가 다시 버튼을 눌렀다. 이번에는 김대근이다. 신호음 두 번 만에 김대근이 밝은 목소리로 응답했다.

"예, 아버지."

"응, 네가 고생한다."

"아버지도 참, 저 놀아요."

김대근의 목소리에 웃음기가 띠어졌다. 그때 김태수가 물었다.

"너, 할아버지께서 파리 가신다고 하는 거 어떻게 생각하느냐?"

그러자 김대근이 잠깐 주춤하는 것 같더니 말했다.

"여기 계시는 것보단 나을 것 같아요."

"왜?"

"맨날 할머니한테 가시는 것 보니까 답답해요."

심호흡을 한 김태수가 다시 물었다.

"할아버지 지금 뭐하시냐?"

"할머니 운동화 빨고 계세요."

김태수가 다시 심호흡을 했다.

김선호가 벽장에서 꺼낸 윤수정의 옷을 하나씩 들었다가 옆으로 쌓아 놓는다. 김선호는 윤수정의 옷을 하나도 버리지 않고 그대로 놓아둔 것이다. 조길만이 삼우제가 끝났을 때 윤수정의 옷을 전부 밭두렁에다 놓고 태우자고 했다가 김선호한테 '미친놈' 소리를 듣고 입을 다물었다. 김선호한테는 미친놈들의 수작이었다.

멀쩡한 옷을 왜 없앤단 말인가? 냄새가 배이고 지난 추억을 안고 있는 옷은 분신이나 같다. 버리고 지워서 뭘 어쩌라고? 그렇다고 쉽게 잊히는가? 아니, 도대체 잊어서 뭘 하게? 머릿속 기억은 땅이 황폐해지는 것처럼, 우물이 저절로 말라가는 것처럼 놔두도록 해라. 인위적으로 지우고 태우고 없애다니? 비겁한 짓이다. 나는 이것이 보약이나 같다. 윤수정의 낡은 스웨터를 들어 옷에 배인 냄새를 맡으면서 김선호가 생각했다. 이 냄새, 그리고 이 아픔, 다 내가 겪고 살아야 한다. 방 안은 조용하다 벽에 걸린 시계의 초침 소리가 크게 울렸다. 오후 11시 10분이다. 건넌방에서 김희선과 박미경 모녀의 목소리도 이제 들리지 않는다. 사춘기가 된 박미경이 한때 김희선과 갈등을 일으키더니 요즘은 잘 어울린다. 한상호하고도 셋이 잘 지내는 것 같다. 그것을 윤수정이 조금 더 보고 갔으면 좋았을 텐데, 다시 가슴이 멘 김선호가 요즘은 버릇이 된 혼잣말을 했다.

"당신이 가장 걱정했던 희선이가 요즘 밝아졌어."

다시 옷을 하나씩 들어 보면서 김선호가 말을 이었다.

"한 서방이 괜찮여, 당신이 갸들 셋이 있는 것을 보고 갔어야 하는디, 미경이까지 말이여."

"…."

"옆채 공사는 시작혔는디 한 서방이 지가 다 부담한다고 하네."

"…."

"참, 태수가 이번 토요일에 온대야. 아마 내가 파리 가는 것 땜시 오는 것 같여."

"…."

"당신이 좋아허던 운동화 빨았어. 그놈 갖고 갈라고."

김선호가 윤수정의 분홍색 내의를 집어 들었다가 숨을 들이켰다. 낡은 내복이다. 이 내복은 30년도 더 넘은 것 같다.

"아이고, 이것이 지금도 있네."

김선호의 눈에 눈물이 고였다.

"그때, 파리 한 번 가자고 할 때 입었던 옷인가?"

옷을 이리저리 살핀 김선호가 머리를 끄덕였다.

"그려. 같이 가지, 파리에."

내복을 옆쪽에 따로 챙겨놓은 김선호가 멍한 얼굴로 말을 이었다.

"마지막 여행이여."

"…."

"다 마지막이 있는 거여, 안 그런가?"

"…."

"마지막이 새 시작인 경우도 있지."

"…."

"내가 당신 떠나고 나서 당신허고 더 많이 이야기를 허는 것 같여."

"…."

"듣기나 허는가."

"…."

"안 듣겄지, 죽었응게 말이여."

방 안에 잠깐 정적이 덮였다. 이윽고 다시 머리를 든 김선호가 말했다.

"당신이 죽기 전에 희선이 불러서 그렸다면서? 아이고, 내 딸, 허고."

김선호가 앞에 놓인 윤수정의 내복을 집어 눈물을 닦았다.

"잘 살아야 돼, 희선아, 혔담서?"

김선호가 내복에 대고 코를 팽, 풀었다.

"글고 나헌티 헌 말도 기억허고 있어."

"…."

"그때 나헌티 어디 가쇼? 허고 물었지?"

"…."

"내가 창수가게, 혔고."

"…."

"그랬더니 빨리 오쇼, 그렸지, 당신이."

"…."

"그것이 나헌티 한 마지막 말이었어."

김선호가 내복을 세수하는 수건처럼 얼굴에 덮고 두 손으로 눌렀다.

"그려, 빨리 갈게."

"…."

"아침에 일어나면 얼릉 당신한티 가야겠다는 생각밖에 안 나."

"…."

"산소에 앉아서 당신한티 이야기하는 것도 지쳤어. 그게 무슨 미친 짓이란 말인가?"

"…."

"갈게."

다시 내복에다 코를 푼 김선호가 방바닥에 내복을 펼쳐놓고는 잘 개었다. 어느덧 김선호의 얼굴이 가라앉아 있다.

"자식들도 잘되었고 인자 나까정 가면 새 가족이 시작되는 거여."

김선호가 이제는 또렷하게 말했다.

김태수는 토요일 오후 3시에 도착했는데 대전에서 김동수를 만나 둘이 같이 문촌 마을에 도착했다. 김동수는 나흘 만에 다시 온 셈이다.

"아버지."

마루방에서 김선호에게 큰절로 인사를 한 김태수가 김동수와 나란히 앉았다. 김대근은 제 아버지가 온 것이 반가운지 김태수 뒤쪽에 앉아 할아버지를 본다. 오늘은 옆채 공사하는 것을 보려고 한상호가 와 있다가 두 형제를 만났다. 한상호는 45세로 김동수보다 2살, 김태수보다는 4살 연하다. 손위 처남이 될 터인 데다 둘 다 포스가 있어서 어려운 상대다. 둘에게 인사를 하고는 허둥거리다가 집안 분위기를 눈치 채고 공사하는 데로 물러갔다.

윤재일은 요즘 바쁘다. 엊그제 취직한 윤정인을 만나고 오더니 오늘은 전주에 갔다. 김선호한테는 원고지 사러 간다고 했지만 지금까지 쓴 원고를 USB로 입력시킨 것을 찾으러 갔다. 김희선은 집에서 가장 활기를 띠고 있다. 두 오빠가 내려온 데다 한상호까지 옆에 있기 때문일 것이다. 박미경은 제 친구 유진이한테 놀러가서 돌아오지 않았다. 김태수가 숨을 고르고 나서 말했다.

"아버지, 희선이 결혼은 4월에 치르기로 했지 않습니까?"

김선호의 시선을 받은 김태수가 말을 이었다.

"어머니가 계시면 다 알아서 하시겠지만 돌아가시고 나니까 준비하는 것이 서툴러지는구먼요."

김선호가 시선만 주고 있는 것은 의외였기 때문이다. 김태수가 파리 여행 이야기부터 꺼낼 줄 예상했던 것이다. 그때 헛기침을 한 김동수가 말을 이었다.

"그래서 형수하고 종근이 에미가 같이 준비하고 있지요. 뭐, 별 차질도 없을 겁니다, 아버지."

"응, 그래, 너희들이 수고한다."

마침내 김선호가 둘에게 말했다.

"너희들 어머니도 걱정 많이 했었어."

"그래도 아버지가 계시니까 다 안돈이 되는 거죠."

그러더니 김태수가 머리를 돌려 김대근을 보았다.

"가서 고모하고 고모부 될 아저씨 모시고 오너라."

김대근이 벌떡 일어나 마루방을 나갔을 때 김선호가 긴 숨을 뱉었다.

"한 서방이 착하다."

"예, 그런 것 같구먼요."

외면한 김태수가 말했고 김동수가 이었다.

"이젠 희선이가 자리 잡아야죠, 아버지."

그때 김대근이 앞장섰고 한상호와 김희선이 뒤를 따라 마루방으로 들어섰다.

"어, 자네, 거기 앉지."

김동수가 구석 쪽 자리를 가리키며 말하는 것이 대학원생을 대하는 것 같다. 한상호가 무릎을 꿇고 앉더니 두 손까지 무릎 위에 놓았다. 김희선도 다른 때는 안 그랬는데 한상호 옆에 무릎을 꿇고 나란히 앉는다. 그것을 본 김태수가 외면했다. 다른 때 같았으면 편히 앉으라고 했을 것이다. 오늘은 분위기를 이쪽으로 몰고 갈 작정을 하고 왔기 때문이다. 그때 김태수가 말했다.

"지금은 한 사장이라고 부르겠네."

"예."

굳은 목소리로 한상호가 대답했을 때 김태수가 말을 이었다.

"어머니가 돌아가시기 전에 결혼은 봄에 하는 것이 좋겠다고 아버님하고 결정을 보았어. 그래서 우리가 4월 중에 날을 잡겠네, 됐나?"

“예, 형님.”

“그때까지 공사가 다 끝나겠지?”

“3월 중순에 다 끝납니다, 형님.”

“4월에 결혼식 올리는 거, 괜찮나?”

“그럼요, 형님.”

“우리는 가까운데 있는 희선이 둘째 올케가 자주 내려와서 혼례 준비를 할 거네, 별 차질이 없을 거야.”

그래놓고 김태수가 머리를 들고 김선호를 보았다.

“아버님, 한 사장한테 말씀하실 것이 있으시면 한 말씀 해주시죠.”

“뭐, 지금은 없다.”

김선호가 두 아들과 딸, 사위가 될 한상호까지 차례로 보더니 말을 이었다.

“다 잘들 하는데, 내가 뭘.”

“자, 그럼.”

김동수가 한상호에게 머리를 끄덕여 보이면서 말했다.

“오늘은 이만.”

강의가 끝났다는 선언처럼 자연스럽다. 한상호와 김희선이 마루방을 나갔을 때 김태수가 김선호를 보았다.

“아버지, 다음 주에 가신다고 하셨는데 비행기 표가 있는지부터 확인해봐야 합니다. 그리고 며칠간 여행하실 건지도 알아야 하구요. 그래야 귀국 비행기 표도 끊어 놓을 수가 있거든요.”

이제야 파리 이야기가 나왔다. 김동수가 가만있는 것을 보면 둘이 말을 맞춘 것이다. 한상호와 김희선을 불러 둘의 4월 결혼식 이야기부터 꺼낸 것도 계획적이다. 머리 쓰는 것으로 따지면 두 형제의 머리는 못 당한다.

"아버지."

일요일 오후 4시, 김태수, 동수 형제가 돌아갔고 집에 김희선과 둘이 남았을 때다. 마루 끝에 앉아 있던 김선호가 김희선이 부르는 소리에 머리를 돌렸다. 김희선이 다가와 뒤쪽에 앉았다.

"파리에 며칠간 계실 거예요?"

"봐서."

김선호가 다시 마당을 바라보며 대답했다. 철수가 김대근과 함께 밖에 나가서 마당이 빈 느낌이 든다. 박미경은 제 외삼촌들이 가는 것을 보지도 못하고 친구 집으로 놀러가서 아직 돌아오지 않았다. 김희선이 김선호의 등에 대고 말했다.

"어머니는 행복하시다고 했어요."

김선호는 마당만 보았고 김희선이 말을 이었다.

"돌아가시기 전에요, 여러 번."

"…."

"제 생각도 그래요, 아버지."

"…."

"어머니는 남은 가족들 걱정을 하셨어요."

"…."

"아버지 걱정을 제일 많이 하셨어요."

"…."

"아버지."

김희선이 부르자 김선호가 다시 머리를 돌려 시선을 주었다. 차분한 표정이다.

"내가 니 엄니하고 51년 살았다."

김선호가 눈을 가늘게 뜨고 김희선을 보았다.

"내가 스물여섯, 니 엄니가 스물다섯 살 때부터."

"…."

"반세기다. 반세기여, 51년."

"…."

"그 51년 동안의 추억이 며칠 사이에 다 사라지겄냐? 아무리 기억력이 나쁜 놈이라도 말이다."

"…."

"내가 갑자기 니 엄마하고 둘이 있고 싶어서 파리 간다고 했다."

그 순간 김희선이 숨을 들이켰다. 아버지가 이제야 파리 여행을 고집한 이유를 말하고 있다. 어머니가 젊었을 때 가고 싶어 했던 곳을 간다는 이유는 낯설다. 그런데 둘이 있고 싶다니? 이해가 안 간다. 그때 김선호가 말을 이었다.

"다시 네 엄마하고 둘이 되어 볼란다. 네 엄마하고 나, 이렇게."

김선호가 마당을 보고 있었으므로 김희선은 얼굴을 볼 수가 없다. 그래서 무릎걸음으로 다가가 비스듬한 옆쪽에 앉았다.

"아버지."

"왜?"

"그래서 엄마 옷하고 신발까지 가져가시는 거예요?"

"그냥 가방이 허전해서 넣는 거야."

"아버지, 엄마 산소에 가서 자주 이야기 하셨다면서요?"

"대근이란 놈이 일러바쳤구나."

김선호가 웃음 띤 얼굴로 말을 이었다.

"심심해서 그런 거다."

"외로우시죠?"

"아, 그럼, 그걸 말이라고 하냐?"

"파리에서 엄마하고 어떻게 둘이 되어요?"

"딱 둘이지, 죽은 네 엄마하고 나하고."

김선호는 머리를 돌려 김희선을 보았다. 눈빛이 강해졌고 얼굴에 생기가 떠오른 것처럼 느껴졌다.

"그럼 네 엄마가 나한테 이야기를 할 거다. 지금까지 나만 이야기를 했고 네 엄마는 듣기만 했거든."

"…."

"둘이 되면 네 엄마가 나한테 이야기를 할 것 같다. 나는 듣고, 그래, 듣기만 하고."

"…."

"여기선 네 엄마가 너무 참고, 참고, 또 참기만 했어, 세상에, 무덤 속에서도 참고 말도 안 하더라니까."

"아버지."

"파리에 가면 말할 거야, 여보, 태수아버지, 나, 무서워 죽겠어, 하고…"

"아버지."

"여보, 희선이 아버지, 울고 싶으면 실컷 소리 내어 우시오, 같이 웁시다, 하고."

"아버지."

마침내 김희선의 눈에서 눈물이 흘러내렸다.

"아버지, 그러지 마요."

"오냐, 오냐."

머리를 끄덕인 김선호가 말을 이었다.

"안 그러마, 안 그러지."

"아버지, 난 어떡하라구요?"

"내 딸."

김선호가 눈을 가늘게 뜨고 김희선을 보았다. 홀린 것 같은 시선이다.

"내 막내딸, 이 불쌍한 것."

"아버지."

"너는 이제 잘될 거다, 희선아."

"아버지."

"다 이러고 사는 것이란다."

김선호가 자리에서 일어서며 말했다. 마침 김대근이 철수와 함께 집으로 들어서고 있다.

조길만이 방 안으로 들어서는 김선호를 흘겨보았다.

"얀마, 뭐가 그리 바쁘냐?"

방 안에는 박복수도 와 있었는데 벌써 막걸리 두 병째를 비우는 중이다. 이창수의 가게 방 안이다. 오후 2시여서 아직 술 시간은 안 되었지만 겨울이 끝나가는 지금은 좀 한가한 시간이다.

"형님, 몸은 괜찮으시죠?"

박복수가 자리를 만들어 주면서 물었다. 박복수도 기구한 인생이다. 4년쯤 전에 부인과 사별하고 하나 있는 자식이 음주운전 뺑소니 사망사고를 저지르고 중국으로 도망갔다. 그놈은 지금 중국에서 여자를 만나 잘 먹고 잘산다는 소문만 났지, 한국에는 전화 한 통 없다. 남은 처가 딸 둘을 기를 쓰고 기르다가 작년 말에 폐암으로 죽었다. 그래서 손녀 둘을 맡을 수밖에 없었는데, 손녀를 키우던 제 외조모와 이모 가족까지 데려와 집이 '난민 수용소'가 되어 있는 것이다. 그러나 집안 분위기가 밝다. 큰 외손녀 유진은 박미경과 단짝으로 붙어 다니고 역시 혼자가 된 이모가 윤수정이 아팠을 때부터 김선호 집안일을 도와주더니 지금도 계속하고 있다. 박복수의 사돈이 되는 유진이 외할머니도 부지런해서 자주 전주까지 나가 품을 판다. 오히려 박복수가 혼자 살던 때보다 집안이 더 윤택해졌다. 아이들이 넷이나 되다보니까 소란스럽지만 웃음이 많아졌고 밝다. 그래서 조길만은 농담 반 진담 반으로 박복수한테 사돈하고 재혼하라고 만날 때마다 권한다. 고지식한 박복수가 그럴 때마다 펄쩍 뛰는 것이 재미있는 것 같다. 김선호가 방 안을 둘러보는 시늉을 하면서 조길만에게 물었다.

"무슨 일이냐? 대낮부터 술 마실 일 있어?"

"아, 너 때문에."

조길만이 김선호에게 잔을 건네주며 말했다.

"네가 속을 썩여서."

"미친놈."

그때 이창수가 김치찌개가 담긴 양은 냄비를 들고 왔다. 진한 찌개 냄새가 맡아졌다.

"오늘은 좀 진하게 끓였네요."

이창수도 냄비를 상에 놓고 자리에 앉았다.

"너, 파리에 언제 가냐?"

잔에 술을 따르면서 조길만이 물었다.

"다음 주쯤, 태수가 비행기 표를 끊어봐야 안다. 요즘은 예약이 밀린다는군."

김선호가 막걸리를 한 모금 마시고는 말을 이었다.

"뭐, 잠깐 바깥바람 좀 쏘이려고."

"좋지."

조길만이 머리를 끄덕였다.

"여그서 만날 묘소 다니는 것 보단 낫지."

이창수와 박복수는 잠자코 술을 마셨고 안주를 먹는다. 그때 조길만이 물었다.

"근디, 너 요즘 봉께로 눈이 탁 풀려서 죽은 생선 눈처럼 되어 있더라?"

"내가?"

김선호가 눈동자의 초점을 잡았다.

"내가 생선 눈이라고?"

"인자는 산 생선 눈이구먼."

"이 빌어먹을 놈이."

"너, 파리인지 모기인지 갔다가 돌아오기는 할 거냐?"

순간 김선호는 숨을 들이켰다. 이창수와 박복수는 외면한 채 귀를 세우고 있다. 이것 때문에 조길만이 불러낸 것이다. 이윽고 어깨를 늘어뜨린 김선호가 되물었다.

"마을에서 공론이 일어났어? 내가 돌아오지 않는다고?"

"넌 참, 못난 놈이다."

술잔을 든 조길만이 외면하고 말했다.

"내가 누구라고는 말 안 하겠지만 다 세파 겪고 지금까지 살아온다.

너보다 더 험한 꼴을 당한 사람도 견디고 살어."

"내가 어쨌다고 그러는 거냐?"

"니가 허청거리고 댕기는 것이 불쌍혀서."

"지금이야 헐 수 없지, 이놈아."

"사람이 그러면 안 되는 거다."

어깨를 편 조길만이 똑바로 김선호를 보았다.

"난 너보다 가방끈도 짧지만 내 충고는 들어, 넌 생각이 너무 많어, 이놈아."

"생각은 무슨…"

"사람들이 걱정을 많이 혀."

김선호가 들고 있던 술잔을 내려놓고 찌개 한 숟갈을 떠먹었다. 소태맛이다. 그러고 보니 윤수정이 죽고 나서 맛을 느끼고 뭘 먹은 적이 없는 것 같다.

"걱정들 마러."

머리를 든 김선호가 웃음 띤 얼굴로 셋을 둘러보았다.

"다 제 나름대로 사는 것 아니냐? 다 똑같을 수는 없지."

"형님, 그냥 지내다 보면 살게 되더만요."

마침내 박복수가 어렵게 한마디 했다. 호흡을 가눈 박복수가 말을 잇는다.

"여그 길만 형님 말씀대로 생각이 많으면 병이 생깁디다. 생각을 말어야쥬."

"맞네."

김선호가 머리를 커다랗게 끄덕였지만 소리 죽여 숨을 뱉는다. 조금 전에 말한 대로 다 똑같을 수는 없는 것이다. 그래서 또 인간이다.

"형님, 드릴 말씀이 있어서요."

오후 3시 반, 집 앞에서 만난 윤재일이 말했다. 2월 초였지만 매섭게 추운 날씨다. 날씨가 풀릴 만한데도 겨울이 더 길어지고 있다. 머리를 끄덕인 김선호가 마루방으로 앞장서 들어섰다. 집은 비었다. 항상 집을 지키던 김대근이 오늘은 전주에 갔고 김희선은 회사에, 박미경은 학교에 갔다. 옆채 공사를 하는 인부 셋이 묵묵히 일을 할 뿐 가족은 둘뿐이다. 마루방에 마주보고 앉았을 때 윤재일이 말했다.

"형님, 저, 월요일에 서울로 가겠습니다."

김선호의 시선을 받은 윤재일이 머리를 숙여 보였다.

"그동안 고맙습니다, 형님."

"서울 어디로 가려고?"

"주유소를 하는 친구가 있는데 주유소에 딸린 세차장을 관리해 달라고 해서요."

"어떤 친구냐?"

"양필수라고 저하고 중학교 동창입니다. 누님도 잘 아시던 친구지요."

"어디서 살려고?"

"주유소에 딸린 방이 있습니다. 그 친구가 밤에는 주유소까지 관리해 달라고 하는구먼요."

"…."

"천호동에 있는데 장사가 잘됩니다. 그 친구는 주유소를 4개나 갖고 있지요."

"…."

"그 친구는 저를 잘 압니다, 형님."

"얼마 받기로 했는데?"

"한 달에 먹고 자고 3백이니까 괜찮습니다."

"정인이한테 말했냐?"

"예, 제가 주유소 일 도와준다니까 좋아하더구먼요, 저하고 같이 필 수도 만났습니다."

"잘되었구먼."

마침내 김선호가 외면하고 말했다.

"잘되었다. 네 누나가 도와준 것 같다."

이번에는 윤재일이 입을 다물었고 김선호의 말이 이어졌다.

"그려, 떠날 때가 되면 떠나야지."

"형님."

머리를 숙인 채 윤재일이 김선호를 불렀다.

"누님이 가시고 나니까 저도 정신이 멍해져서 하마터면 어떻게 될 뻔했습니다."

"…."

"저한테는 하나밖에 없는 누님이었지요, 떠나 있어도 의지했던 누님이었습니다."

"…."

"이젠 세상에 의지할 누님이 없다는 생각이 들었다가 형님을 보고 가슴을 가라앉히곤 했습니다."

"…."

"저보다 형님이 더 가슴이 찢어질 테니까요."

"…."

"저도 몇 번 누님 묘소에 갔다가 형님이 앉아 계시는 것을 바라보기만 하고 돌아오곤 했습니다."

"…."

"형님."

머리를 든 윤재일이 김선호를 보았다. 어느덧 눈에 눈물이 가득 고여 있다.

"저도 떠납니다, 형님."

"…."

"형님보다 먼저 떠나려고요."

마침내 손등으로 눈을 닦은 윤재일이 말을 이었다.

"형님 안 계신 빈집에서 혼자 남아 있을 생각을 하니까 먼저 나가는 것이 낫겠다는 생각이 들었습니다."

"네 누나한테 내가 약속했는데."

김선호가 마룻바닥을 응시한 채 말했다.

"널 살펴주겠다고 말이다."

"형님, 그만하면 과분하게 받았습니다."

"미안하다."

"형님."

다시 손으로 눈물범벅이 된 얼굴을 훔친 윤재일이 김선호를 보았다.

"다음 생에서라도 꼭 형님, 누님을 다시 만나 은혜를 갚겠습니다."

"그만하면 됐다."

"누님은 참 행복하게 가셨어요."

"그러냐?"

"남은 사람들은 가슴이 찢어지지만요."

"떠나는 네 누나는 더 했을 거다."

김선호의 눈동자에 다시 초점이 멀어졌다.

"우리는 이렇게 넋두리라도 할 시간이 있지 않으냐?"

"…."

"못난 남편, 제 살덩어리를 나눠준 자식들을 놓고 떠나는 그 심정…"

가슴이 멘 김선호가 숨을 들이켰지만 이번에는 숨이 막혔다. 주먹으로 가슴을 두 번 두드린 김선호의 눈에서 눈물이 떨어졌다.

"재일아."

"예, 형님."

"나, 따라갈란다."

김선호는 처음으로 윤재일에게 속내를 털어놓았다. 먼저 떠난다는 윤재일이니 마음을 놓은 것 같다.

윤재일이 월요일 오후에 그 무거운 원고지를 버리지도 않고 도로 가지고 갔다. 김선호가 서동리 버스 정류장까지 경운기에 짐을 싣고 따라가 주었는데 외삼촌 바래다주겠다고 일하다 말고 달려온 김희선을 만났다. 소형차를 몰고 달려온 것이다. 물론 김선호는 오전에 윤재일을 데리고 윤수정의 묘소에 가서 작별 인사를 시켰다. 둘은 묘 앞에 앉아 마치 살아 있는 윤수정한테 이야기하는 것처럼 갔다 온다는 둥, 정인이가 잘되었다는 둥 한참이나 말하고 내려왔다. 그런데 막상 소형차 뒷좌석에다 3개로 늘어난 가방을 싣고 김희선 옆자리에 타려던 윤재일이 우두커니 서 있는 김선호에게 다가가더니 부둥켜안고 울기 시작했다. 서동리 버스 정류장 앞이다. 놀란 김선호가 주춤거렸다가 곧 따라서 울었는데 둘의 우는 모양이 볼만했는지 구경꾼들이 모였다. 다 김선호를 아는 사람들이었고 다 노인들이어서 입맛을 다시거나 혀를 찰 뿐 말리지도 다가오지도 않았다. 다 아는 것이다. 김희선도 처음에는 어쩔

줄을 모르다가 곧 훌쩍거리면서 차 옆에 서 있었는데 버스가 다가왔을 때에서야 그 장면이 끝났다. 그들이 버스 주차장을 가로막고 서 있었기 때문이다.

"돌아오거라."

김선호가 윤재일을 차에 밀어 넣으면서 말했다. 얼굴이 울어서 번들거렸고 눈이 충혈되었다.

"여그가 니 고향이다."

"예, 형님."

"너, 오래 살어야 헌다."

"예, 형님."

김희선이 차를 옆으로 빼었고 다시 다가온 김선호가 차 안의 윤재일에게 말했다.

"추석에는 와서 니 누님 봐야 헌다. 기다리고 있을 거여."

"그전에도 시간 나면 옵니다, 형님."

"그러고 내가 깜박혔는디."

김선호가 주머니에서 구겨진 봉투 하나를 꺼내 윤재일에게 내밀었다.

"니 누님이 니 앞으로 적금 들어놓은 것을 찾았다. 2천3백이다. 통장도 거그 들어 있다."

"형님."

봉투를 받은 윤재일이 얼굴에다 붙이더니 통곡을 했다. 그때 김선호가 차 지붕을 손바닥으로 두드리더니 한 걸음 물러섰다.

"가거라."

눈물바람을 하고 있던 김희선이 차를 발진시켰고 곧 시야에서 멀어졌다. 김선호가 경운기로 다가가 좌석에 앉았을 때 백기성이 다가왔다. 백기성은 김선호와 초등학교 동창이다. 이번 윤수정의 장례에도 사흘 밤을 같이 지냈고 애경사에는 빠지지 않는다. 집안 내막도 다 아는 친구다.

"재일이가 가냐?"

"응."

다가온 백기성이 경운기 뒤칸에 걸터앉았다. 오늘은 바람도 없는 맑은 날씨다. 주위에 모였던 구경꾼들도 다 흩어졌고 버스 주차장은 텅 비었다. 백기성은 20년쯤 전에 상처하고 서동리에서 혼자 산다. 백기성이 말을 이었다.

"너도 외국에 간다면서?"

"응."

"뭐 하러 가냐?"

"그냥."

"얀마, 마누라 보내고 한 달도 안 되어서 외국 가는 놈이 어딨어?"

"넌 어떻게 견뎠냐?"

"그냥 시간이 갔어."

눈을 가늘게 뜬 백기성이 김선호를 보았다. 백기성은 직업 군인이 되어 상사로 제대했는데 여유만 생기면 사둔 임야가 도시 계획에 들어가 팔리는 바람에 수십억 대의 재산가가 되었다. 그렇지만 돈 있는 티를 내지 않고 차도 국산 중형차를 25년째 타고 다닌다. 자식 둘을 두었는데 큰아들은 제 아버지 따라서 직업 군인이 되어 소령이고 딸은 간호사로 미혼이다. 백기성이 길게 숨을 뱉고 나서 말했다.

"엊그제 길만이한테서 들었다."

"뭐라고 혔는디? 그놈이."

"니가 안됐다고 허더라."

"뭐, 다 그런 거지 뭐."

김선호가 지그시 백기성의 옆얼굴을 보았다. 초등학교 동창이니 70년 가깝게 인연이 이어졌지만 만났다 안 만났다 했으니 가깝게 산 이웃보다 못할 때가 많다. 그러나 가끔 팍, 쑤시고 들어오는 말은 초등학교 동창들이나 되어야 뱉는다. 다정한 이웃은 그렇게 못 하는 것이다. 그때 백기성이 말했다.

"난 마누라 죽기 전에 바람을 피워서 속을 무자게 썩였다. 그때 막 땅이 팔려서 목돈을 쥐고 있었거든."

"…."

"위암 말기인 마누라가 날 찾아 댕겼고 나는 여자하고 놀러 댕겼다."

백기성이 얼굴을 일그러뜨리며 웃었다.

"자식들이 제 어머니 병간을 했는디 난 죽기 전에야 들어가서 얼굴을 보았지, 임종은 보았어."

"…."

"죽고 나니까 내 죄를 알겄더만, 그려서 악착같이 죗값을 치르려고 산다."

백기성이 번들거리는 눈으로 김선호를 보았다. 그런 소문은 들었지만 제 입으로는 처음 듣는다.

"아버지, 2월 20일에 출발하는 비행기인데요."

김태수가 말을 이었다.

"오후 2시 비행기입니다. 그리고 귀국 비행기는 일주일 후인 28일 오후 3시에 드골공항에서 떠납니다."

"그래, 알았다."

"아침 7시에 인천공항으로 출발하는 고속버스가 있더군요. 조금 피곤하시겠지만 그놈을 타시면 바로 공항까지 오실 수 있어요."

"알았다."

김선호는 지금 빈 고추밭에 앉아서 김태수의 전화를 받고 있다. 오후 5시, 겨울 해는 짧아서 고추밭에 그늘이 덮여 있다. 2월 중순, 이제 날씨가 풀리는 중이라 춥지는 않다. 머리를 든 김선호가 고추밭 위쪽을 보았다. 지난 가을만 해도 저기 저 길로 윤수정이 새참을 가지고 왔다. 5개월도 안 되었다. 세상에, 이럴 수가 있는가? 그 윤수정이 이 세상 사람이 아니다. 저 위쪽 산중턱에 묻혀 있다. 핸드폰을 고쳐 쥔 김선호가 말했다.

"뭐, 걱정할 것 없다. 예약한 호텔 찾아가서 묵으면 되니까."

"아버지, 공항에 동수 부부도 나온다고 합니다."

"뭐 하러 나온다냐?"

버럭 목소리를 높이는 바람에 옆쪽 골짜기에서 울림이 일어났다. 메아리다.

"인천공항까지 서너 시간이나 걸릴 텐데, 더구나 그날은 공휴일도 아니지 않냐?"

"아이구, 동수가 알아서 하겠지요."

"어쨌든 수고했다. 그리고 나, 여기서 달러 다 바꿨으니까 돈 필요 없다."

"알았습니다, 아버지."

김선호는 미리 비행기 표 값을 김태수에게 보낸 것이다. 그때 김태수가 생각난 것처럼 말했다.

"아버지, 대근이를 올라오라고 했습니다."

"어, 그래?"

김선호가 핸드폰을 고쳐 쥐더니 머리부터 끄덕였다.

"잘했다. 잘했어, 대근이가 고생혔어, 이제 올라가서 개학 준비를 해야지."

"예, 아버지."

"그놈 든든하다. 너 자식 잘 가르쳤다."

"아버지도 참."

"나보다 낫다."

"아버지, 그게 무슨 말씀이세요?"

"아버지 노릇을 나보다 낫게 한단 말이다."

"그놈 성품이 저보다 나은 것 같아요."

"그것이 네 복이지."

"저는 괜찮은 아들이었습니까?"

"그럼."

머리를 돌린 김선호가 고추밭 옆쪽을 보았다. 골짜기 안으로 들어가면 모퉁이 위쪽이 윤수정의 묘다. 여기서 보이지는 않지만 골짜기만 보아도 가슴이 먹먹해진다. 김태수와 통화를 끝낸 김선호가 집으로 돌아왔더니 토방에서 철수 털을 빗겨주고 있던 김대근이 몸을 일으키고 말했다.

"할아버지, 아버지한테 들으셨지요?"

"오냐, 들었다. 너, 내일 올라가거라."

김선호가 마루 끝에 앉으면서 자신보다 한 뼘이나 큰 손자를 올려다

보았다.

"가서 개학 준비해야지, 그동안 고생 많이 했구나."

"아녜요, 할아버지."

"할머니가 널 얼마나 든든하게 여기셨는지 모른다."

김대근은 시선만 주었고 김선호가 말을 이었다.

"할애비를 오래 겪었구나, 그렇지 않으냐?"

"예, 할아버지하고 같이 지내니까 좋았어요."

"반면교사라는 말 알지?"

"예, 할아버지."

다가온 철수의 머리를 쓸어주면서 김선호가 말을 이었다.

"할애비도 예외가 아니다. 할애비의 본받을 만한 점은 취하고 나쁜 점은 버려라."

"예, 할아버지."

"내 피가, 내 유전자가 그리고 네 할머니의 유전자까지 너에게 전해진 거다. 그렇지 않으냐?"

"예, 할아버지."

"나는 이제 더 이상 미련이 없다."

시선을 든 김대근을 향해 김선호가 웃어보였다.

"만족한다는 뜻이다."

"예, 할아버지."

방으로 돌아온 김선호가 벽에 등을 붙이고는 두 다리를 길게 뻗었다. 아랫목에 이부자리가 펴져 있었는데 윤수정이 깔고 있던 요다. 그 벽에는 사진들이 그대로 걸려 있고 옷장에는 윤수정의 옷이 가득 차 있다. 문득 엊그제 서동리에서 만난 백기성의 말이 떠올랐다.

"그냥 시간이 갔어."

김선호가 너는 어떻게 견디었냐고 물었더니 백기성이 그렇게 대답했던 것이다. 돈 많겠다 건강하겠다, 처가 죽은 후에 백기성은 수많은 곳에서 청혼이 들어왔지만 다 거부했다. 바람도 피우지 않았다. 20년을 악착같이 살았다고 했는데 그동안 그 세월을 죗값 치르려고 보낸 것 같다. 그런 인생도 있는 것이다. 김선호의 얼굴에 쓴웃음이 일어났다. 나는 다 소진시켜서 죗값 치를 것도 없고 악착같이 살 이유도 없다. 첫째 살 의욕이 없다. 어떻게 그냥 살아간단 말이냐? 돌아오지 않겠다, 이것이 어느 사이에 김선호의 머릿속에 박힌 생각이다. 파리는 큰 의미가 없다. 윤수정이 옛날 파리에 가고 싶다고 했지만 기어코 그 꿈을 이뤄주겠다는 주장은 자식들에게 대는 핑계일 뿐이다. 인생 77년, 윤수정과 51년을 살았으니 오죽 자취가 묻었겠는가? 윤수정이 개입하지 않았던 일이 없으며 주변의 모든 사물에 윤수정의 자취가 번져 있다. 그래서 떠나는 것이다. 떠나서 돌아오지 않는다. 윤수정의 옷에다 사진, 신발, 그리고 아무한테도 이야기 안 했지만 윤수정을 입관시키기 전에 머리칼을 한 움큼 잘라서 싸놓았다. 그것만 가지고 떠난다. 자식들 사진까지 챙기다가 모두 다 제자리에 놓았다. 떼려고 떠나는 마당에 또 짊어지는 느낌이 들었기 때문이다. 그렇게 마음을 먹었더니 편해졌다. 윤수정의 묘에 가서도 말이 적어졌다. 곧 다시 만난다는 생각보다도 같이 떠난다는 것이 위로가 된 것이다. 저승에서 어떻게 다시 만난단 말이냐, 다 부질없다. 영혼은 믿는 자한테만 온다지만 보이지 않고 겪지 않는 것은 못 믿는 김선호다.

"나도 가는 거야."

이렇게 윤수정한테 듣지 못하겠지만 말해주면 개운했다. 밤 12시 반,

집은 조용하다. 이제 김대근도 떠났기 때문에 집에는 김희선 모녀와 셋뿐이다. 그래서 김선호는 오후에 한상호를 집으로 불러 이야기를 했다. 한상호를 불렀더니 박미경이 좋아했다. 아저씨라고 부르면서 옆에서 심부름을 하는 것이 꾸민 것 같지가 않다.

"나 없는 동안 자네가 자주 들려주게."

김선호가 부탁했더니 한상호는 하루에 한 번씩 들르겠다고 약속했다. 김선호가 머리를 들어 벽을 보았다. 가족사진이 걸려 있다. 윤수정 장례를 치르고 정리를 하려다가 그냥 두었다. 치울 필요가 없다는 생각이 들었기 때문이다. 윤수정의 옷도 모두 옷장에 있다. 토방에도 윤수정의 신발이 놓여서 어떤 때는 김희선이 끌고 다닌다. 옆집 공사도 다 끝나가지만 한상호가 안방 차지를 해도 될 것이다. 그럼 어떠냐? 김태수 김동수 형제가 나중에 문촌 마을에 들어온다면 모를까 그때까지 지키고 살면 되지 않겠는가?

"그래, 다 떠나는 것이여, 사진으로나 잡아두고 보는 것이지."

가족사진을 보면서 김선호가 혼잣말을 했다. 3년쯤 전 추석날 이곳에 다 모였을 때 찍은 가족사진이다. 중앙의 김선호 옆에 앉은 윤수정은 분홍 저고리에 꽃무늬가 있는 붉은색 치마를 입었다. 정영아가 만들어 온 것을 한사코 애들 옷 같다면서 안 입으려고 했던 옷이다. 육신에 대한 미련이 없어진 후부터 김선호는 몸이 가벼워졌다. 생명이 끊기고 나서 몸이 어떻게 될 것인지는 이미 머릿속에서 지워진 지 오래되었다. 누구는 화장을 한다느니 어디에 묻힌다느니 죽기 전에 머리를 싸매고 궁리하지만 김선호는 다르다. 아무 곳이나, 아무 때나, 다만 집을 떠나 윤수정의 흔적이 없는 다른 세상에서 생을 마감할 것이었다. 들고 가는 윤수정의 유품은 분신이다. 피부다. 바로 그것들이 있음으로써 김선호는 자신 있게 떠날 수가 있는 것이다. 감동이 일어났으므로 김선호는 소리 죽여 방문을 열고 마루방을 건넜다. 김희선과 박미경의 방은 불이 꺼졌고 조용하다. 마루방 문을 열고 밖으로 나왔을 때 철수가 다가왔다. 이놈도 꼬리를 치며 반겼는데 물끄러미 김선호를 본다. 신발을 신고 마당으로 나섰더니 철수가 잠자코 따라왔다. 개도 영물이다. 철수는 진돗개 잡종으로 7년을 키웠는데 문촌 마을에 새끼가 두 마리가 있다. 철수 새끼를 낳았던 개는 이미 팔려갔고 서동리에도 아마 새끼 두어 마리가 있을 것이다. 대문 밖으로 나온 김선호가 아직 날씨가 싸늘했으므로 패딩 깃을 여미고 모퉁이의 바위 위에 앉았다. 철수가 다가와 김선호의 다리에 몸을 붙였다. 그러고는 김선호와 같은 방향을 응시한다. 이것이 철수의 버릇이다. 김선호는 물끄러미 철수의 머리를 내려다보았다. 철수는 묘도 몇 번 따라간 터라 김선호가 마음 놓고 속을 털어놓을 수 있는 상대다.

"철수야, 나도 갈란다."

낮게 말했더니 철수가 머리를 돌려 김선호를 보았다. 어둠 속에서 철수의 두 눈이 번들거리고 있다. 김선호가 철수의 눈을 똑바로 보았다.

"파리로 가서 그냥 아무데서나 죽을란다."

철수가 시선을 준 채 움직이지 않는다.

"물론 내 신분증이 있으니께 어떻게 되겄지, 난 그 후의 일은 생각 안 헐란다."

바람이 불어와 바스락거리는 소리가 났다. 주변 나뭇잎을 치우지 않아서 그런다. 김선호가 길게 숨을 뱉었다.

"도저히 여그서는 못 살겄구나, 힘들다."

"…."

"그러고 여그서 죽을 수는 없지, 사방에 할머니 흔적이 있는디 어떻게 간다냐?"

김선호가 길게 숨을 뱉었다.

"철수야, 아침에 일어나는 것이 무섭다. 나 혼자 일어나는 것이."

그때 철수가 혀로 김선호의 손을 핥았다. 이해한다는 표시 같다.

오전 11시 30분, 인천공항 출국장 5번 게이트로 다가간 김선호가 숨을 들이켰다. 김태수 부부, 김동수 부부에다 김대근까지 기다리고 있었기 때문이다.

"아이구, 너희들이 다 나왔구나."

쓴웃음을 지은 김선호가 자식들을 둘러보았다.

"아버지, 우선 짐부터 보내고 좌석 표 받으시지요."

김동수가 서두르면서 김선호의 가방을 잡았다. 김선호는 가방이 하나다. 중간 크기의 여행 가방이어서 가까운 곳에 이삼일 묵고 올 여행자 같다. 그때 김선호가 김대근을 보았다. 김대근이 여행 가방을 끌고 있었기 때문이다.

"넌 그 가방이 뭐냐?"

김선호가 물었을 때 주위를 둘러싼 가족들이 일제히 긴장했다. 잠깐 정적이 흘렀고 3초쯤 후에 김선호가 다시 물었다.

"대근이 어디 가냐?"

그때 김태수가 김선호 옆으로 다가섰다.

"아버지, 대근이가 아버지 따라갑니다."

"아니, 글쎄."

걸음을 멈춘 김선호가 김태수를, 김동수를 그리고 며느리들까지 둘러보았다. 그러나 당사자인 김대근은 보지 않았다.

"놔두라니까 왜들 그러는 거냐? 내가 어린애도 아니고, 대근이는 개학하고 학교에 가야 하지 않느냐?"

목소리가 조금 높아서 지나던 여행자들이 힐끗거렸다. 그때 김동수가 먼저 나섰다. 눈을 크게 뜨고 있는 것이 싸우려는 것 같다.

"아버지, 대근이가 안 되면 저라도 따라갑니다."

"뭐라고?"

"종근 아빠가 바쁘면 저라도 모시고 가려 했어요."

최혜영이 다부지게 말했고 정영아가 다가섰다. 눈이 번들거리고 있다.

"아버님, 대근이 데려가세요, 그래야 저희들이 발을 뻗고 잡니다."

말하다가 정영아의 눈에서 눈물이 흘러내렸다.

"혼자는 못 보내 드려요, 아버님."

"어허."

김선호의 시선이 잠자코 서 있는 김태수에게로 옮겨졌다.

"도대체 왜 이러는 거냐? 내가 혼자 가는 것이 그렇게 마음이 놓이지 않느냐?"

"아버지."

김태수가 김선호를 보았다. 눈동자의 초점이 멀고 얼굴이 굳어 있다. 김태수가 대답했다.

"예."

"뭐가 예야?"

그때 다시 김동수가 나섰다. 김동수는 눈을 치켜뜨고 있는 것이 싸우려는 것 같다.

"아버지, 외삼촌한테도 다 들었습니다."

"뭘 들어?"

"아버지가 떠나신다는 이야기요."

"뭘 떠나?"

"아버지, 그러지 마세요."

"뭘 그러지 마?"

그때 정영아가 손바닥으로 얼굴을 가리고 울었고 최혜영은 돌아서서 핸드백을 뒤져 손수건을 꺼내었다. 김선호가 가만히 서 있었으므로 김태수와 김동수도 입을 다물었다. 최혜영과 정영아는 남부끄러운 줄도 모르고 우느라고 정신이 없다. 그때 김대근이 가방을 끌고 김선호 옆으로 다가와 섰다.

"할아버지."

김선호의 시선을 받은 김대근이 말을 이었다.

"저하고 같이 가세요."

"…."

"제가 파리는 좀 알아요, 지난번에 열흘이나 있었거든요."

"…."

"할아버지 피곤하지 않으시도록 스케줄 짜 놓았어요."

"…."

"같이 가시죠, 할아버지."

그때 김선호의 어깨가 늘어졌다. 머리를 돌린 김선호가 김태수 김동수를 이어서 두 며느리까지 차례로 보았다.

"알았다. 대근이하고 같이 가마."

"예, 아버지."

김동수가 먼저 대답하더니 어깨를 부풀리며 발을 떼었다.

"그러실 줄 알았습니다."

마치 싸움에서 이긴 것 같은 태도다. 김동수의 뒤를 얼른 정영아가 따랐고 최혜영이 발을 떼었다. 김선호의 옆으로 김대근이 붙어 섰다.

"할아버지, 제가 불편한 건 아니시죠?"

"그럴 리가 있냐?"

김대근이 뒤에 조금 처져 있는 제 아버지를 한 번 보고 앞을 걷는 제 어머니까지 보더니 목소리를 낮췄다.

"하긴 저도 혼자 있고 싶을 때가 있지요, 그걸 몰라주면 좀 서운해요."

"…."

"제가 할아버지 심정을 조금 알 것 같아요."

"…."

"파리 가서 혼자 있으실 시간을 드릴게요, 할아버지."

그때 눈물이 쏟아졌으므로 김선호는 손바닥으로 얼굴 전체를 쓸었다.

"할아버지, 주무세요?"

김대근이 묻는 소리에 김선호가 눈을 떴다. 비행기는 하늘에 정지된 것처럼 떠 있다. 창가 좌석에 앉아 있는 터라 김선호는 하늘을 마음껏 본다.

"아니다, 왜?"

물었던 김선호는 김대근 옆에 서 있는 스튜어디스를 보았다. 손에 식판을 들고 서 있다. 간식인 것 같다.

"간식인데 드시겠어요?"

외국인 스튜어디스 대신 김대근이 물었다.

"응, 그래."

김선호가 대답하자 김대근이 대신 식판을 받아 앞자리에 놓아주었다. 식판에는 빵과 과일, 요구르트에다 우유, 잼과 빈 커피 잔이 놓여 있다. 오후 3시, 비행기는 이륙한 지 한 시간이 지났다. 포도를 한 알 집어 입에 넣은 김선호가 문득 김대근에게 물었다.

"너, 애비가 뭐라고 하면서 할아버지 따라가라고 하더냐?"

"그냥 모시고 다녀오라고 했어요."

빵에 잼을 바르면서 김대근이 아무렇지도 않은 얼굴로 대답했다.

"할아버지 힘드시게 하지 말라고도 했고요."

"그렇구나."

"그래서 하루 5시간 정도만 관광 계획을 짰습니다."

빵을 한 입 베어 먹은 김대근이 삼키고 나서 말을 이었다.

"많이 걷지는 않으실 거예요, 제가 지하철 코스는 다 알거든요."

"어, 그래."

"할아버지, 안 드세요?"

"빵 더 먹을래?"

"제가 아침도 못 먹었어요, 엄마가 정신없다면서 챙겨주지도 않더라고요."

김선호의 빵과 잼을 가져간 김대근이 눈치를 보더니 버터까지 가져갔다. 이코노미석이어서 단체 여행자들이 많다. 뒤쪽에는 김선호 또래의 노인 부부들이 10여 명 타고 있었는데 떠들썩했다. 노인들이 목소리가 크지만 지금은 더 그런다. 생수 잔 뚜껑을 열면서 김선호가 다시 물었다.

"여행 같이 갔던 네 친구들은 돌아왔겠구나?"

"예, 일정을 당겨서 왔어요."

"왜?"

"넷이 있을 땐 괜찮았는데 셋이 되니까 싸웠나 봐요."

빵을 삼킨 김대근의 얼굴에 웃음이 떠올랐다.

"싸워서 일찍 돌아왔다는 말을 들으니까 왠지 기분이 좋더라고요."

"그놈 참."

"할아버지."

"왜 그러냐?"

"저는 외국 여행 대신 문촌 마을에 있었던 것이 몇백 배나 더 유익했어요."

"허, 그래?"

"제가 한 10년은 더 어른이 된 것처럼 느껴진다고요."

"네가 지금 스물 아니냐?"

"예, 할아버지."

"그럼 서른처럼 느껴져?"

"에이 할아버지도 참."

"그놈."

김선호의 얼굴에도 웃음이 떠올랐다. 그 순간 문득 옆 좌석에 윤수정이 타고 있다면 얼마나 좋을까 하는 생각이 든다. 윤수정이 떠난 지 이제 한 달이 되었다. 떠난 날 밤이 바로 어젯밤 같다. 창가로 시선을 돌린 김선호가 바다처럼 푸른 하늘을 본다. 하늘에는 구름 한 점 떠 있지 않다. 그때 김대근이 물었다.

"할아버지, 할머니가 어느 발부터 신발 신는지 아세요?"

긴장한 김선호가 창에서 시선을 떼고 김대근을 보았다.

"그게 무슨 말이냐?"

"모르세요?"

김대근이 정색하고 있다.

"모르겠구나, 무슨 말인지."

"할머니는 왼발부터 신을 신으세요, 그리고."

김대근의 눈빛이 강해졌다.

"오른쪽 신발이 멀리 있거나 안 보이면 오른발을 신발 신은 왼발 위에 놓으신다고요."

"…."

"정말 웃겼어요."

"뭐가 말이냐?"

"저도 그러거든요."

"…."

"할머니가 토방에서 신발 신으실 때 우연히 봤어요, 그러다가 제가 그렇게 신발을 신는 것을 깨달았다니까요."

"…."

"그래서 나중에는 유심히 보았더니 할머니는 꼭 그러셨어요, 다섯 번이나 확인했다고요."

"50년을 넘게 같이 산 나도 모르는 버릇을 네가 알고 있구나."

김선호가 혼잣소리처럼 말했다. 그러고는 정신이 멍해져서 다시 창밖을 보았다.

개선문 근처의 빅토르 휴고 호텔, 작고 낡은 호텔이지만 김대근은 지난번에 들렀을 때 이곳에 꼭 묵고 싶었다고 했다. 물론 김대근은 친구들과 함께 싼 유스호스텔에서 지냈다. 파리에 도착한 이틀째 되는 날 저녁, 오늘은 에펠 탑과 몽마르트르 언덕을 가보았고 센 강 유람선을 탔다. 오후 8시 반, 호텔 근처 식당에서 저녁을 함께 먹고 나서 김대근은 샹젤리제대로 구경을 다녀오겠다면서 나갔다. 김대근과 딴 방을 쓰는 터라 김선호는 방에 들어와 TV를 켜놓고 쉰다. 오늘 하루에도 세 자식, 두 며느리에다 사위가 될 한상호한테까지 전화가 왔다. 서로 전화할 시간까지 정했는지 겹치지 않고 두 시간쯤의 간격을 두고 걸어온다. 창가의 의자에 앉아 TV를 보던 김선호가 문득 프랑스어를 몰라도 드라마 내용을 알 수 있겠다는 생각을 했다. 여기도 뻔했다. 내연남, 내연녀, 그리고 웬 우연이 그렇게 많은지, 밥 먹는 장면은 별로 없다. 창문이 있었지만 바로 앞이 옆 건물 벽이어서 김선호는 TV만 본다. 그러다가 구석에 놓았던 가방을 가져와 앞에 놓았다. 아직 가방을 풀지도 않은 것이다. 한동안 가방을 내려다보던 김선호가 이윽고 지퍼를 열었다. 그러고는 주섬주섬 내용물을 꺼내놓기 시작했다. 모두 윤수정의 물건이다. 옷, 빗, 화장품 2개, 브래지어, 그리고 비단 주머니에 넣은 머리카락, 맨 나중에 신문지에 싼 신발을 꺼내었다. 윤수정이 가장 많이 신었던 털 달린 고무신이다. 바닥이 넓고 창에 홈이 많아서 미끄러지지 않고 신기 편한 신발이다. 한동안 신발을 내려다보던 김선호가 자리에서 일어섰다.

"할머니는 왼발부터 신을 신으세요."

김대근의 목소리가 귀를 울렸다. 김선호는 왼쪽의 신발에 발을 넣었다. 신이 작았기 때문에 뒤축을 구부려 신었다.

"오른쪽 신발이 멀리 있거나 안 보이면 오른발을 신발 신은 왼발 위에 놓으신다고요."

김대근이 그렇게 말했다. 김선호는 발끝으로 오른쪽 신발을 조금 멀리 밀친 다음 오른발을 왼발 위에 올려놓았다. 그러자 윤수정의 모습이 눈앞에 떠올랐다. 그랬다. 윤수정이 이렇게 신을 신었다. 김선호의 눈앞에 이어진 영화장면처럼 수없는 윤수정의 모습이 나타났다. 신발 신는 모습이다. 이 털신뿐만이 아니다. 서울 가는 날 쑥색 단화를 신을 때도 이랬고 대전 간다면서 검정 구두를 신을 때는 뒷모습이 나타났지만 이렇게 오른발을 왼발 위에 놓고 있었다. 나는 51년을 살았어도 이것을 몰랐을까? 학처럼 다리 하나를 오그린 채, 기묘한 모습으로 선 김선호의 눈에서 눈물이 흘러내렸다.

"이러고 있었어?"

김선호가 빅토르 휴고 호텔방 안에서 윤수정에게 물었다.

"이렇게 신발 신었냐고?"

눈물이 멈추지 않고 흘러내렸다. 한쪽 발로 균형을 잡기가 힘들었기 때문에 마침내 김선호는 밀어놓았던 오른쪽 신발을 찾아 발에 꿰었다. 그러자 다리도 편해졌고 마음도 가라앉았다. 하지만 눈물은 그치지 않는다.

"대근이가 당신 닮았다네."

김선호가 바닥에 놓인 윤수정의 옷, 빗, 화장품, 브래지어, 머리카락 주머니를 하나씩 보았다. 손으로 얼굴을 닦은 김선호가 말을 이었다.

"신발을 신는 것이 말이여."

"…."

"비행기에서 그 말을 듣고 당신 버릇을 생각해보았지만 난 아무것도 모르겄어, 난 헛산 것 같아."

"…."

"그려, 애들한티 다 내려갔겄지, 당신이."

"…."

"그것이 손자한테까정 내려갔고."

"…."

구부려 신은 발이 불편했으므로 김선호가 방바닥에 앉아 신발을 벗었다. 잘 씻어 온 신발이어서 깨끗하다.

"여그 파리여."

신발을 양손에 든 김선호가 번갈아 보면서 말을 이었다.

"제일 번화헌 샹젤리제 거리가 가까워, 대근이가 거그 놀러갔어."

"…."

"여그는 개선문 근처 호텔이고, 작고 아담혀서 당신이 좋아헐 거여."

"…."

"값은 비싸, 호텔은 다 그렇지."

"…."

"당신 보고잡네."

그러고는 김선호가 길게 숨을 뱉고 나서 가방으로 손을 뻗쳤다. 가방 안을 뒤지자 곧 넥타이 2개가 나왔다. 한동안 손에 쥔 넥타이를 바라보던 김선호가 신발 안에 각각 한 개씩을 넣었다. 목을 매려고 가져온 넥타이다.

12장 상처가 쌓여서 눈물이 되고

"별일 없을까?"

김동수가 묻자 김태수는 커피 잔을 내려다본 채 잠시 대답하지 않았다. 용산역 대합실 안, 김동수가 KTX로 올라와 김태수를 만나고 있다. 할 말이 있다고만 해서 김태수도 상담을 하다 말고 대합실에서 만나기로 한 것이다. 그런데 만나자마자 이렇게 묻는다. 머리를 든 김동수가 김태수를 보았다.

"대근이를 달려 보내서 조금 마음은 놓이지만 말이야, 형."

"…."

"이런 경우는 인내력이네, 평소의 품성 같은 것하고 관계가 없다고 했어."

"…."

"아버지가 무슨 일 저지르지 않을까 걱정하는 거야, 형."

"…."

"아버지가 차분한 척하는 것이 더 불안했어."

"…."

"환장하겠다구, 형."

그때 김태수가 머리를 들고 김동수를 보았다.

"나는 말이다."

이제는 김동수가 숨을 죽였고 김태수의 말이 이어졌다.

"아버지 때문에 말이다."

"…."

"어머니 돌아가신 그 아픔, 그 상처가 말이다."

"…."

"갑자기 희미해졌어, 아버지 걱정 때문에 어머니 생각이 적어졌다고."

"…."

"그래서 아버지가 일부러 그러시는 게 아닌가 하고 생각한 적도 있어."

"제기, 그럴라고?"

"어쨌든."

숨을 고른 김태수가 말을 이었다.

"안 그러냐? 아버지 때문에 우리가 어머니를 깜박 깜박 잊어 먹는다."

"아, 그래서 아버지가 일부러 그러신단 말이야?"

"누가 일부러 그러신다고 했냐?"

"도대체 우리 지금 무슨 이야기를 하고 있는 거야, 형?"

"나도 모르겠다."

"27일 지났어."

"28일이야."

"아니, 돌아가신 날 빼고."

"아, 그렇다고 치자."

손을 흔든 김태수가 김동수를 보았다.

"마침 네가 올라온 김에 이야기 해야겠다. 아버지가 돌아오시면 내가 모셔야겠다. 대근이 엄마하고도 이야기가 됐어."

"나도 그 말 하려던 참인데, 종근 엄마가 아버지 모신대, 우리가 집도 가깝고 대전이 서울보다 환경이 나아."

"아, 쓸데없는 소리 말고."

"형, 현실적으로 생각해."

"아이구, 야."

김태수가 머리를 흔들더니 갑자기 눈에서 눈물이 줄줄 흘러내렸다. 그것을 본 김동수가 숨을 죽였고 김태수는 손바닥으로 얼굴을 닦았다.

"내가 요즘 가끔 이래, 밥 먹다가도 그런다."

"나도 그래, 형."

김태수가 주머니를 이곳저곳 뒤지고 있었으므로 김동수는 손수건을 건네주었다.

"우리가 모시는 건 좋지만 희선이네가 공사까지 하고 있는데 그것이 걸려, 형."

"그것까지 신경을 쓸 정신이 있냐? 걔들은 신혼살림 하느라고 바쁠 거다. 그리고 아버지도 걔들한테 방해되지 않으려고 하실 거다."

손수건을 제 주머니에 넣은 김태수가 말을 이었다.

"대근 엄마가 어제 이천동 역술가한테 갔다 왔어."

"어? 그랬더니?"

"궁금하냐?"

"말해봐."

"넌 그런 거 싫어하잖아?"

"아, 글쎄, 말해보라니까."

"아버지는 80세 넘어서까지 사신대."

"…."

"어머니 돌아가신 것까지 귀신같이 맞췄다고 하더라."

"…."

"그런데 어머니 가슴에 맺힌 것을 풀어드려야 한다고 굿을 해야 한다는구먼."

"어? 굿을?"

김동수가 어깨를 부풀렸다.

"하지 마, 괜히."

"알았다."

"알았다고 해놓고 할 거지?"

"아, 글쎄, 알았다니까?"

"굿 값이 얼마야?"

"안 해."

"형, 왜 이래? 하면 같이 하는 거야, 난 어머니 아들 아냐?"

"너, 그런 거 질색했지 않아?"

"상관없어."

"아이고 정신 사나워 죽겠네."

길게 숨을 뱉은 김태수가 김동수를 보았다.

"너하고 같이 있을 때가 가장 마음이 편해."

"할아버지, 그 신발…"

말을 멈춘 김대근이 웃으려다가 말았다. 김선호가 윤수정의 신발을 신고 있었기 때문이다. 털 달린 고무신, 바로 그 신발이다. 윤수정이 밭에 갈 때, 집안일을 할 때, 서동리 방앗간 갈 때도 신었던 신발, 가장 자주 신었던 신발이다. 빅토르 휴고 호텔의 라운지에 조손(祖孫) 둘이 마주보고 서 있다. 오전 8시 50분, 둘은 베르사유 궁전을 안내할 가이드를 기다리고 있는 중이다. 김대근이 김선호가 내려올 때는 몰랐다가 지금 발견한 것이다.

"아, 이거, 너, 아느냐?"

김선호가 묻자 김대근이 다시 웃었다.

"그럼요, 할머니 신발 아녜요? 맨날 그 신발 신고 다니셨잖아요."

"어, 아는구나."

"여기서 신으시려고 가져 오셨어요?"

"어, 운동화 겸해서, 좀 작지만 편해."

"에이, 그래도."

"괜찮아, 난 편하다."

"하긴 오래 걸을 것도 아니니까요."

"어제 일본 애들 보니까 슬리퍼 신고 다니더라."

파리에 온 지 나흘째, 오후 4시면 호텔로 돌아오는 스케줄을 짜 놓았기 때문에 김대근은 나머지 시간에 혼자 돌아다니는 버릇을 들였다. 김선호가 나가 놀라고 했기 때문이다. 거기에다 용돈을 2천 불이나 받은 것이다. 그때 가이드가 다가왔다. 한국 유학생으로 김동수의 제자다. 김동수는 제자를 시켜 김선호의 관광 일정까지 짜 놓았던 것이다. 호텔을 나오던 가이드도 김선호의 신발을 보았다.

"선생님, 발이 불편하세요?"

뒤축을 구겨 신은 것이 그렇게 보인 것 같다.

"아, 그래. 하지만, 최 군."

김선호가 정색하고 가이드를 보았다.

"오늘 베르사유 궁전을 많이 걷겠지?"

"예, 좀 걸으실 텐데요."

"많이 걷게 해주게."

"괜찮으시겠어요?"

"내가 많이 걸으려고 일부러 이 신발로 바꿔 신고 온 거야."

"그러세요?"

"이게 뒤축만 구겨 신었지, 걷기에 아주 편해."

뒤를 따르던 김대근은 잠자코 듣기만 한다. 지하철에 나란히 앉았을 때 김선호가 김대근에게 말했다.

"대근아, 할아버지 따라와 고생하는구나."

"아녜요, 할아버지."

김대근이 머리를 저었다.

"저는 값진 추억이 될 것 같아요, 할아버지."

"그러냐?"

"이렇게 할아버지하고 둘이 여행을 다니는 손자가 어디 있어요?"

김선호가 헛기침을 했다. 미스터 최는 베르사유 궁전 안내서를 체크하고 있다.

"다 네 아버지, 작은 아버지가 만들어준 기회지."

김선호가 혼잣말처럼 말을 이었다.

"이 할애비를 위해서 말이다."

"…"

"내가 자식들한테 부끄럽다."

"…."

"내 생각만 했어."

그때 안내원 미스터 최가 머리를 들고 김선호를 보았다.

"호텔에 돌아오면 오후 5시쯤 되겠는데요?"

"응, 됐네."

머리를 끄덕인 김선호가 안내원을 보았다.

"우리 돌아가는 비행기 표가 사흘 후인데, 내일 비행기로 바꿀 수 있을까?"

"예, 제가 항공사에 알아보지요, 선생님."

"할아버지, 내일 돌아가시게요?"

김대근이 물었으므로 김선호가 되물었다.

"왜? 넌 더 있고 싶으냐?"

"아녜요, 할아버지, 근데…"

"난 됐다. 그리고…"

"네?"

"아니다."

그때 핸드폰을 꺼낸 미스터 최가 김대근에게 물었다.

"혹시 티켓 넘버 알아? 여권 번호하고."

"제가 다 입력시켜놓았죠."

김대근이 핸드폰을 꺼내면서 말했다. 둘이 핸드폰을 보면서 항공사에 전화를 하느라고 분주한 동안 김선호는 우두커니 앉아 앞쪽을 보았다. 전철 안은 관광객이 절반쯤 되었는데 중국인들이 많았다. 앞쪽 의자에는 모녀 사이인 것 같은 중국인이 앉아 있었는데 김선호와 시선이 마주치자 나이든 여자의 얼굴에 웃음이 떠올랐다. 김선호도 머리를 끄덕여 보이면서 길게 숨을 뱉었다가 문득 시선을 내리고는 자신의 신발을 보았다. 전철 바닥을 밟고 앉아 있는 윤수정의 발이다.

지금 베르사유 궁전 구경을 하러 가는 윤수정인 것이다. 김선호가 제 발을 보고 말했다.

'그려, 수정아, 네가 나여, 내가 너고'

발을 내려다 본 채 김선호가 속말을 이었다.

'오늘 베르사유 궁전 구경하고 돌아가자.'

앞에 앉은 여자는 신발을 보고 웃는 것 같다.

인천공항에 가족이 다 나왔다. 이번에는 김태수, 김동수가 가족까지 다 데리고 나온 데다 전주에서 김희선 모녀도 한상호하고 함께 왔다. 가족 총출동이다. 제각기 서울, 대전, 전주에서 따로 왔지만 돌아갈 때는 같이 문촌리로 내려가자고 상의를 해서 25인승 버스까지 빌려놓았다. 그래서 공항에서 김선호 가족은 25인승 버스를 탔다. 금요일 저녁에 도착한 터라 다음날이 토요일이다.

"이게 무슨 소동이냐?"

25인승 버스가 출발했을 때 김선호가 불편한 표정으로 말했다. 오후 7시 반, 운전사 추측으로 밤 12시쯤이나 되어야 전주에 도착한다는 것이다.

"아버지, 소풍 나온 셈 치세요."

김동수가 아무것도 아니라는 표정으로 대답했다. 버스는 서울에서 준비했는데 매사에 꼼꼼한 최혜영이 도시락까지 준비해 놓았다. 마실 것도 갖가지 음료수에다 소주, 맥주까지 실어놓아서 아이들은 벌써부터 음료수를 마시고 있다. 버스도 호화 리무진이다. 뒤쪽에 노래방 기계까지 있었기 때문에 김동수 아들 종근이가 그걸 크게 틀었다가 김동수한테 야단을 맞았다. 그래도 밝은 분위기다. 버스가 공항고속도로를 달리기 시작할 때 김선호는 문득 자식들이 파리가 어땠냐고 묻지 않은 것을 깨달았다. 며느리들까지 인사치레라도 묻지 않는다. 오히려 가이드로 따라간 김대근이 뒷자리에 앉아 영근, 종근이한테 무랑루주 이야기를 해주고 있다. 올해 중2가 되는 동갑내기 서현, 주현, 미경은 다시 셋이 모인 것이 좋은지 맨 뒤쪽 노래방 좌석에 앉아 재잘거리고 있다. 차 안을 둘러본 김선호가 가족이 자신까지 13명이라는 것을 확인했다. 작년 여름에 윤수정까지 괌에 갔을 때도 열셋이었다. 지금은 윤수정이 가고 한상호가 와서 같은 숫자가 되었다.

"아버지, 외삼촌이 정인이 데리고 내일 문촌리에 온답니다."

김태수가 머리를 돌려 김선호에게 말했다. 김태수는 김선호 앞자리에, 김동수는 통로 옆자리에 각각 두 자리씩을 차지하고 앉았다. 김선호 뒤쪽 좌우에 최혜영, 정영아, 김희선, 한상호 넷이 나란히 앉았으며 그 뒤쪽이 손자들이다. 그놈들은 자꾸 자리를 바꿔 앉는다.

"뭐 하러 온다냐?"

김선호가 묻자 대답은 김동수가 했다.

"인사하러 오신답니다. 정인이하고 같이 오시는 건 처음이잖아요."

"정인이는 회사 잘 다니고 있습니다."

김태수가 묻지도 않은 윤정인 이야기를 내놓았다.

"회사에서도 일 잘한다고 하네요."

머리를 끄덕인 김선호가 뒤쪽에 앉은 한상호에게 물었다.

"공사가 다 끝났다구?"

“예, 사흘이면 마무리까지 끝납니다.”

“고생했다.”

“아닙니다, 아버님.”

김태수는 이제야 아버지가 여유를 찾았다는 생각이 들었다. 이 상황에서 가장 거북한 사람이 한상호인 것이다. 한상호에게 말을 걸어서 어색한 분위기를 해소시켜 주려고 하는 것이다. 그때 최혜영이 김선호에게 물었다.

“아버님, 앞으로 유진이 이모가 지난번처럼 집에서 일 거들기로 했어요, 괜찮지요?”

“나 혼자도 된다.”

김선호가 말했더니 김태수가 나섰다.

“안 됩니다. 아버지, 그럼 희선이가 집에 있어야 돼요, 희선이 결혼할 때까지만이라도 그 아줌마가 일 거들어야 합니다.”

김동수도 말을 이었다.

“어머니 계실 때도 일해 왔으니까요, 아버지, 그냥 놔두시죠.”

“허, 참.”

김선호가 입맛을 다셨을 때 최혜영이 마무리를 했다.

“저희들이나 종근 아버지 댁에서 아버지 모신다는 이야기를 하다가 일단은 그렇게 합의를 한 거예요, 아버님.”

“아니, 그게 무슨 말이냐? 난 안 간다.”

펄쩍 뛰듯이 되물은 김선호가 어깨를 늘어뜨렸고 이것으로 유진 이모 건도 결정이 되었다. 차가 고속도로에 접어들었을 때 마침내 여자아이들의 성화에 밀려 뒤쪽에서 노래방 기계가 작동되기 시작했다. 노래는 손녀들로부터 시작되어 손자들로 이어졌다. 대전 가깝게 갔을 때 한상호가 먼저 노래를 불렀고 그 다음에 김희선까지 부르고는 다시 손자들한테 마이크가 넘어갔다. 어쨌든 분위기는 밝아졌다. 대전 지났을 때 김선호가 먼저 잠이 들었다.

"정신없구먼."

월요일 오전, 따스한 햇살이 비치는 묘소 앞에 앉아서 김선호가 말했다. 금요일 밤에 몰려왔던 가족이 일요일 저녁에 썰물 빠지듯이 나가고 월요일 아침, 집에 남았던 김희선 모녀도 각각 직장과 학교로 갔으니 집에는 철수만 남아 있다. 유진 이모는 초등학교에 다니는 애가 둘이나 있어서 집에 입주할 형편은 안 된다. 그래서 아침, 저녁때 두어 시간씩 밥 차려주고 빨래, 집안 청소를 하지만 몸이 빠르고 깔끔해서 집에 여자가 없는 집 같지가 않다. 윤수정이 아팠을 때부터 일했기 때문에 서로 속사정은 아는 사이라 이제는 식구 같다. 김선호가 이제는 돋아날 준비를 하고 있는 묘소의 뗏장을 쓰다듬으며 말을 이었다.

"재일이가 잘 되었어, 당신이 그놈 으스대는 걸 보았으면 좋았을 텐데."

윤재일은 딸 정인이가 김태수 추천으로 좋은 데 취직이 된 데다 친구 주유소 관리를 맡게 되어서 주유소 사장 명함을 파왔다. 문촌리에 머물 때 쓴 「도둑놈 일기」라는 수필이 문예지에 실리는 바람에 신문에도 났다. 주민등록증만 한 크기의 기사에는 사진까지 박혀 있었는데 윤재일은 그것을 복사해 와서 가족들에게 나눠주었다. 지금 김선호의 지갑에도 그 기사가 접혀져 있다. 그리고 무엇보다도 윤수정이 감동할 일은 윤재일이 10여 년 전에 윤수정의 장롱 서랍에서 훔쳐 도망갔던 1150만 원을 싸들고 와서 김선호에게 준 것이다. 식구들은 모르게 김선호가 혼자 있을 때 준 것인데 어제 오후에 김선호가 네 어머니가 남긴 돈이라면서 자식들한테 3백만 원씩 나눠주는 바람에 들통이 나버렸다. 김동수가 하도 캐묻기에 네 외삼촌이 준 돈이라고 해버렸던 것이다. 더구나 김희선은 지난번에 윤재일이 사기 쳐 갔던 1백만 원까지 받았다. 자식들은 그 돈을 다 며느리들한테 주었기 때문에 며느리들이 더 감동했다. 김선호가 마른 뗏장을 쓰다듬으며 말을 이었다.

"어뗘? 애들 다 모이니까 좋았어? 어디, 보기나 혔어?"

어제 일요일 오후에 가족이 다 이곳에 모여 윤수정에게 인사를 한 것이다. 음식도 떡 벌어지게 차려왔고 철수까지 데려와서 모두 윤수정에게 절을 하고 점심까지 먹고 갔다.

"그만허면 당신 식구들 다 잘되었지?"

"…."

"재일이가 당신 앞에서 우는 거 봤어?"

"…."

"그놈 참 서럽게 울더만 잉?"

"…."

"당신이 사람 맹글어 준 거여."

"…."

"잘못 풀려도 전 같지는 않을 거여."

"…."

"가도 나이가 벌써 예순여섯여."

"…."

"참, 당신이 파리 돌아댕기던 신발을 줘야지."

몸을 일으킨 김선호가 옆에 놓인 삽을 들고는 묘소 옆쪽 맨땅을 파기 시작했다. 30센티쯤 파고는 비닐로 싼 털 고무신을 구덩이에 넣었다. 털 고무신 안에는 각각 넥타이 한 개씩이 들어가 있다. 땀을 뻘뻘 흘리면서 구덩이를 다시 메우고 위에 뗏장까지 덮어서 말끔하게 해놓은 김선호가 긴 숨을 뱉었다. 이제는 묘소에 등을 보인 채 아래쪽 골짜기를 향해 앉은 김선호가 혼잣말을 이었다.

"다 이렇게 왔다가 가는가?"

"…."

"여보, 태수 엄마."

"…."

"상처가 맨날 쌓이네."

"…."

"맨날 아프던 상처 위에 또 쌓이고, 또 쌓이고, 그러다가 무디어지는 개 벼."

김선호가 손바닥으로 가슴을 쓸었다.

"죽는 건 금방이여."

"…."

"남는 사람이 힘들지."

"…."

"생각허는 사람이."

김선호의 시선이 방금 털 고무신을 묻은 구덩이로 옮겨졌다.

"우리가 밟고 댕긴 베르사유 궁전을 다시 돌아댕겨 보게."

"…."

"내가 죽으면 애들한티 그 신발허고 넥타이를 같이 묻으라고 헐 거여."

자리에서 일어선 김선호가 삽을 지팡이 삼아 들고 묘소를 내려왔다. 그때 아래쪽에서 이곳을 향해 다가오는 철수가 보였다. 철수는 저 혼자서도 잘 찾아온다.

상담을 마친 김태수가 사장실로 돌아와 담배를 피워 물었다. 5년 동안 금연을 했지만 어머니가 돌아가신 후에 다시 피우기 시작한 것이다. 누구는 금연을 한다면서 온몸에 반창고 같은 것을 붙이고 전자 담배를 태우기까지 하지만 김태수가 보기에는 우습다. 25년간 피웠던 담배도 하루아침에 끊는 김태수다. 술도 두주불사 스타일이지만 사우디나 쿠웨이트 등 금주 국에 출장을 갔을 때는 두 달이건 석 달이건 알코올은 입에도 대지 않는다. 누구는 의지가 강하다고, 독하다고도 하지만 김태수는 중독이 되지 않았다면서 가볍게 넘겼다. 그리고 지금 끊었던 담배를 다시 피우고 있다. 어머니가 돌아가신 지 한 달하고 닷새, 그동안 아버지의 파리 소동으로 정신을 못 차리다가 다시 분위기가 가라앉고 있다. 아버지는 다시 일상으로 돌아간 것 같다. 김희선과 유진 이모한테까지 비상 연락망을 만들어 놓고 수시로 아버지 상황을 체크하고 있는 것이다. 머리를 든 김태수가 창밖을 보았다. 어느덧 3월, 가로수에 새싹은 돋지 않았지만 줄기가 생기를 띠고 있는 것을 알 수 있었다.

"어머니."

창가의 늘어진 가로수의 가지를 보면서 김태수가 불렀다. 오전 10시 45분, 시계 옆에는 오늘 스케줄이 적힌 보드가 걸려 있다. 스케줄로 시선을 옮긴 김태수의 얼굴에 일그러진 웃음이 떠올랐다. 이 스케줄의 마지막은 죽음이다. 공란, 비워짐, 아무것도 적혀 있지 않을 때는 이 세상에서 떠나 있을 때인가?

"어머니."

다시 불렀던 김태수가 의자에 등을 붙였다. 방 안은 조용하다. 어머니가 돌아가신 며칠 후부터인지는 기억이 없다. 장례 끝내고 집에 돌아온 후부터였으니까, 혼자가 되었을 때 어머니가 나타났다. 어머니와의 추억이 떠올랐던 것이다. 그것이 모두 상처가 되어서 온몸을 쑤시고 지나갔다. 그러다가 아버지의 파리 사건으로 정신이 그쪽으로 쏠렸던 것이다. 아버지는 자살할 마음을 굳힌 것 같았다. 주변 상황과 아버지 태도를 보면 알 수 있었다. 아버지는 한다면 하는 성품이었다. 아버지까지 어떻게 된다면 견뎌낼 도리가 없을 것이다. 다행히 대근이가 따라간 데다 무엇보다도 아버지가 마음을 돌려서 집안이 겨우 다시 안정되었다. 그때 전화벨이 울렸으므로 김태수가 탁자 위에 놓인 핸드폰을 집어 들었다. 발신자는 미상이다. 그러나 전번이 눈에 익었으므로 머리를 기울였던 김태수가 핸드폰을 귀에 붙였다.

"여보세요."

"저예요."

그 순간 김태수의 심장이 철렁 내려앉았다. 오서원, 1년 반쯤 되었는가? 전번의 연락처에도 이름을 지우고 지내왔다. 지금도 학원에서 일하는가? 호흡을 고른 김태수가 대답했다.

"응, 그래, 갑자기 웬일이야?"

"어머님 돌아가셨다는 소식을 이제야 들었네요."

"아."

"한 달이 지났다던데 가슴 아프시겠어요."

"아, 고마워."

"좋은 곳에 가셔서 편안히 계시기를 빌게요."

"응, 그래."

"겸사겸사 조의도 드릴 겸 내 이야기도 해드리려고요."

"…."

"저, 올 6월에 재혼해요."

"아, 그래?"

"재혼하고 뉴질랜드로 가기로 했어요."

"…."

"이민 수속도 다 끝났어요, 이곳에 양가 부모가 계셔서 결혼식만 하고 떠나려고요."

"축하해."

"한쪽에선 축하받고 또 다른 쪽은 조의를 받네요."

"…."

"가슴 아프시겠어요, 잘 견디시기 바라요."

"그래."

"전화 끊을게요."

"그래."

했다가 김태수가 잊은 듯이 말했다.

"잘살아, 행복하게."

"고맙습니다."

"그리고 미안해."

"고맙습니다."

그러더니 오서원이 먼저 통화를 끝냈다. 핸드폰을 내려놓은 김태수가 멍한 표정으로 다시 창밖을 보았다. 잊고 있었던 것이 아니다. 가슴 속 한 곳에 상처가 나 있는 것처럼 품고 있었던 것이다. 그 상처가 시간이 지나면서 흐려지기를 기다리고 있었다. 담배를 끊은 것처럼 언제든 다시 피울 수도 있지만 참고 있었던 것이다. 그것이 내 상처다. 그 상처가 다시 꿈틀거렸다. 이제 시간이 지나면 다시 무디어질 것인가? 오서원의 상처 바로 옆쪽에 이제 어머니의 커다란 상처가 들어앉았다. 그때 김태수가 손을 뻗쳐 핸드폰을 집어 들었다. 그러고는 거침없이 오서원의 전번을 찾아 재발신 버튼을 눌렀다. 그러자 신호음 두 번 만에 오서원이 전화를 받았다. 오서원의 응답을 들은 김태수가 소리치듯 말했다.

"너, 나 좀 만나."

오후 6시10분, 강남대로변에 위치한 '루지'는 김태수가 오서원과 자주 만났던 카페다. 작지만 조용하고 칸막이까지 되어 있어서 밀담을 나누기가 좋다. 김태수가 안으로 들어서자 안면이 있는 종업원이 눈으로 안쪽 칸막이 방을 가리키면서 말했다.

"기다리고 계세요. 오랜만에 오셨네요."

"아, 그래. 오랜만이야, 잘 있었고?"

"네, 잘되시죠?"

"아, 덕분에."

건성으로 인사를 나눈 김태수가 가슴 부분만 가려진 칸막이를 젖히고 안으로 들어섰다. 안쪽에 앉아 있던 오서원이 김태수를 보았다. 검정 재킷을 입은 오서원의 흰 얼굴이 조금 상기되어 있다. 문득 심장 박동이 빨라진 김태수가 앞쪽 자리에 앉으면서 웃었다.

"더 예뻐졌군."

"정말 가슴 아프시겠어요."

둘의 말이 거의 같이 나오는 바람에 이렇게 다른 분위기의 내용이 되었다. 그래서 둘은 잠깐 호흡을 고르고 상대방의 말을 분석하고는 다시 말했다.

"뭐, 견뎌야지."

"저, 살쪘어요."

이번에도 말이 동시에 터졌고 또 어긋났다. 그래서 김태수가 입맛을 다시면서 외면했고 오서원은 물 잔을 쥐었다. 그때 마침 종업원이 들어왔으므로 둘은 주문을 했다. 종업원이 나갔을 때 이번에는 둘이 시선을 맞췄고 김태수가 먼저 입을 열었다.

"우리가 전에는 호흡이 잘 맞았지, 안 그래?"

김태수의 말이 끝나자 오서원이 웃음 띤 얼굴로 대답했다.

"그렇죠. 그런데 오랜만에 보니까 말도 자꾸 어긋나네요."

"시간 지나면 다 그렇게 되나봐."

"그럼요. 다 잊히죠. 시간이 약이에요."

"미안해."

"그동안 좋았어요."

"잘살기를 바라."

"잘 견디시기를 바라겠어요."

막히지 않고 이어가던 대화가 다시 끊기더니 둘이 서로의 눈을 보았다. 밖의 소음이 울렸지만 둘에게는 귀울림으로만 느껴졌다. 둘의 머릿속으로 지난 일들이 초고속으로 돌린 필름처럼 지나갔고, 이윽고 김태수가 다시 입을 열었다. 목소리가 잔뜩 가라앉아 있다.

"내가 이따위 인사말 하려고 만나자고 한 거 아냐."

"저도 그래요."

오서원이 번들거리는 눈으로 김태수를 보았다.

"어머니 돌아가신 거, 그것 때문에 여기 나와 있는 거 아녜요."

"널 안고 싶었어."

"나도요."

"자꾸 나도, 나도 하지 마."

눈을 치켜뜬 김태수에게 오서원도 대들듯이 대꾸했다.

"당신이 먼저 말했기 때문에 그런 거라고요."

"그럼 네가 먼저 말해."

"보고 싶었어요."

"내가 그렇다."

"당신, 죽여 버리고 싶었어요."

"내가 죽고 싶다, 지금."

그 순간 김태수의 눈에서 눈물이 쏟아지듯 흘러내렸다. 놀란 김태수가 손바닥으로 눈물을 훔쳤을 때 오서원이 자리에서 일어나 옆으로 다가가 앉았다. 손가방을 연 오서원이 손수건을 꺼내 김태수의 얼굴을 닦아주면서 물었다.

"나, 안고 싶어요?"

"응."

"그럼 지금 호텔로 가요."

"그래, 고맙다."

눈물이 그치지 않았으므로 오서원이 자꾸 닦으면서 말했다.

"빨리 가요, 호텔로."

"응."

"내가 안아 준다니까?"

"응."

"사랑해요."

그때 오서원의 손수건을 빼앗은 김태수가 제 얼굴을 다시 꼼꼼히 닦고 나서 코까지 풀고 주머니에 넣었다. 그러고는 붉어진 눈으로 오서원을 보았다.

"이제 좀 살겠다."

오서원의 시선을 받은 김태수가 길게 숨을 뱉었다.

"내가 나쁜 놈이야."

"…."

"너한테 위로받고 싶었어."

김태수가 오서원의 얼굴을 물끄러미 보았다. 사람은 정직하게만 살 수는 없다.

"나 갈게."

김태수가 그렇게 말했을 때는 그로부터 30분쯤 후다. 둘은 나란히 붙어 앉아 어머니 이야기와 오서원의 남자 이야기를 주고받았는데 지난날과 같은 분위기였다. 김태수가 오서원의 손을 쥐었으며, 오서원 또한 강아지처럼 김태수의 어깨를 어깨로 문질렀다. 전에도 그랬다. 그렇게 비벼대다가 서로 만졌고 나중에는 호텔로 갔다. 그런데 오늘 김태수가 그렇게 말한 것이다.

"집으로?"

오서원이 엉겁결에 그렇게 물었다가 제 말을 듣고는 빙긋 웃었다. 실수한 어린애의 웃음처럼 천진하다. 김태수가 오서원의 손 하나를 두 손으로 감싸 쥐었다.

"잘 살아라."

"몇 번째 말하는 거야?"

"좋은 추억으로 간직하자."

"웃기고 있네."

했지만 오서원의 시선은 부드럽다. 이제 김태수가 오서원의 손을 끌어다 제 볼에 문질렀다.

"왜? 또 울려고?"

오서원이 또 손수건을 버리면 어쩌나 하는 표정을 짓고 물었다.

"여기서 이러지 말고 호텔로 가자니까."

"안 돼."

"이상해졌어."

"널 안으면 어머니한테 죄짓는 것 같아서 안 돼."

오서원이 입을 다물었고, 김태수가 이제는 얼굴에 붙인 오서원의 손 냄새까지 맡았다.

"왜? 이젠 손 핥아먹을 거야?"

"어머니."

갑자기 김태수가 오서원의 손바닥을 펴서 제 얼굴을 감싸게 하더니 어머니를 불렀다.

"우리 어머니."

오서원이 문득 저하고 김태수 어머니하고의 관계를 떠올렸지만 연결 고리가 없다. 만난 적도 없고 서로 연락은커녕 모르는 사이였던 것이다. 그러나 오서원이 손을 뻗어 김태수의 머리를 부드럽게 쓸었다. 김태수는 이러면 좋아한다. 말도 필요 없다. 가슴이 차츰 진정되면서 부드럽고 따뜻하며 축축한 바닥으로 가라앉는 느낌이 들었으므로 오서원은 김태수의 머리칼만 쓰다듬었다. 그때 김태수가 오서원의 손가락 사이로 말했다.

"상처가 쌓여서 눈물이 된다."

"울지 마."

"눈물이 넘치면 흙이 되고."

오서원의 손가락 사이로 눈물이 흘러 내렸다. 다시 남은 손으로 김태수의 머리칼을 쓸면서 오서원은 헤어질 때가 되었다는 생각을 한다.

"자기야, 잘 지내."

먼저 말을 뱉은 오서원의 가슴이 허전해졌다. 흙으로 돌아간 김태수 어머니의 영향이다. 그때 오서원의 손을 뗀 김태수가 주머니에서 손수건을 꺼내더니 눈물범벅이 된 얼굴을 닦고 다시 코까지 풀었다.

"아유, 드러."

오서원이 찡그렸을 때 김태수가 주머니에 손수건을 넣더니 이제는 봉투 하나를 꺼내 내밀었다.

"이거 받아."

"뭔데?"

"결혼 축의금."

"…."

"어쨌든 결혼식 올리려면 이것저것 돈 들 텐데, 너 돈 없잖아?"

"…."

"부모님한테 손 벌릴 거냐? 니 나이가 몇인데?"

"…."

"내가 비자금으로 13년간 모은 돈이야."

김태수가 오서원의 얼굴 앞으로 봉투를 흔들었다.

"5천3백만 원."

"…."

"이곳저곳에다 숨겨놓았던 돈이 모두 5370만 원이더라. 그중 70만 원 빼고 다 가져왔어."

"…."

"난 이제 비자금도, 숨겨둔 여자도 없는 몸이 되었어."

김태수가 오서원의 손을 펴더니 봉투를 쥐어주었다.

"어머니도 떠나고 너도 보낸다."

"…."

"다 갖고 가라."

"미치겠네."

혼잣소리로 말한 오서원의 눈에서 눈물이 흘러내렸다. 마치 수도꼭지가 고장 난 것처럼 이쪽도 계속 흘러내린다. 칸막이 안이 조용해졌다. 이렇게 시간이 갔다.

김희선과 한상호의 결혼식은 부부의 요청에 따라 동네잔치로 치러졌다. 요즘이야 돈만 내면 예식장에서 뚝딱 해치우고 가족들이 손에 물 한 방울 묻히지 않지만 문촌 마을에서 치르려니 이것저것 일이 많았다. 그러나 최혜영과 정영아 두 신식 며느리의 기지와 수단으로 신경은 많이 썼지만 힘들지는 않았다. 대행업체를 시켰기 때문이다. 예식 행사부터 동네잔치까지 대행업체가 다 맡아준 것이다. 결혼식을 마친 부부는 일주일 예정으로 발리로 신혼여행을 떠났다. 그래서 결혼식이 끝난 다음 날 저녁에는 집에 김선호와 박미경 둘이 남게 되었다. 결혼식 날 밤에는 김태수, 김동수 부부가 집에서 자고 오전에 떠났기 때문이다. 학교에서 돌아온 박미경에게 김선호가 물었다.

"미경아, 혼자 있으니까 심심하지 않으냐?"

"아유, 할아버지도."

제 방으로 들어가면서 박미경이 웃었다.

"저도 다 컸어요, 할아버지."

"어, 그렇지."

박미경은 이제 중2다. 키도 크고 젖가슴도 볼록하다. 가방을 놓고 나온 박미경이 김선호를 보았다.

"저녁때 유진이가 온다고 했어요. 여기서 같이 밥 먹고, 내일 같이 학교 가려고요."

"잘됐다."

유진 이모도 저녁 차려 주려고 올 것이다. 다른 때 같으면 인사만 하고 제 방으로 들어가던 박미경이 본채로 다가오더니 마루 끝에 앉았다.

"할아버지."

저녁 햇살이 박미경의 볼을 비스듬히 비치고 있다.

"오냐."

반대쪽 마루로 나온 김선호가 다가온 철수의 머리를 쓸면서 박미경을 보았다. 제 어미가 다른 남자하고 신혼여행을 간 것이다. 한상호는 박미경도 발리로 같이 데려가자고 한 모양이다. 김희선이 그 말을 했더니 박미경이 미쳤느냐면서 펄쩍 뛰었다고 했다. 그 이야기를 들은 최혜영과 정영아는 한상호를 높게 평가했다. 말만이라도 인간이 되었다는 것이다. 박미경이 빤히 김선호를 보았다.

"할아버지, 할머니도 어제 결혼식 보셨겠지요?"

"아, 그럼."

생각할 겨를도 없이 김선호가 바로 대답했다. 가슴이 철렁 내려앉았지만 웃음을 짓고 박미경을 보았다.

"갑자기 할머니 생각이 난 거냐?"

"예, 어제 결혼식 때요."

"아이구, 그랬구나."

그 와중에도 김선호는 박미경을 주의 깊게 살폈다. 박미경은 차분했고 제 어머니 옆에 서서 의젓하게 예식을 치렀다. 신식 결혼식으로 주례는 전주에 사는 김선호 친구인 유장규가 보았는데, 한상호의 망부(亡父) 한용수하고도 친구 사이여서 감회가 새로웠던지 주례사가 길었다. 박미경이 말을 이었다.

"어제 엄마 결혼식 때 자꾸 할머니 생각이 났어요, 할머니가 하늘에서 보고 계시는 것 같았어요."

"그러냐?"

"할머니가 좋아하시겠다는 생각이 들었어요."

"그렇겠지."

"할머니가 얼마나 엄마 걱정을 해주셨다고요. 저도 들었거든요."

"…."

"할머니가 보고 싶어요."

숨을 들이켠 김선호가 박미경을 보았다. 뭐라고 묻고 싶었지만 목이 메었기 때문에 말이 안 나왔다. 이제 토방으로 시선을 내린 박미경이 말을 이었다.

"오늘 같은 날, 할머니가 계셨으면 참 좋았을 텐데요."

"…."

"할머니하고 같이 자면서 엄마 이야기하면 좋았을 거라고, 아까 집에 오면서 생각했어요."

"아가."

김선호가 겨우 말을 뱉고는 헛기침을 했다.

"할애비도 그 생각을 했다."

"그러실 줄 알았어요."

"할머니가 얼마나 좋아했겠냐? 몇 달만 더 살았으면 좋았을 텐디."

"할아버지."

"오냐."

"제가 옆에 있어 드릴게요."

"오냐."

"인제 엄마도 남편 생겼으니까 제가 할아버지 옆에 있어야 되겠어요."

말문이 막힌 김선호가 숨을 들이켰을 때 박미경이 벌떡 일어섰다. 유진이가 들어오고 있었기 때문이다.

"이거 어머니 스웨터 아냐?"

정영아가 들고 있는 것은 윤수정의 낡은 겨울 스웨터다. 오후 6시 반, 집에 돌아온 김동수가 옷을 갈아입으려던 참이다. 김동수가 머리를 끄덕였다.

"맞아, 어머니 거야."

"이게 왜 당신 옷장에 있지?"

"내가 갖고 왔어."

"어디서?"

김동수가 옷장에 옷을 걸면서 뻔한 걸 묻는다는 얼굴로 대답하지 않았다. 정영아가 스웨터를 펼쳐보면서 물었다.

"문촌리에서 갖고 왔단 말이지?"

"…."

"난 어머니 스카프를 가져왔는데."

"…."

"옷장 뒤져서 가장 오래된 걸로."

"…."

"그래야 어머니 냄새가 많이 배어 있을 테니까."

"어딨어?"

김동수가 묻자 정영아는 스웨터를 개어 옷장의 제자리에 놓으면서 말했다.

"내 옷장에."

"벌써 두 달이 지났네."

거실로 나온 김동수가 소파에 앉자 정영아가 앞쪽에 앉으면서 말했다.

"세월이 약이라더니 이제는 밥도 제대로 넘어가고 맛있는 것도 느껴져. 사람이 이렇게 간사한 거야."

김동수가 외면한 채 TV를 보았다. 리모컨이 옆에 있었지만 켜고 싶지 않았다. 그렇다. 요즘은 가끔 웃는 자신을 발견하고 가슴이 덜컥 내려앉는 때도 있다. 잊으려는 시도를 하다가도 잊은 것 같으면 또 죄스럽고 자신에게 환멸도 느껴진다. 이런 나날이 지나다가 결국 무디어지는 것인가? 어머니에 대한 상처를 죽을 때까지 간직하고 있어야 한다.

"산 사람은 살아야지."

김동수가 혼잣소리처럼 말했다.

"혼자 사는 것도 아니니까."

김동수가 정영아를 보았다.

“가족이 있으니까 말이야.”

“미경 엄마한테 전화했더니 아버지가 요즘 밭에 나가신대.”

정영아가 가라앉은 목소리로 말했다.

“다옥이 오빠를 일꾼으로 사서 일도 시키신대.”

“….”

“구엔이가 일을 잘하나 봐.”

구엔은 다옥이 오빠다. 부지런하고 한국말도 빨리 배워서 동네 노인들의 예쁨을 받고 있다. 김희선은 신혼여행을 갔다 와서 전주 직장을 그만두고 한상호 가게에서 같이 일한다. 한상호 가게가 잘되어서 직원이 6명이나 되었기 때문이다.

“유진 이모가 깔끔하긴 한데 반찬 솜씨는 그런가 봐.”

정영아가 말을 이었다.

“아버지가 아무 소리 안 하시지만 밥은 별로 안 드신다는 거야.”

“….”

“미경 엄마 반찬 솜씨도 그렇고…”

“아버지가 올해 일흔일곱이야.”

불쑥 김동수가 말했으므로 정영아는 시선을 들었다. 김동수의 눈동자가 흐려졌다. 먼 곳을 보는 것 같다.

“기력도 예전 같지가 않아.”

“농사가 무리라는 말이야?”

“아니, 농사 안 하시면 안 돼. 하는 일이 없어지면 기력이 더 떨어져.”

정영아의 시선을 받은 김동수가 말을 이었다.

“지금은 희선이 식구가 옆에 있고 집안일 도와주는 사람이 있어서 괜찮지만…"

"또 파리 사건 같은 건 안 일어나겠지?"

"글쎄."

"서울 형님하고 나하고 2주일에 한 번씩 번갈아 내려갔다 오기로 했어. 한 달에 한 번은 문촌리 가는 계획을 잡았지만…"

그때 김동수가 입을 열었다.

"어제 형한테서 전화가 왔는데 아버지가 혈압약을 안 받아 놓으셨다는 거야."

"…."

"희선이가 아버지 혈압약 안 드시냐고, 생각이 나서 물어보았더니 약 안 먹어도 된다고 하셨다는군."

"…."

"그 말을 우연히 들은 형이 병원에다 전화를 해봤다는 거야. 그런데 혈압약 타러 오시지 않았다고 했다는군."

"…."

"석 달에 한 번 병원에 가서 혈압 재고 석 달분 약 타 왔거든. 그런 지가 벌써 20년째인데 이번에는 안 가신 거야."

"그럼 어떻게 해? 타 와야지."

"이거 아버지한테 전화로 이야기하기는 그러니까 내가 내려가서 해결하겠어."

"언제?"

"이번 주 토요일에."

"그럼 나도 가는 날이니까 같이 가자."

정영아가 자리에서 일어서며 말했다.

"나도 밑반찬 준비해놓을 테니까."

"넌 가족이 몇이냐?"

아직 땅이 풀리지 않았지만 구엔과 함께 하는 밭일은 속도가 빠르다. 3백 평을 하루에 끝내고 둘이 밭두렁으로 나왔을 때 김선호가 물었다.

"가족, 패밀리."

김선호가 밭두렁에 앉으면서 영어로 설명했다. 구엔은 영어를 잘해서 김선호와는 한국말 3, 영어 7의 비율로 대화한다. 문촌리에서는 구엔과 가장 소통이 잘되는 노인이 김선호다.

"베트남에 다섯이 있습니다."

구엔이 손가락을 다 펴 보였다. 마른 체격에 키가 컸고 단정한 용모였지만 피부가 검다. 금방 외국인 표시가 난다. 일을 마친 터라 둘은 나란히 밭두렁에 앉아 밭을 보았다. 올해는 밭농사를 줄이려고 마음을 먹었다가 김선호는 작년과 같은 수준으로 일을 하기로 마음을 바꿨다. 구엔이 쓸 만했기 때문이다. 오늘도 일당 6만 원으로 오전 9시부터 오후 6시까지 9시간 일을 했는데 일꾼 한 사람 몫을 너끈히 했다. 이런 일꾼은 일당 10만 원은 받는다. 김선호는 차츰 일당을 늘려 줄 작정이다. 바지에 묻은 흙을 떨면서 김선호가 또 물었다.

"식구가 누구누구냐? 가족 말이다."

"예. 어머니, 여동생, 그리고 딸 둘, 아들 하나입니다."

"응? 딸 둘, 아들 하나?"

놀란 김선호가 구엔을 보았다.

"네가 몇 살이지?"

"서른둘입니다."

구엔의 아내는 4년 전 교통사고로 죽었다고 했다. 그러나 자식이 셋 있다는 말은 처음 듣는다.

"애들이 몇 살이야?"

"예. 큰애가 9살, 둘째가 7살, 셋째가 5살이지요."

"으응."

"5살짜리가 아들입니다."

구엔이 주머니를 뒤지더니 지갑을 꺼내 사진 한 장을 집어 김선호에게 내밀었다.

"내 가족입니다."

김선호가 구엔의 가족사진을 보았다. 50대쯤의 여자가 앉아 있고 그 주위에 옹기종기 가족이 서 있다. 막내인 아이를 구엔이 안고 있었는데 이곳으로 오기 전에 찍은 것 같다.

"응, 아이들이 예쁘구나."

사진을 보고 나서 김선호가 말했다. 새 옷들을 입었지만 뒤쪽 허름한 집과 억지웃음이 분위기를 더 무겁게 만들었다. 자식들은 아버지가 떠나기 전에 찍는 가족사진이 별로 즐겁지 않았을 것이다. 그때 구엔이 말했다.

"어떻게든 애들 데려와서 키울 겁니다."

"여긴 물가도 비싸지 않냐? 돈 벌어서 베트남으로 가져가 사는 것이 낫지 않을까?"

"애들하고 오래 떨어져 있으면 안 됩니다."

정색한 구엔이 머리를 저었다.

"여기서 내가 데리고 있어야 합니다, 사장님."

"글쎄, 사장이라고 부르지 말래도."

"예, 선생님."

"애들 데려오기가 쉽지 않을 텐데."

"따옹이가 알아봐 준다고 했습니다."

"애들이 학교 다니겠구나."

"위의 두 딸은 학교에 갑니다."

구엔의 얼굴에 웃음이 떠올랐다.

"공부를 잘합니다."

"그래, 좋겠구나."

김선호가 주머니에서 오늘 일당 6만 원을 꺼내 구엔에게 건네주었다.

"이제 일을 잘하니까 일당도 올릴 수 있겠다. 나 혼자만 올리면 동네 사람들한테 문제가 되니까 상의를 해서 올려야 될 거다."

영어를 섞어서 한마디씩 또박또박 말했더니 구엔이 두 손으로 돈을 받았다.

"고맙습니다, 선생님."

"애들 데려오는 거 다옥이 시아버지한테도 부탁을 해라."

"예, 선생님."

자리에서 일어선 둘이 농기구를 메고 밭두렁 길을 걷는다. 앞장선 김선호가 혼잣소리처럼 말했다.

"너도 아내를 잃고 가슴이 아팠겠구나."

"…."

"다 왔다가 가는 것이지만 견디기 힘들지."

"제 와이프는 치료만 제대로 받았으면 살았을 겁니다."

김선호의 말을 알아들었는지 구엔이 뒤에서 말했다. 숨을 죽인 김선호의 등에 대고 구엔이 말을 이었다.

"돈이 없어서 집에서 약도 제대로 못 썼지요. 나중에 돈을 모아서 의사한테 간 것은 한 달쯤이나 후였습니다."

"…."

"의사가 그러더군요. 열흘만 빨리 왔어도 살았을 것이라고요. 의사한테 간 다음 날 죽었습니다."

"…."

"그런데 죽었는데도 의사는 치료비를 다 받더군요. 나쁜 놈이었습니다."

김선호는 흐린 눈으로 앞을 보았다. 그렇다. 내 슬픔이 사치인지도 모르겠다. 거친 환경에서는 먹고사는 것부터 힘들어서 누운 식구보다 산 입 걱정부터 해야 될 것이다. 떠난 슬픔도 나중이다.

김선호는 멍하고 앉아 있는 시간이 많아졌다. 가만있다가 문득 정신이 들면 자신이 그러고 있다는 것을 깨닫는 것이다. 이제 새싹이 돋아나는 산기슭의 잡초를 바라보고 있다가도 그렇고, 마루에 앉아 있을 때도 그렇다. 오늘도 집밖 모퉁이의 바위에 앉아 있던 김선호는 문득 인기척에 정신을 차렸다. 오후 3시 반, 집은 비었고 오전에 밭에 나갔다가 돌아와 점심을 먹고 난 참이다. 조길만이 다가오고 있다. 외출복 차림으로 양복바지에 구두까지 신었는데 도무지 논두렁길에 어울리지 않았다.

"뭐 하고 있냐?"

조길만이 소리쳐 물었다. 역시 조길만도 가는귀가 먹어서 목소리가 크다. 제가 잘 안 들리니까 남도 잘 안 들리는 줄 아는 모양이다.

"뭐 하기는, 이놈아. 좀 쉬고 있다."

당황한 김선호가 자리에서 일어섰다.

"어디 가냐?"

"나 전주 가는디 같이 안 갈래?"

"새똥 빠진 소리 허고 자빠졌네."

대뜸 쏘아붙인 김선호가 다가선 조길만의 위아래를 훑어보았다.

"무슨 일 있냐?"

"너, 남부시장에서 젓갈 장사하는 오영철이 알지?"

"아, 국밥집 옆의 젓갈집?"

"맞아."

그 젓갈집 사장이 조길만의 군대 동기라고 했다. 그래서 두어 번 만난 적이 있다. 조길만이 김선호의 옷자락을 끌어당겨 바위에 나란히 앉았다.

"그놈이 어젯밤에 죽었다는군. 술고래였는디 위암 4기 판정을 받고 나서 약도 안 먹고 술만 퍼먹다가 한 달 만에 갔단다."

"…."

"자다가 죽었다니 편허게 간 것이지."

"…."

"자식이 넷이여. 아들 둘, 딸 둘. 모다 결혼해서 손녀 손자가 열넷이라든가?"

"…."

"호상이지, 너보다는 못허지만."

"아니, 이 자식이 왜 나를 끌어댕겨?"

"태수, 동수만헌 자식이 없으니께 허는 말이다."

"…."

"다 태수 엄니가 맹글어 놓은 것이지만."

"이 자식이?"

"어쩌? 같이 가자."

"아, 싫어."

"가자."

"아, 두어 번 얼굴 봤다고 다 찾아가면 전주에서 난 초상집은 다 가야헐 것이다."

"넌 초상집에 자주 댕겨야 되어, 당분간은."

"이놈이 미쳤나?"

"내가 둘째 놈이 죽었을 때 그렸어. 정신이 하나도 없을 때였는디 친척 초상이 났어. 어쩔 수 없이 거그 가 앉았더니 넘의 집 초상이라 그런지 왠지 편혀지더라. 죽은 친척 사진을 올려다보고 있응께 내 자식 얼굴도 그 옆에 떠오르고."

"…."

"그것 참. 그려서 오래 거그 앉었다가 왔어. 그러고 나서 그 다음 날도 또 가고."

"…."

"며칠 후에 아는 사람 초상집에 부르지 않었는디도 갔지. 그렸더니 편혀. 옆에서 울고불고헐수록 나는 더 편혀지더라고."

"…."

"그 다음부터는 내가 초상집만 찾어댕겼지. 이건 너한티만 알려주는 특급 비밀이다. 내가 초상집 전문 손님이 되었당게로."

"…."

"자식 죽은 것을 넘의 초상집을 찾아 댕기면서 잊어버렸당게. 이거 특허낼 수 있겄냐?"

"미친놈."

"같이 가자."

"오랜만에 남부시장에서 국밥이나 먹자."

마침내 김선호가 다시 자리에서 일어서며 말했다.

"여그서 기다려라. 옷 갈아입고 올게."

"여그서 기다리라니? 안에 새 예펜네 숨겨 놓은 거여 뭐여?"

김선호가 그냥 한 말에 꼬리를 잡으면서 조길만이 집으로 따라 들어오며 말했다. 집에 있던 철수가 조길만에게 꼬리를 치며 다가왔다.

"어, 새집, 볼수록 잘 지었다."

옆쪽의 김희선네 별채로 다가가면서 조길만이 감탄했다.

"신혼 냄새가 물씬물씬 나는구나."

방으로 들어간 김선호는 대답하지 않았고 빈집에 조길만의 목소리가 울렸다.

"희선이가 생산헐 수 있는가? 갸가 지금 마흔다섯여?"

"미친놈아, 시끄러!"

방에서 김선호가 버럭 소리쳤다.

"저놈의 새끼 주둥이는…"

"요즘은 오십도 애 낳더라만, 애가 있으면 더 좋을 텐디."

옷을 갈아입고 나온 김선호는 문득 조길만에게 고마움을 느꼈다. 환경이 다르더라도 같이 부대끼고 살면 형제처럼 된다.

"아이고, 아이고."

젊은 상주의 곡소리가 애통하게 울렸다. 검정양복에 건까지 썼으니 상주다. 영정 앞에 무릎을 꿇고 앉아서 어깨를 들썩이며 우는 모습이 애절해서 보는 이들의 심금을 울리고 있다. 울음은 오래 계속되었지만 말리는 사람은 없다. 장례식장은 문상객이 드문드문했다. 병원의 영안실이다. 구석 쪽 자리에 앉아 장례업체 직원이 얼른 날라 온 밥과 술을 사이에 두고 조길만이 옆자리의 60대에게 물었다. 안면이 있는지 대뜸 말을 놓는다.

"쟈가 누구여?"

우는 사내를 가리키며 묻는 것이다.

"예, 미국에서 조금 전에 온 막내지요."

"미국에서 온 아들?"

조길만이 눈을 크게 떴다.

"영철이 아들이 미국에도 있었어? 둘이 다 전주에 살잖여?"

"아, 쟈는 딴 배에서 난 아들이오."

사내가 말을 이었다.

"미국에서 사업을 크게 허고 있답니다."

"허어, 영철이가…"

말을 잇지 못한 조길만이 다시 우는 사내를 보았을 때 60대가 말을 이었다.

"즈그 배다른 형제들허고도 아주 우애가 좋습니다. 쟈가 미국에서 사업 성공헐 때까정 즈그 이복형들이 젓갈 장사허면서도 생활비를 꼬박꼬박 보내주었답니다."

이제는 김선호도 숨을 죽이고 사내의 말을 듣는다. 술기운으로 붉어진 사내가 둘의 표정을 보더니 시키지도 않은 이야기를 이어갔다.

"그려서 쟈가 미국서 도매상인가 뭔가 사업이 성공허고 나서 즈그 형들허고 이복 누나들헌티까정 아파트를 한 채씩 사 주었답니다. 형님은 모르고 계셨어요?"

"몰랐는디."

조길만이 안쪽 영정 사진을 쨰려보고 나서 말을 이었다.

"쟈가 젓갈 장사만 잘되는 줄 알었지 그런 깊은 사연이 있는 줄 누가 알었겄는가?"

"영철이 성님은 젓갈 장사로 자식 농사는 잘 지었지요. 이복형제들이 우애 있게 사는 것만 혀도 성공한 것이지요."

"그나저나 능력이 있는 친구고만. 마누라를 둘씩 잘 거느린 거 아닌개 벼?"

"저그 쟁반 들고 오는 아줌마가 우는 애 엄니지요."

"허어."

조길만과 김선호의 시선이 동시에 그쪽으로 옮겨졌다. 둥근 얼굴에 후덕한 인상의 60대다. 사내가 말을 이었다.

"저 아줌마허고 같이 있다가 갔지요."

"집이 어딘디."

"바로 옆집이요. 인후동인디 대문은 두 개지만 담장을 터서 한 집이나 같아요."

"염병헐."

오만상을 찌푸린 조길만이 김선호를 보았다. 이제 막내아들의 울음은 그쳤다.

"야, 배가 아퍼서 더 이상 못 있겄다. 집에 가자."

사내가 풀썩 웃었지만 김선호는 머리를 저었다.

"조금만 더 앉아 있다가 가자."

"젠장, 난 아무것도 모르고 있었네."

"형님이 영철 형님허고 군대 동기라고 허셨지요?"

"그려."

"영철 성님이 좀체 집안 이야기 안 헝게요. 저는 사업 관계로다가 만날 영철 성님 집에 출입을 혔거든요."

"아무리 그려도 지가 작은 각시허고 이웃집서 나란히 살고 있는 줄은 몰랐네. 으뭉헌 놈 같으니."

"어쨌든 호상이다."

마침내 김선호도 결론을 내었다.

"그만허면 잘 살다가 갔네."

그때 망자(亡者)의 큰아들이 이쪽으로 다가왔다. 인사를 하려고 온 것이다. 큰아들, 둘째 아들은 어렸을 때부터 젓갈집에서 같이 일했는데 둘 다 50줄이다. 큰아들이 술 한 잔씩을 따라 주었으므로 술잔을 든 조길만이 물었다.

"뭐, 유언은 없었능가?"

"그냥 주무시다 가셨어요."

큰아들이 덤덤한 얼굴로 말을 이었다.

"술 잡숫고 누우셔서 그냥."

"암 수술도 포기 했다면서?"

"수술혈 상태가 아니었지요. 항암 치료도 듣지 않고요."

"그렇구먼."

"저그 막둥이는 아부지 오랫동안 안 봐서 서운헌 것이지요."

큰아들이 눈으로 배다른 막내를 가리키며 웃었다. 이제 막내아들도 서서 누구하고 이야기를 하는 중이다.

밭에서 돌아온 김선호가 눈을 둥그렇게 떴다. 마루에 김동수, 정영아 부부가 앉아 있다가 일어섰기 때문이다.

"아니, 너희들 웬일이냐?"

토요일 오후 2시 반이지만 집은 비어 있다. 한상호, 김희선은 가게에서 8시나 되어야 돌아올 것이고 박미경은 유진네 집으로 놀러 갔다.

"밑반찬 가져왔어요."

정영아가 말했고, 김동수는 김선호가 든 괭이를 받아 치우면서 대답했다.

"종근 에미하고 같이 왔어요."

"일 바쁜데 너무 자주 오지 마라."

"아버지도 참."

쓴웃음을 지은 김동수가 마당의 수돗물로 손을 씻는 김선호의 등에 대고 말했다.

"이제 봄이네요, 아버지."

김선호는 대답하지 않았고 김동수의 말이 이어졌다.

"세월이 참 빠르네요."

"…."

"주현이 미경이가 중2가 되었고, 종근이는 벌써 고1입니다, 아버지."

"그렇구나."

"제가 마흔여덟입니다, 아버지."

"…."

"형은 쉰이고요."

수도꼭지를 잠근 김선호가 일어서다가 허리가 시큰거리는 바람에 주춤했다. 김동수가 말을 이었다.

"아버지, 제가 오는 길에 혈압약 받아 왔어요."

김선호의 시선을 받은 김동수가 쓴웃음을 지었다.

"담당 교수한테 부탁했습니다. 그랬더니 지난번 처방전대로 약을 타가도록 해주더군요. 아버지는 다음 주 내로 병원에 한 번 들러주시랍니다."

머리를 끄덕인 김선호가 마루로 오르면서 말했다.

"고맙다. 내가 깜박 잊어 먹었다."

김동수가 온 이유가 바로 병원에 가서 처방전을 받고 약을 타오는 일 때문이었던 것이다. 요령이 좋은 김동수는 우선 급한 대로 지난번 처방전대로 약을 짓고, 곧 아버지를 보내겠다면서 의사한테 부탁했을 것이다. 김동수 부부가 오는 바람에 집에 다시 활기가 일어났다. 한상호가 데릴사위처럼 들어와 살지만 마당 위쪽 옆채를 지어 나간 터라 이쪽 본채는 오히려 텅 비었다. 윤수정에 이어서 김희선 모녀까지 나간 셈이어서 김선호 혼자 남은 것이다.

"아버지, 농사는 좀 힘들지 않으세요?"

옷을 갈아입고 마루방으로 나온 김선호에게 김동수가 물었다. 정영아는 그동안 비워진 김희선 모녀의 방을 청소하는 중이다. 방을 며칠만 쓰지 않으면 먼지가 쌓이는 것이다.

"아니, 힘들지 않아. 구엔이가 있어서 오히려 고추 농사를 더 늘려 지으려고 한다."

마루방에 앉은 김선호가 말을 이었다.

"그런데 참, 너 누구 아는 사람 통해서 구엔이 가족 좀 데려올 수 없겠냐?"

"예? 가족이요?"

김선호가 구엔의 자식 셋 이야기를 해주자 김동수가 긴 숨부터 뱉었다.

"아이구, 아버지, 그럼 자식 셋을 데려와야 된단 말입니까?"

"가능하면 구엔이 어머니하고 여동생까지. 그러니까 다옥이 어머니, 여동생도 된다."

"아버지, 그건 어려울 것 같은데요."

"아니, 다옥이가 대한민국 국민이 되었고 구엔이도 정식 비자 받아서 와 있는데 가족이 안 된단 말이냐?"

"그건 이민 아닙니까?"

"창수네 식구도 오면 좋겠다고 한다."

"그걸 아버지가 왜…"

"내 자식들이 다 번듯하니까 부탁들을 하는 거지."

"그렇다고 다 되나요?"

"내가 약속은 안 했어. 알아보겠다고만 했다. 그쪽에서도 큰 기대는 하지 않고 있으니까 신경 쓸 것 없다."

"제가 알아보기는 볼게요."

"내 자식들이 손해를 보면서 남의 일 맡아주는 건 나도 원치 않아."

"압니다, 아버지."

"내가 큰 소리치고 생색이나 내는 허튼 인간은 아냐."

"그럼요, 아버지."

"근데 너희들 대(代)에서는 여기 내려와 살 수는 없겠지?"

불쑥 김선호가 물었으므로 김동수가 숨을 삼켰고 마루방으로 나오던 정영아도 긴장했다. 김선호가 김동수를 보았다.

"한 서방이 옆채에 살지만 본가(本家)라고 볼 수는 없지. 그런데 이곳이 오래 비면 안 될 것 같다는 생각이 들어서 그런다."

"아버지, 그건 천천히 얘기해도 될 것 같은데요."

김동수가 웃음 띤 얼굴로 말했다.

"형하고 같이요. 언젠가 형이 여기로 들어온다고 말하는 걸 들은 것도 같고."

"내가 죽고 나서 한참 있다가?"

"아버지도 참."

그때 정영아가 다가와 옆쪽에 앉았다.

"아버님, 대전에서 저희들하고 같이 사시지요."

"야가 갑자기 대전은."

입맛을 다신 김선호가 길게 숨을 뱉었다.

"내가 여길 벗어나지 못한다는 건 너희들도 알지 않냐?"

"혼자 계시니까 그래요, 아버님."

정영아가 물기가 배인 눈으로 김선호를 보았다.

"저희들하고 부대끼면서 사시면 좀 정신이 없으시더라도 여기보단 나을 수 있어요."

"그것도 잠깐이여."

"제가 종근이 엄마하고도 이야기 해보았는데요."

이제는 김동수가 나섰다.

"대전에만 계시라는 건 아니고요, 일주일씩 번갈아 계시는 것도 어떨까 해서요. 예를 들면 일주일은 이곳에서 지내시고, 일주일은…"

"아, 말만 들어도 정신 사납다. 내가 돌아댕기다가 객사하겠다. 농사도 지어야 하는디 어떻게 그런단 말이냐?"

김선호가 손까지 저었다.

"됐다. 그 이야기는 없던 걸로 하자."

머리를 든 김선호가 둘째 아들과 며느리를 번갈아 보았다. 어느덧 얼굴에 깊은 그늘이 졌다. 김동수는 아버지 얼굴이 갑자기 늙어 보인다는 생각이 들었다. 아버지 나이가 이제 77세라는 것도 떠올랐다. 내 나이가 마흔여덟이 되었다고 조금 전에 아버지한테 말했다. 내가 나이 먹은 만큼 아버지도 나이 잡수셨다. 그때 김선호가 말했다.

"내가 요즘 몸이 전 같지가 않아. 기력이 떨어져서 아침에 일어나기가 힘들어."

둘은 숨을 죽였고 김선호의 얼굴에 쓴웃음이 떠올랐다.

"나이가 들면 다 그런 거여. 조길만이도 그렇고 용득 형님은 더 그렇다고 하더라."

"예, 그래서…"

"이 안채가 갑자기 빈집이 되면 옆채 희선이 부부도 거북할 거여. 그렇다고 안채로 건너와 살기도 그럴 것이고…"

"…."

"아무래도 둘은 이사를 가게 될 거다. 모처럼 새집도 지었지만 가게 옆으로 옮기면 일하기도 좋고 미경이도 더 편하겄지."

"아버지."

"내 말 좀 들어라."

김선호가 말을 막더니 길게 숨부터 뱉었다.

"나도 그때 일을 미리 말하는 것이 싫다만 어쩔 수 없지. 그렇다고 네 어머니 손자국하고 냄새가 다 배어 있는 이 집을 빈집으로 만들 수는 없지 않겠느냐?"

"그럼, 아버지, 제가 온다니까요."

김동수가 나섰다. 눈을 크게 뜬 김동수가 말을 이었다.

"여기서 대전까지는 차로 두 시간밖에 안 걸려요. 제가 여길 자주 오겠습니다. 결코 빈집으로 놔두지 않아요."

"알았다."

김선호가 머리를 끄덕였다.

"그건 나중 일이니까 나중에 이야기하자. 우선 내 생각이 그렇다는 것만은 알아둬라."

"걱정 마세요, 아버지."

그때 정영아가 자리에서 일어서면서 말했다.

"저희들이야 아버님 원하시는 대로 해 드릴 거예요."

김선호가 마당으로 나갔을 때 정영아가 김동수에게 물었다.

"아버지가 어떻게 하신다는 거야?"

"글쎄, 나도 잘…"

김동수가 힐끗 마당에 시선을 주더니 말을 이었다.

"우리한테 오시는 것도 싫다, 이 집을 빈집으로는 놔두지 않겠다고 하시는데 도무지…"

"어머니 손때가 묻었다고 하신 이 집을 누구한테 파실 것도 아니겠지?"

"말도 안 되는 소리."

이맛살을 찌푸린 김동수가 말을 이었다.

"왜 또 돌아가신다는 이야기를 하지?"

"준비를 하시는 거지."

"형은 여기 오기 힘들어. 사업체가 없어지지 않는 한 앞으로 몇십 년은 서울에 있어야 해."

"우리뿐이지?"

김동수가 지그시 정영아를 보았다.

"올 수 있어?"

"당신이 온다면."

"너, 참 많이 변했다."

"시끄러!"

눈을 흘긴 정영아가 몸을 돌리면서 말했다.

"다 어머니 덕분이야."

"이 집을 비울 수는 없어."

김동수가 집 안을 둘러보며 말을 이었다.

"형하고 상의해 봐야겠어."

요즘 매일 죽음을 생각하고 있다. 고추밭을 갈 때도, 비료를 사 올 때도, 구엔하고 이야기를 하다가도 문득 죽음의 그림자가 떠오른다. 그것은 일정한 형체가 없다. 그냥 어둡다. 숨이 막히고, 눅눅하고, 어떤 때는 한없이 무거운 느낌으로 찾아온다. 그러면 기력이 떨어지면서 온몸이 어디론가 빨려 들어가는 것 같다. 김동수 부부가 떠난 다음 날 오전에도 그랬다. 오늘도 구엔하고 고추밭에 나가 있던 김선호가 잠깐 밭두렁에 앉아 쉬면서 앞쪽 산기슭에 죽음의 그림자가 덮이는 것을 본다. 4월 초여서 산기슭에는 개나리, 진달래가 지천으로 피어 있었기 때문에 밝다. 그런데 그 위에 그림자가 덮여 있다. 죽음의 그림자는 어디에도 있는 것이다.

"저기 누가 오네요."

이제는 한국어에 익숙해진 구엔이 손으로 아래쪽을 가리키며 말했다. 머리를 든 김선호가 이쪽으로 올라오는 조길만을 보았다. 멀었지만 조길만의 걸음걸이만 보아도 알아볼 수 있는 것이다. 멀거니 조길만을 바라보던 김선호는 조길만의 주변에도 그림자가 덮여 있는 것을 보았다. 죽음의 그림자다. 마누라가 죽고 나서 만날 죽는 것만 생각해서 이런가 보다. 김선호의 얼굴에 쓴웃음이 번졌다.

"조 선생님이십니다."

구엔이 예의 바르게 말했다. 이창수가 그렇게 가르친 것이다. 남자 어른은 무조건 '선생님'이고 할머니들은 '아줌니'다. 처음에 '사모님'이라고 가르쳤다가 조길만에게 무슨 얼어 죽을 사모님이냐고 핀잔을 듣고 나서 아줌니로 고쳤다. 이윽고 다가온 조길만이 가쁜 숨을 뱉으면서 김선호를 보았다. 서둘러 온 것이다. 예감이 수상했으므로 김선호는 긴장했다. 조길만이 소리쳐 물었다.

"너, 왜 전화 안 받아?"

"무슨 일 있냐?"

김선호가 되물었다. 핸드폰은 아래쪽 경운기 안에 놓았다. 다가선 조길만이 숨을 고르면서 말했다.

"용득이 형님이 가셨다."

"어이구."

놀란 김선호가 엉거주춤 일어섰다. 박용득은 문촌 마을의 좌장이다. 올해 82세로 어제 오후에 이창수 가게 앞에서도 만났던 박용득이다.

"아니, 어떻게…"

"오늘 아침에 이창수가 물건 들여왔다고 전화했는데 안 받기에 주무시나 보다 하고 놔뒀단다."

"…."

"그러다가 조금 전에 형님이 주문한 박카스 1박스를 들고 집에 갔더니 안방에 누워 있었다는군."

"…."

"자다가 떠난 거여."

"아이구."

"혈압으로 간 것 같구먼."

"연락은 혔겄지?"

"아, 그럼. 창수가 다 혔다."

조길만이 밭두렁에 앉아버리는 바람에 엉거주춤 서 있던 김선호도 다시 앉았다. 조길만 위에 떠 있는 것 같았던 그림자가 바로 이것이었던 것일까? 그때 조길만이 말했다.

"그 양반은 복 받았네, 자다가 떠나고."

"…."

"나도 창수 연락을 받고 가보았더니 그냥 자는 것 같아. 좋은 꿈을 꾸다가 갔는지 웃는 얼굴이더라니까."

"…."

"지금 거그 다 모여 있다."

"…."

"형님이 유산 정리 다 해놓았응께 시끄럽지도 않겄지."

김선호가 다시 지천으로 피어 있는 개나리 진달래를 보았다. 꽃은 피기 시작하는데 아래쪽 마을에는 떠나는 생명이 있다.

"어제 동수가 왔기에 집 이야기를 혔어."

김선호가 혼잣소리처럼 말했다.

"내가 떠나면 집이 빌 테니까 너희들이 알아서 하라고 말이다."

조길만이 김선호를 보았다.

"그렸더니 뭐라고 허데?"

"즈그들이 온다는구먼."

"그게 되간디?"

"난 집이 비어 있는 꼴을 생각헝게 잠이 안 온다."

"얀마, 죽고 나서 일은 생각허지 마."

쓴웃음을 지은 조길만이 말을 이었다.

"그냥 살다가 가는 거여. 별 걱정을 다 허고 자빠졌네."

"…."

"용득이 형님처럼 그냥 자다가 가는 것이 상팔자다."

그때 김선호가 자리에서 일어섰다.

"가 보자."

박용득 씨 집으로 가 보자는 것이다.

"선생님, 어디 가시오?"

경운기로 다가가는 김선호에게 구엔이 물었다.

"저 여기 있어요?"

"응. 일 마치고 점심때는 내려와. 천천히 해라."

"예, 선생님."

몸을 돌린 김선호에게 조길만이 말했다.

"저놈은 애들 데려올 생각에 희망에 부풀어 있구먼. 사는 것이 다 그렇지."

병원에 장례식장이 있어서 요즘은 대개 병원을 이용하거나 따로 장례식장으로 가지만 박용득 씨 장례는 마을에서 치러졌다. 자동차 정비소를 하는 장남 성규가 달려 와서 상주 노릇을 했는데 화환이 50개가 넘었다. 자동차를 서동리에 주차시키고 경운기로 문상객을 실어 나르는 형편이었다. 마을로 차가 들어갔다가는 빠져나올 수 없기 때문에 이창수가 아예 문촌 마을로 들어오는 길 입구에 안내판을 써 붙였다. 차를 서동리에 두고 문촌 마을행 경운기를 타고 오라는 안내판이다.

"어, 호상이다."

서동리에서 온 문상객 하나가 소주에 취해서 큰 소리로 말했다가 조길만에게 욕을 얻어먹었다.

"얀마, 망자(亡者)한티 서운헌 말 마. 용득 성님은 90까정 살 작정으로 계획을 잡으셨다."

"허, 욕심이지."

서동리 노인도 만만치 않았다.

"평균 수명보다 오래 살았으면 호상이다."

"이런 염병헐 놈."

조길만이 목소리를 높였다.

"얀마, 무슨 평균? 넌 평균 수명보다 오래 살면 얼릉 죽을래? 동네마다 평균 수명이 다른 거여, 인마. 사람이 다 똑같으냐? 무슨 평균?"

"아이구, 시끄러."

김선호가 버럭 소리쳤다. 김선호도 소주를 한 병쯤 마신 터라 취했다. 박용득 씨 마당은 넓어서 차일을 세 개나 쳤는데 문상객들이 가득 차 있다. 인근 노인들 외에도 외지에서 온 양복장이 문상객들이 절반 이상이다. 박복수가 주위를 둘러보며 말했다.

"지난번 선호 형님 문상객만큼 왔구먼."

"선호 형님 문상객이 더 많었지요."

지나가던 이창수가 멈춰 서더니 말했다.

"그때 온 화환이 1백 개도 넘었응게. 문촌리 최고 기록이었당게."

"여그도 대단허구먼."

누가 거들었다. 오후 8시가 되어 가면서 이쪽저쪽에서 화투판이 벌어졌다. 김선호가 옆을 지나는 상주 박성규에게 물었다.

"이민 간 네 동생은 못 온다더냐?"

"내일 밤에 온답니다, 아저씨."

다가온 박성규가 옆자리에 앉더니 김선호의 잔에 술을 따랐다.

"아저씨, 지난번 초상 때 제가 중국 출장을 가 있어서 못 왔습니다."

"니가 올 필요까정 없었다. 그때 니 아버님이 계속 계셔주셨지."

어느새 김선호의 말끝이 떨렸다. 술기운인 것 같다.

"요즘 호상이 자주 나는구나."

"예, 아버지가 편하게 가셔서 다행이에요."

박성규가 손끝으로 눈물을 닦았다. 빈 잔에 소주를 따라 박성규에게 건네주면서 김선호가 물었다.

"이 집은 어떻게 할 거냐?"

"당분간 빈집으로 놓아둬야 할 것 같은데요."

술잔을 든 박성규가 흐린 눈으로 집 안을 둘러보았다.

"아부지가 이곳에서 나셔서 이곳에서 돌아가신 집 아닙니까?"

"그렇지."

"할아버지 때 지은 집이니까 1백 년이 넘었습니다."

"그렇구나."

"근데 민규도 미국 가 있고, 저는 사업 때문에 여그 들어올 형편이 아니네요."

"내가 그렇다."

"예?"

"내가 죽으면 태수, 동수도 못 올 것 같어."

"희선이가 살고 있지 않습니까?"

"걔들이야 나 죽으면 딴 데로 가야지. 나 때문에 옆집 짓고 왔는데 뭐."

그때 문상객이 왔으므로 박성규가 자리에서 일어섰다.

"성규 쟈 얼굴도 보기 힘들겄네요."

박복수가 말했다.

"이 집도 빈집 되겄구먼요."

"글쎄 말이여."

작년에 죽은 삼순 할머니 집도 지금은 빈집이다. 부동산이 헐값으로 샀지만 누가 이 산골의 집을 사러 올 것인가? 그때 조길만의 처 오연숙이 다가와 김선호 앞에 국밥 그릇을 놓았다. 돼지고기를 큼직하게 썰어 넣은 설렁탕이다. 새우젓 접시까지 내려놓은 오연숙이 말했다.

"저녁은 든든히 드시오."

"아이구, 제수씨, 고맙습니다."

"근디 요짐은 산소 안 가시는개 비요?"

오연숙이 선 채로 물었으므로 김선호가 숨을 들이켰다.

"아이구, 헐 이야기가 별로 없어서요."

주춤하던 오연숙이 그냥 몸을 돌렸고 김선호가 수저를 들었다. 옆쪽에서는 고스톱 판이 벌어지고 있었다. 조길만도 끼어 있었는데 목소리가 가장 컸다. 국밥을 떠서 입에 넣은 김선호는 문득 가슴이 메었으므로 허리를 폈다. 윤수정이 떠올랐기 때문이다. 숨이 막힌다.

"벌써 석 달이 되었네."

용산역 2층 커피숍에서 마주보고 앉았을 때 김동수가 말했다.

"하루가 1년 같더니 석 달이 눈 깜박하는 사이에 지난 것 같아."

"글쎄 말이다."

김태수가 종업원에게 커피를 시키고 나서 말을 이었다.

"아버지가 집 이야기 안 하시더냐?"

"내가 들어가겠다고 했더니 뜸하셔."

"네가 들어갈 거야?"

"내가 정년퇴직을 하면."

"그럼 18년이나 남았구먼."

"그 안에 아버지 마음이 변하시겠지."

김태수는 입을 다물었다. 그 안에 아버지는 돌아가실 것이기 때문이다.

"그런데, 형."

김동수가 김태수를 보았다. 세미나에 참석했다가 돌아가는 길에 김태수에게 연락한 것이다. 오후 6시 반, 김태수의 시선을 받은 김동수가 말을 이었다.

"내가 며칠 전에 희선이한테서 연락을 받았는데."

김동수가 어깨를 부풀렸다가 내렸다.

"난 걔가 그런 말 할 줄은 상상도 못 했어."

"뭐가?"

"아, 글쎄."

입맛을 다신 김동수가 물 잔을 들었다가 내려놓았다.

"내가 종근이 엄마한테 말했더니 펄쩍 뛰더라고, 미경이 엄마가 어떻게 그럴 수가 있느냐면서 말이야."

"…."

"생전에 엄마가 얼마나 미경이 엄마를 생각했는데 그러냐면서…"

"아버지 재혼 이야기냐?"

"그래."

"요즘은 재혼 많아."

숨을 들이켠 김동수를 향해 김태수가 쓴웃음을 지었다.

"능력 있는 노인들은 혼자 살려고 안 해."

"말도 안 되는…"

"그건 그 처지가 돼 봐야 알아."

"형, 그러면…"

그때 정색한 김태수가 김동수를 보았다.

"아버지가 재혼하실 것 같니?"

"아니."

대번에 대답한 김동수가 머리까지 저었다.

"안 하실 거야."

"내 생각도 그렇다."

김태수가 다시 물었다.

"희선이가 아버지한테 물어는 봤대?"

"아니? 제 생각이라면서…"

이제 김태수는 입을 다물었고 김동수의 말이 이어졌다.

"아버지가 교장 시절에 교사였던 분이 혼자 사신다는 거야, 얼마 전에 어머니 소식을 듣고 중신 아주머니가 찾아와 희선이한테 얘기를 했대."

"…."

"전주에 산대, 그분이."

"그래서?"

"그분은 예순일곱으로 아버지하고 10살 차이가 나는데 30년이 넘게 혼자 살았다는군, 자식은 딸 둘이 있는데 둘 다 출가했고."

"…."

"작년에 정년퇴직해서 혼자 산대."

"…."

"그 아줌마가 그랬다는군, 교장 선생님이라면 모시고 살겠다고."

"…."

"그분 지금까지 수백 번 혼담이 왔다는데 처음으로 승낙했다는 거야, 그 중신하는 분이 말했다고 그래."

"난 관심 없다."

마침 가져온 커피 잔을 들면서 김태수가 정색하고 김동수를 보았다.

"아버지가 알아서 하시겠지."

"나는 안 돼."

어깨를 늘어뜨린 김동수가 길게 숨을 뱉었다.

"어머니 생각하면 난 그렇게 못 해."

"…."

"종근 엄마는 어머니 이야기만 나오면 지금도 울어."

"…."

"희선이 제가 편하고자 아버지 재혼 이야기 꺼내는 것 아니냐고까지 해, 그렇다면 아버지 제가 모시겠다면서."

"그럴 리가 있겠냐?"

"돌아가신 지 석 달밖에 안 되었어."

"나한테는 그런 이야기 안 했다. 놔두자."

"형은 반대지?"

김동수가 묻자 김태수는 쓴웃음을 지었다.

"무슨 반대? 아버지 뜻에 따르는 거지."

"난 받아들이지 못 해, 형."

"알았다."

"난 희선이한테 그런 말 나한테 꺼내지 말라고 했어."

머리만 끄덕인 김태수에게 김동수가 말을 이었다.

"걔가 아버지한테 이야기는 할 거야."

"아버지, 새참 가져왔어요."

김희선이 소쿠리를 내려놓고 부르자 김선호가 허리를 폈다. 일요일 오후 12시 반, 오늘은 김선호가 혼자 일을 하고 있다. 다가온 김선호가 밭두렁에 앉으면서 물었다.

"한 서방은 가게 나갔냐?"

"오늘 문짝 수리하는 걸 보려고요."

한상호의 가게는 잘되었다. 잘된다는 소문을 듣고 면 소재지에 동종 업체가 세 군데나 들어왔다가 모두 망해서 나갔다. 제일 길게 남았던 업체가 7개월이다. 경쟁력도 갖추지 못하고 고객에 대한 정보, 서비스 자료도 없이 무조건 들어왔다가 나간 것이다. 김희선이 싸갖고 온 김밥을 집어 먹으면서 김선호가 물었다.

"유진이 이모는 감기가 좀 낫냐?"

"예, 오면서 들렀더니 내일부터 일할 수 있다고 하네요."

"젊은 사람이 웬 감기라냐?"

"환절기라서 그런가 봐요."

집안일을 도와주는 유진이 이모가 어제부터 감기 몸살로 누워 있게 된 것이다. 그때 김희선이 불쑥 물었다.

"아버지 정양숙 선생님 아시죠?"

"정양숙?"

머리를 기울였던 김선호가 머리를 저으면서 물었다.

"모르겠는데? 내 제자냐?"

"30년쯤 전에 아버지가 교장이 막 되셨을 때 교사였던 분이라던데요, 소양 초등학교에서."

"그래?"

"그때 그분 남편 되는 분이 산에서 사고로 죽었다고 하더군요, 회사 다니던 분이…"

"아, 알겠다."

김선호가 집었던 김밥을 내려놓았다. 두 눈에 생기가 떠올라 있다.

"기억난다. 똑똑한 교사였지, 남편이 사고로 죽어서 내가 위로해준 기억도 난다."

눈을 가늘게 뜬 김선호가 말을 이었다.

"네 어머니가 안쓰럽다고 불러다가 밑반찬도 싸 주고 그랬어."

"어머니가요?"

"그래, 네 어머니를 따랐지."

"…."

"그러다가 내가 신리로 전근을 갔는데."

김선호가 김희선에게로 머리를 돌렸다.

"그 선생이 지금은 학교에 있나? 네가 어떻게 아냐?"

"작년에 교장으로 정년퇴직했다는군요."

"어이구, 벌써 그렇게 되었구나, 교장까지 되었다니 장하구먼."

"네."

"그런데 왜?"

"네?"

"그 선생 이야기를 왜 하는 거냐?"

"그 선생님이 전주에 사는데 어머니 이야기를 듣고 조의를 전하더라고요."

"누구한테?"

"어떤 아줌마 시켜서 저한테요."

"나한테 해도 되는데 그러는구나."

다시 김밥을 집은 김선호가 밭으로 시선을 돌렸다.

"하긴 내가 듣기 거북하겠지, 잘되었다."

"그런데, 아버지, 그 분도 30년간 혼자 살았대요."

"그런가?"

눈을 크게 떴던 김선호가 곧 커다랗게 머리를 끄덕였다.

"그럴 수 있지."

"네?"

"그렇게 상처를 받으면 두 번 다시 인연을 맺고 싶지 않을 거다, 내가 이해한다."

"…."

"그때 어린 딸이 둘 있었다고 들었는데 애들을 혼자 키웠겠구나, 장하다."

"…."

"그런 거다."

김선호가 정색하고 김희선을 보았다.

"내가 네 엄마를 잃고 나서 쌓이는 감정이 그렇다. 두 번 다시 그런 상처를 주기도 받기도 싫다는 것이야."

"…."

"나는 이제 얼마 안 남았지만 그 선생, 이름이 누구라고 했지?"

"정양숙요."

"그렇지, 그 정양숙 선생, 대단하구나, 30년을 지키다니."

김밥을 다시 입안에 넣은 김선호가 자리에서 일어서며 말했다.

"나이 들면 인연을 정리하는 것이 원칙이야. 자꾸 인연을 만들어 나가면 감당하기 힘들어져."

밭으로 들어가는 김선호의 뒷모습을 보던 김희선이 어깨를 늘어뜨렸다. 혹 떼려다가 혹 붙인 셈이다. 그러나 아버지의 말도 맞다. 나이 들면 인연을 정리해 가야 옳다. 그때 밭으로 다가가던 김선호가 몸을 돌려 김희선을 보았다.

"희선아, 내 걱정은 마라."

"엄마, 밥 먹었어?"

큰딸 오연화가 물었으므로 정양숙이 머리만 끄덕였다. 오후 2시 반, 오연화는 전주 초등학교 교사다. 1학년을 맡고 있어서 가끔 일찍 학교가 끝나면 정양숙에게 들른다. 학교에서 아파트가 5분 거리밖에 되지 않기 때문이다.

"엄마, 정읍 아줌마가 그러는데 그 집 딸이 적극적이래."

앞쪽에 앉은 오연화가 정양숙을 빤히 보았다. 오연화는 올해 서른아홉, 벌써 교사 생활이 16년째였고 치과 의사인 남편과 초등학교 4학년, 2학년짜리 남매가 있다.

"엄마, 그런데 돌아가신 지 얼마 안 되어서 그런지 반응이 좀 그래."

"얘, 그만해라."

이맛살을 찌푸린 정양숙이 말을 이었다.

"너, 네 마음대로 행동했다가는 너 안 볼 거다, 이건 그 교장 선생님에 대한 예의가 아냐."

"그래도 난 이런 엄마의 반응은 처음 보았어, 난 가만있지 못하겠어."

오연화가 정색하고 말했다.

"선화도 적극 찬성이야, 엄마."

"이것들이 정말."

정양숙이 눈을 부릅떴다가 곧 어깨를 늘어뜨렸다. 그날 모처럼 세 모녀가 모였을 때 정양숙이 김선호 이야기를 꺼냈던 것이다. 주변 사람들한테서 들은 윤수정의 사망 소식을 이야기하다가 말이 나왔다. 막내 오선화가 불쑥 엄마는 그런 교장 선생님하고 어울려, 했더니 정양숙은 가만있었다. 그래서 오연화가 거들어 보았다.

"엄마, 그 선생님하고 재혼해 보지?"

그랬더니 정양숙이 눈을 흘겼다.

"그런 말 하면 못 써, 아직 사모님 돌아가신 지 두 달밖에 안 되었어."

"그럼 시간이 좀 지나면 연락해볼까?"

오선화가 말꼬리를 잡았을 때 정양숙은 그날따라 가타부타 말도 없이 생각에 잠겨 있었던 것이다. 그래서 둘은 곧 정읍 아줌마란 매파를 불러 이야기를 해보았다. '가랑비에 옷 젖는다'는 것이 정읍 아줌마의 중신애비 지론이었다. '열 번 찍어서 안 넘어가는 나무 없다'는 말하고 비슷한 논리다. 그래서 정읍 아줌마는 뻰질나게 서동리 출입을 했고 문촌 마을의 적정을 탐지한 후에 김희선을 만난 것이다. 오연화가 말을 이었다.

"엄마가 퇴직한 지 이제 1년 반이야, 학교 다닐 때는 엄마가 밝았는데, 요즘은 항상 그늘이 졌고 집에만 있는 것이 불안해서 그래."

"다 그래, 지금이 과도기라 그러니까 가만있으면 돼 너희들은."

정양숙의 목소리가 예전으로 돌아갔다. 꾸짖을 때 분위기다.

"엄마는 다 견디고 너희들 결혼까지 다 시켰어, 그러니까 건방 떨지 말고 가만있어."

"이젠 우리가 엄마를 보호해야 돼."

"아니, 이것들이."

"나도 내년엔 사십이야."

"난 3년 후엔 칠십이다, 이것아."

"엄마, 이젠 좀 밝게 살아 봐. 학교도 나왔으니까 어디 여행이라도 다니면서, 응? 혼자 말고."

"미친것들이."

"엄마가 그 선생님을 존경했다면서?"

"내가 언제?"

"그때 선화한테…"

"선생들이야 교장 선생을 다 존경하지, 윗사람인데…"

"아니, 그게 아니고."

"너, 빨리 집에 가."

"선화 만나기로 했어."

"어디서?"

"여기서."

숨을 들이켠 정양숙이 길게 뱉었다. 동생 오선화 또한 교대를 나와서 초등학교 교사다. 완주군의 초등학교에 재직하고 있는 데다 남편은 중학교 교사라서 교직자 가족이다.

"이것들이 일은 안 하고 엄마 집에나 와서…"

"이게 가장 큰일이지."

오연화가 말을 이었다.

"엄마가 퇴직하고 나서 우린 엄마 걱정뿐이야."

"왜? 빨리 안 죽어서?"

"저, 말하는 것 좀 봐?"

정색한 오연화의 목소리가 높아졌다.

"밥도 안 먹고 만날 집에만 있고 사람 만나지도 않는 게 어디 걱정 안 할 일이야?"

"아이구, 시끄러."

"여행 티켓 끊어줘도 가지도 않고."

"다 부부 동반인데 혼자 뭘 하러…"

"거봐."

"…."

"그 선생님이 열 살 위지만 건강한 데다 반듯하시대 자식들이 다 잘 되었고, 우리가 다 알아 보았어."

정양숙의 표정을 본 오연화가 외면했다. 그때 문에서 덜그럭거리는 소리가 났다. 둘째 딸 오선화다. 저렇게 키로 문을 여는 사람은 딸 둘뿐이다.

이창수의 가게에 셋이 모였다. 이창수, 조길만, 김선호다. 오후 4시 반, 김선호가 일을 마치고 돌아오다가 조길만을 만나 데리고 온 것이다.

"맨날 아침부터 저녁까지 땅만 뒤집고 있구나, 너는."

조길만이 막걸리 잔을 들면서 김선호에게 말했다.

"땅을 파는 건 마치 들어갈 곳을 파는 것 같혀, 그렇지 않으냐?"

"얼씨구, 조길만이가 시인 되었네."

김선호가 쓴웃음을 짓고 말했다.

"그렇게 알아먹기 쉬운 것이 진짜 시다."

"말 돌리지 말고."

조길만이 정색하고 김선호를 보았다.

"너, 요즘 무슨 일 있냐?"

"무슨 일은? 내가 너허고 술 먹자고 부른 게 무슨 일이 있는 것 같냐?"

"그럼 없어?"

"동네 친구 사이에 일 있어야 부르냐?"

"없으면 말고."

그때 이창수가 끓여 온 김치찌개를 상 위에 놓더니 옆에 앉았다. 이창수는 요즘 활기가 되살아났다. 아들 이영복이 강도죄로 교도소에 들어가 있지만 예전의 이창수로 되돌아 왔다. 구엔이 아들 노릇을 톡톡히 하기 때문이다. 따옹이가 며느리 노릇을 잘하는 데다 그 오빠 구엔이 아들 대신을 하고 있으니 기가 막힐 일이기도 하다.

"참, 구엔이 아이들 데려올 수 있을 것 같다."

김선호가 불쑥 말했더니 이창수가 깜짝 놀랐다. 자리를 고쳐 앉으려다가 무릎으로 상을 건드려 막걸리 병이 떨어질 뻔했다.

"예? 정말입니까?"

이창수가 비명처럼 되물었고 조길만도 거들었다.

"그렇다면 구엔이 춤을 추겠다."

둘의 시선을 받은 김선호가 입을 열었다.

"동수가 알아보았더니 관광 비자로 와서 다시 여그서 신청을 허먼 된다고 허더라, 근디 보증인이 있어야 혀."

"그거야 지가 보증허지요."

이창수가 대번에 말했을 때 김선호가 이맛살을 찌푸리며 물었다.

"근디 애들허고 다옥이 여동생까정 함께 오는 거냐?"

"아니, 그것이."

어깨를 편 이창수가 정색하고 김선호를 보았다.

"다옥이 어머니까정 같이 왔으면 좋겠는디요, 다옥이가 어머니 혼자 둘 수는 없다고 헙니다."

"허어, 아예 마을을 다 이곳으로 옮기라고 허는 것이 낫겄다."

조길만이 말했다가 이창수 눈치를 보더니 술잔을 들었다.

"농담이여, 다 오먼 좋지, 근디 다옥이 어머니는 몇 살이래여?"

"쉰셋이랍니다."

"젊네."

"사진을 보았더니 한국의 60대 같더만요."

김선호가 술잔을 들고 한 모금 삼켰을 때 이창수가 바짝 다가앉았다.

"형님, 다옥이 어머니까지 되겠지요?"

"될 것 같다. 동수가 별 문제 없다고 했으니까."

"어이구."

자리를 차고 일어난 이창수가 방문을 열어젖히고 나가더니 잠시 후에 안에서 다옥이하고 같이 왔다. 인사시키려고 데려온 것 같다.

"고맙습니다, 선생님."

다옥이가 문밖에서 허리를 꺾어 절을 했는데 눈에 눈물까지 맺혀 있다. 그때 뒤에서 구엔이 나타났다.

"감사합니다, 선생님."

구엔도 절을 했다.

"어, 참, 내가 인사부터 받았으니 이제 코를 꿰었구먼."

김선호가 혼잣소리로 말했더니 이창수가 활짝 웃었다. 구엔과 다옥은 무슨 말인지 알아듣지 못했다.

"야, 구엔아, 내일 내 밭일 하는 거 잊어 먹으면 안 된다."

조길만이 말하자 다옥이 구엔에게 베트남어로 재빨리 전했다.

"예, 선생님."

다시 머리를 숙인 구엔의 얼굴이 활짝 펴졌다. 인사를 마친 둘이 나갔을 때 이창수가 다시 자리에 앉으면서 말했다.

"구엔이 식구가 오면 저기, 영복이가 사 놓은 손장호 씨 빈집을 써야겠어요."

"그러면 되겠네."

조길만과 이창수가 이야기를 하는 동안에 김선호는 잠자코 막걸리를 따라 마셨다. 며칠 전 희선이가 한 말이 자꾸 걸린다. 저는 아비 생각해서 그랬는지 모르지만 생각할수록 가슴이 허전해지고 배신감까지 느껴지는 것이다. 석 달밖에 안 되었는데도 제 어미를 잊었단 말인가?

13장 눈물이 고여서 흙이 되었다

“너, 지난번에 한 이야기 말이다.”

마주보고 앉았을 때 대뜸 김동수가 말했다. 전주 팔복동의 커피숍 안, 오후 2시 반이다. 대전에서 내려온 김동수가 구이면에서 온 김희선과 만나고 있다. 김동수의 시선을 받은 김희선이 길게 숨부터 뱉었다.

“오빠. 나, 오빠나 언니가 서운하다고 생각할 줄 예상했어요.”

네 살 차이여서 어렸을 때는 반말을 했다가 나이 들어서는 존댓말을 했는데 지금은 반말과 존댓말을 번갈아 쓴다. 자주 만나지 않을 때는 존댓말이 나온다. 하지만 나이 차가 더 나는 김태수한테는 계속 존댓말이다. 김희선이 말을 이었다.

“어쩌면 내가 엄마 생각을 가장 많이 해야 하는 막내딸이고, 또 그만큼 엄마 속도 더 썩혀 드렸는데 그런다고…”

말이 막힌 김희선이 심호흡을 했다. 김동수는 잠자코 시선만 준다.

“하지만 옆에서 만날 아버지를 보니까 안쓰러워서…”

“옆에 여자가 있으면 덜 안쓰러울 것 같더냐?”

김동수가 부드럽게 물었지만 얼굴은 굳어 있다. 김희선을 만나려고 올 적에 정영아도 같이 온다는 걸 겨우 떼어 놓았다. 정영아가 왔다면 이런 분위기가 아니었을 것이다. 그때 김희선이 머리를 들고 김동수를 보았다.

"오빠, 내 마음 편하자고 그런 건 아냐."

"아버지 입장은 생각해보았어?"

"아버지는 지금 이것저것 결정하시기 어렵다고 생각했어. 그래서 오빠한테 연락한 거야."

이제 김희선이 반말을 쓴다. 김희선은 막내라 그런지 고집이 있다. 김희선이 상기된 얼굴로 말을 이었다.

"엄마 생각을 하면 지금도 가슴이 찢어져. 하지만 내 생각을 엄마도 밀어주리라는 생각이 들었어, 오빠."

"엄마가 널 밀어줘?"

김동수의 얼굴이 굳어졌다. 커피를 가져온 종업원이 얼른 내려놓고 돌아갔다. 김동수가 똑바로 김희선을 보았다.

"네 멋대로 생각하는구나. 돌아가신 어머니를 욕보이지 마라."

"그게 아냐, 오빠."

"어머니는 희생하시고 사셨던 분이야. 다 아버지와 자식을 위해 돌아가실 때까지 희생하신 분이야."

김동수의 얼굴도 상기되었고 말끝이 떨렸다.

"이제 안 계신다고 마음대로 어머니를 판단해? 어머니가 아버지 옆에 여자를 두면 저승에서도 마음을 놓으실 것이라고? 아버지를 외롭게 만들지 않는 것을 저승에서도 바라고 계실 것이라고?"

어깨를 부풀렸다가 내린 김동수가 머리를 저었다.

“천만에. 그건 네 생각, 우리들 생각이다.”

“….”

“어머니는 돌아가셔서 지금 흙이 되어 가는 중이야.”

“….”

“어머니를 추모하는 건 좋은데 어머니를 빗댄 생각은 말자.”

“….”

“남은 식구들이 문제다.”

김동수가 번들거리는 눈으로 김희선을 보았다.

“아버지를 외롭게 만들지 않으려는 효성은 됐어. 하지만 새어머니를 데려오는 건 아버지한테 맡기도록 하자.”

“….”

“난 아버지가 새어머니를 데려오신다면 반대는 안 해.”

“….”

“하지만 아버지는 따로 만나겠다. 새어머니하고 함께 있는 아버지는 못 만나. 그건 종근 엄마도 마찬가지야.”

“….”

“난 어머니만 내 머릿속에 넣다가 갈란다. 내 어머니, 아버지하고 같이 있던 내 어머니, 그렇게 두 분만 모실 거다.”

마침내 김동수의 눈에서 눈물이 흘러내렸다. 손끝으로 눈을 천천히 훑어낸 김동수가 의자에 등을 붙이더니 웃었다.

“아버지가 그분하고 다시 인연을 맺으신다면 새 가족이 시작되는 것이지. 그런데 난 그 가족에는 안 끼겠어.”

“….”

“넌 그 가족에도 끼도록 해. 그렇다고 우리 전(前) 가족에서 제외되는 것도 아니니까, 넌 계속 내 동생이야."

"나, 안 할래."

불쑥 말한 김희선이 머리를 저었다.

"나 가만있을게."

이제는 김동수가 입을 다물었고 김희선이 말을 이었다. 김희선도 울고 있다.

"하지만 아버지가 불쌍해, 너무 불쌍해."

오후 3시 반, 밭에 나가 있던 김선호가 경운기에 놓았던 핸드폰의 벨소리를 들었다. 5월 초순, 산기슭에 지천으로 피었던 진달래와 개나리도 지면서 잡초가 왕성하게 솟아나고 있다. 다가간 김선호가 발신자 번호를 보고는 머리를 기울였다가 곧 귀에 붙였다.

"예, 전화 바꿨습니다."

"교장 선생님이시죠?"

여자 목소리다.

"예, 지금은 아니지만 그랬지요."

그러자 여자가 웃음 띤 목소리로 말했다.

"저, 정양숙입니다, 교장선생님."

"아이구."

놀란 김선호가 괭이를 내려놓고 밭두렁에 앉았다. 발밑에서 개구리 한 마리가 펄쩍 뛰어 달아났다.

"그렇지 않아도 이야기 들었어."

대뜸 반말이 나왔다.

"얼마 전에 내 딸이 이야기를 했어."

“네, 선생님. 그런데 먼저 사모님 돌아가신 것 어떻게 말씀드려야 할지 모르겠어요. 삼가 조의를 표합니다.”

“고맙구먼, 정 선생. 아니, 교장으로 정년퇴직 했다지?”

“네, 교장 선생님.”

“그, 교장은 빼라고.”

“선생님, 죄송해요.”

“뭐가?”

“갑자기 그런 이야기 들으시고 불쾌하지 않으셨어요?”

“당사자한테서 그런 말 들으니 좀 그러네. 놀라기는 했어.”

“죄송해요. 가운데 있는 사람이 너무 서둔 것 같습니다. 저하고 제대로 상의도 하지 않고요.”

“이젠 됐어, 정 선생.”

“저, 소양에서도 교장 했어요, 아세요?”

“모르고 있었는데.”

“선생님, 사모님 생각을 많이 했습니다.”

“고맙군.”

“지금 어떻게 지내세요?”

“밭일 하던 중이야.”

“아아, 바쁘세요?”

“밭일 한다니까. 수업하는 게 아냐, 잡초 뽑고 거름 주고 있어.”

“아아.”

“난 퇴비를 써.”

“그렇군요.”

김선호는 문득 가슴이 편안해지는 것을 느낀다. 문득 윤수정의 웃는 얼굴이 떠올랐다. 왜 웃는 얼굴일까? 표정이 밝다. 죽고 나서 이렇게 밝은 표정은 처음 본다. 그때 정양숙이 말했다.

"선생님, 건강은 어떠세요?"

"이렇게 밭일 할 정도야. 올해는 고추를 더 심어야겠어."

"…."

"그리고 신경 쓰지 마. 나 욕심 부리지 않을 테니까."

"…."

"정 선생은 나보다 더 잘 알겠지. 30년이 넘었으니까, 안 그래?"

"네."

"그동안 잘 견디었어. 혼자서 자식 둘을 다 출가시켰다니 존경스럽군."

"고맙습니다."

"내가 일흔일곱이야."

"전 예순일곱입니다, 선생님."

"무슨 말 하려는지 정 선생은 똑똑하니까 잘 알 거야."

"네, 선생님."

"그럼 잘 지내. 전화해줘서 참 고마워, 정 선생."

"선생님도 건강하세요."

"나도 잘 지내다 갈게."

핸드폰의 전원을 끈 김선호가 문득 머리를 들고 아래쪽을 보았다. 철수가 밭두렁을 따라 이쪽으로 다가오고 있다. 전에는 윤수정이 이 시간에 새참을 들고 왔었다. 그때 철수가 꼭 윤수정을 따라왔던 것이다.

"어, 할머니는 얻다 두고 너 혼자 오냐?"

김선호가 버럭 소리쳐 묻자 철수는 꼬리만 쳤다.

"이놈아, 할머니는 뭣 하고 안 온다냐?"

다섯 발짝쯤 앞으로 다가왔던 철수가 멈춰 서더니 꼬리만 천천히 흔들었다. 김선호를 똑바로 응시하는 눈에 눈곱이 끼었다.

"너도 할머니 생각이 나냐?"

그때 철수가 앞다리를 내놓고 밭두렁에 앉았다. 그러고는 여전히 김선호를 물끄러미 본다.

"너는 내가 요즘 할머니한티 안 가는 이유를 알지?"

철수가 시선만 주었고 김선호의 말이 이어졌다.

"혼자 사는 것이 점점 더 힘들어지는구나. 할머니가 간 지 얼마 안 되었을 때는 정신이 없어서 몰랐는디 말이다."

철수의 시선을 받은 김선호가 쓴웃음을 지었다.

"이러다가 더 추해지면 안 되는디, 철수야."

6월 초에 구엔의 자식 둘과 여동생, 그리고 어머니까지 네 식구가 문촌 마을로 들어왔다. 인구가 갑자기 네 식구나 늘었고 마을의 평균 연령이 5살쯤은 내려갔을 것이다. 마을의 경사다. 이창수의 며느리 다옥에게는 온 식구가 다 한국으로 이주한 셈이어서 소원을 풀었다. 걱정거리도 없어졌기 때문에 얼굴이 활짝 피었고 날아갈 것처럼 생기를 띠어서 보는 사람들의 얼굴에도 저절로 웃음이 떠오를 정도였다. 구엔까지 포함한 다섯 식구는 이제 수리를 마친 손장호 씨 집으로 들어갔다. 그날 이창수가 돼지 한 마리에 막걸리 150병을 내어서 서동리 사람들까지 불러 잔치를 열었는데 사람들이 1백 명도 더 모였다. 이창수는 제 며느리 식구들을 일꾼으로 사람들에게 소개시켜 주려는 의도도 있다.

"이제는 우리가 마을 어른이 되었구나."

차일을 편 마당 안쪽의 상석에 앉아서 조길만이 김선호에게 말했다.

"세월 참 빠르고만잉?"

반년쯤 전만 해도 박용득 씨가 83세로 좌장이었고, 삼순 할머니, 손장호 씨 등 나이든 분들이 하나씩 간 것이다. 그 말을 들은 박복수가 나섰다.

"평균 수명이 늘어나니까 형님들은 10년은 더 버틸 것입니다."

"앗따, 이 사람아. 그럼 난 팔팔이네."

"여그는 안 왔지만 서동리 만복 형님이 팔팔인데 지금도 경운기 몰고 댕깁니다."

그때 다옥이가 다가와 그들 상 위에 돼지고기 접시를 내려놓았다. 그러고는 김선호에게 말했다.

"술 많이 드시지 마세요, 아버님."

"아이구."

조길만이 다옥에게 눈을 부라렸다.

"나한테는 인사 안 허냐?"

"안녕하세요."

하고 다옥이 인사했으므로 주위에서 폭소가 터졌다. 기가 막힌 조길만이 입만 딱 벌렸고 그사이에 다옥이 사라졌다. 다옥이 가족이 다 입국하도록 도와준 것이 김동수다. 법 절차를 제대로 거치고 입국시키는 방법이 있지만 수속이 복잡한 터라 김동수가 지인을 시켜서 해결해 준 것이다. 오후 7시가 되어 갈 무렵이다. 이제는 해가 길어서 서동리에서도 아직 손님들이 오고 있다. 그때 조길만이 김선호에게 정색한 얼굴로 물었다.

"이제 반년이 되어 가지?"

숨을 들이켠 김선호가 시선만 주었다. 윤수정이 떠나간 날을 물은 것이다. 매일 생각하지만 이렇게 물으면 오랫동안 잊은 것 같은 느낌이 든다. 벌써 반년이다. 잠자코 술잔만 든 김선호에게 조길만이 말을 이었다.

"너한티 혼담이 왔어. 너하고 내가 젤 친허다고 나한티 연락이 왔는디…"

"시끄럽다."

김선호가 한마디로 자르자 조길만이 머리를 끄덕였다.

"이따 이야기허자."

"이야기 헐 것도 없어."

"듣기나 혀 봐."

김선호가 대꾸도 않고 술잔을 들었다. 이제 김희선도 이야기를 꺼내지 않는 마당이다. 김태수, 동수 형제는 모른 척하고 있었지만 형제들 사이에 이야기는 다 했을 것이다. 그날 밤 잔칫집에서 저녁까지 얻어먹고 희선네 식구들에게 줄 고기를 이창수 처가 잔뜩 싸주는 바람에 들고 집에 들어선 김선호를 철수가 맞았다. 집안에 철수 혼자뿐이었던 것이다.

"아이구 참, 야들이 부산에 갔지."

그때서야 김선호는 김희선네 세 식구가 오늘 오후에 부산으로 놀러 간 것을 떠올렸다. 오늘이 금요일이어서 박미경의 수업이 끝나고 바로 부산으로 간다고 했던 것이다. 고기 보따리를 마루에 내려놓은 김선호가 마루 끝에 앉아 마당에 서 있는 철수를 보았다.

"내가 요즘 건망증이 심해진 것 같구나. 애들 부산 간다고 한 것을 잊어 먹고 있었다니."

밤 9시 반이다. 달이 밝아서 달빛이 마당에 하얗게 덮였다.

"건망증이 심해지다가 치매가 걸린다고 하던디, 철수야."

제 이름을 불린 철수가 꼬리를 천천히 흔들었다.

"내가 니 밥 주는 것도 잊어 먹으면 어쩐다냐?"

"…."

"니 할머니 무덤이 어디 있는지도 모르면 어쩐다냐?"

"…."

"자식들은 다 지 식구들 챙기는 거여, 그것이 지 가족이니께."

"…."

"내가 부담을 주면 안 되지."

그때 핸드폰이 울렸으므로 김선호가 깜짝 놀랐고 철수도 으르렁거렸다. 핸드폰을 든 김선호가 발신자를 보았다. 조길만이다. 집에 들어오기 전 기분 같아서는 안 받았겠지만 김선호는 핸드폰을 귀에 붙였다. 그때 조길만이 말했다.

"너, 자냐? 안 자면 나하고 이야기나 하자."

"여그다."

김선호가 다가가자 밭두렁에 앉아 있던 조길만이 소리쳤다. 밤 10시, 달이 밝아서 건너편 산기슭의 나무줄기까지 다 보인다. 김선호는 조길만의 옆에 앉았다. 바람이 불어와 옅은 마늘 냄새가 풍겨왔다. 마늘 밭이다.

"집에 희선이 있냐?"

조길만이 한쪽만 보이는 김선호의 집을 눈으로 가리키며 물었다.

"아니, 한 서방이랑 미경이 데리고 부산 놀러갔다."

"그렇구먼, 한 서방이 착허지."

"사위 잘 뒀어."

김선호가 맞장구를 쳤다. 사위 자랑은 팔불출이 아니다. 보름밤이어서 조길만의 얼굴도 뚜렷하게 보인다. 김선호의 밤 외출에는 꼭 따라 나오던 철수는 문 앞에서 돌아갔다. 조길만을 싫어하기 때문이다. 개를 오래 키우면 영물이 된다. 철수는 저를 싫어하는 조길만이 아무리 좋은 표정으로 불러도 오지 않는다. 이윽고 조길만이 김선호를 보면서 말했다.

"다곡리에 올해 환갑 지난 아줌마가 있어, 자식 둘은 미국서 살고 딸이 전주에서 학원 원장이라는데 건물도 갖고 있다는구먼."

"됐다."

김선호가 조길만의 말을 막았다.

"난 생각 없으니까 괜히 안면 익히기 전에 딴 데 가서 알아보라고 해라."

"벌써 안면 익혔다."

"듣기 싫어."

"딸이 적극적이여, 딸이 서동리에서 널 보고 갔단다. 방앗간에 있던 너를."

"도대체 왜 이러는지."

김선호가 손바닥으로 땅바닥을 두드렸지만 목소리는 높지 않았다.

"왜? 둘이 붙어살지 않으면 귀신이 잡아간다냐?"

"내가 어뜨케 알어, 이놈아."

눈을 흘긴 조길만이 앞쪽을 응시한 채 말을 이었다.

"다 저보다 자식들이, 주변에서 서둘러 주는 거여, 노인들은."

"…."

“그렇게 못 허는 노인들은 불쌍헌 노인들이 되고.”

“….”

“너는 잘 모르지만 그런 혼담이 온다는 것은 제법 잘 살었다는 증거가 되는 거다.”

“증거 좋아허네.”

“생각혀 봐라, 내 마누라가 죽었다면 나한티 그런 혼담이 오겄냐?”

“이자식이 멀쩡헌 마누라를 두고…”

“아마 안 올 거다.”

“….”

“겨우 먹고사는 나한티 누가 오겄냐? 밤낮 밭농사나 허다가 갈 텐디.”

“….”

“한번 만나 봐, 니가 생각이 없더라도 그쪽 아줌마 기분이라도 맞춰주는 봉사를 허란 말이여.”

“뭐? 기분 맞춰 줘? 봉사?”

“며칠간이라도 두근두근 헐 것 아녀?”

“미쳤구먼.”

입맛을 다신 김선호가 더 밝아진 달을 올려다보더니 말을 이었다.

“야 이놈아, 우리가 이제 일흔여덟이다, 갈 때 다 되었다.”

“앞으로 5년은 더 살어야지.”

김선호를 따라 하늘을 보면서 조길만이 말을 이었다.

“나는 말이다, 너를 보면서 내가 기운이 일어났다가 가라앉었다가 헌다.”

“….”

“니 혼담이 들어오면 내 일만치로 신이 나고 내가 젊어지는 것 같아.”

"미친놈."

"니가 죽는다고 소문이 났을 때는 나도 세상에서 없어지는 것 같았다. 만일 니가 자살을 혔다면 나도 얼매 못 살았을 거다."

"이놈이 정말 미쳤네."

"아마 그려서 내가 이렇게 서두는 갑다. 니 혼사를 말이여."

"야, 조용히 있다가 가자."

"이렇게 말이냐?"

조길만이 턱으로 김선호의 빈집을 가리켰다.

"이렇게 혼자 집 지키면서 말이냐?"

"…."

"너 가면 저 집 빈집 될 것이다. 알고 있쟈?"

"태수나 동수가 들어온다고 혔는디."

"말도 안 되는 소릴랑 마러, 허던 사업, 일 놔두고 여그 뭐 허러 와, 답답허게, 아마 너 가면 한 달도 안 되어서 희선네 식구도 면으로 나갈 거다."

"…."

"뭐, 철수는 데꼬 가겄지."

"…."

"여그, 너허고 태수 엄마가 누운 곳에는 추석 때나 한두 번씩 오고 말이여."

달빛이 더 밝아져서 풀잎도 선명하게 드러났다.

"아버님 재혼 말이야."

식탁에 앉아서 꾸물거리던 김태수가 입을 열었을 때 최혜영이 몸을 돌렸다. 그리고는 들고 있던 수세미를 내려놓고 수돗물을 잠갔다. 오전 8시 반, 아이들은 다 학교에 갔고 집에 둘만 남았다. 최혜영의 표정을 본 김태수가 긴 숨부터 뱉었다.

"알아, 80 가까운 나이에 무슨 재혼이냐고, 어머니 돌아가신 지 1년도 안 되었지 않느냐고, 그리고 난데없이 새어머니를 또 모셔야 하느냐고, 할 말이 많은 거."

"또 있어."

정색한 최혜영이 거들었다.

"몇 년 같이 사실지 모르는데 유산 정리는 어떻게 하고?"

"아, 그거야 뭐…"

"아버님 부동산만 해도 20억 가깝게 된다면서? 그거 몇 년 사신 새어머니한테 얼마나 넘어가?"

"아이구, 그거야…"

"그런 식으로 넘기지 마."

정색한 최혜영이 말을 이었다.

"종근 아빠, 엄마하고도 얘기 했지만 나도 반대야, 못 모셔."

"…"

"그 꼴 못 봐."

"…"

"유산은 한 푼도 안 되고."

"…"

"미경 엄마가 서두르고 있다면 미경 엄마더러 모시라고 해."

"왜 이러는 거야?"

이제는 김태수의 얼굴도 굳어졌다.

"지금 우린 아버지 이야기를 하는 것이라고, 80 가까운 나이에 혼자 계시는 아버지 말이야."

"누가 뭐래? 지금 그 이야기 하지 않아?"

최혜영의 목소리도 높아졌다.

"아버지에 관련된 얘기 하는 거 아냐?"

"아냐, 아버지 주변 얘기만 했지 아버지 얘기는 안 했어."

"그게 그거 아냐?"

"뭐가 그게 그거야?"

식탁에서 일어선 김태수가 똑바로 최혜영을 보았다.

"나는 지금 혼자 돌아다니시는 아버지 얘기를 하는 거야."

김태수가 한 걸음 최혜영에게 다가갔다.

"우린 돌아가신 어머니 상처 때문에 아버지한테 소홀했어, 아니, 그 상처 속에 아버지를 넣고 따로 생각하지 않았어."

"…."

"어머니 상처가 너무 커서 아버지 재혼은 마치 어머니를 배신하고 우리들을 배신하는 것처럼 생각되었어, 우선 나부터 그랬으니까."

"…."

"아버지도 당연히 그러실 것이다, 하고 거의 묻지도 않았어."

"그런데."

김태수가 번들거리는 눈으로 최혜영을 보았다.

"야, 혜영아."

눈을 치켜뜬 최혜영을 향해 김태수가 얼굴을 일그러뜨리며 웃었다.

"아버지 인생이 몇 년 남았다고 하더라도 좀 외롭지 않게 해드리는 방법을 자식인 내가 생각해 보는 것이 도리 아니냐는 생각이 들더라."

"먼 소리야?"

최혜영이 갈라진 목소리로 묻자 김태수가 한 걸음 더 다가섰다.

"며칠 전인가 갑자기 아버지 재혼 생각이 났을 때 얼른 머릿속에서 지우려는 의식이 일어났어."

"…."

"그래서 지웠다가 정신이 번쩍 났어."

"…."

"아, 내가 그랬구나."

"…."

"내가 귀찮아했구나."

"…."

"어머니 핑계로, 아버지 나이 핑계로, 그리고 재혼한 새어머니와의 유산 핑계로, 그것에 무조건 거부 반응을 일으킨 것 같구나."

"…."

"그래서 아버지를 고려장시키는 것처럼 그냥 내버려두고 돌아가실 날만을 기다리고 있는구나."

"여보."

최혜영이 한 걸음 다가서며 부른 것은 김태수의 눈에서 눈물이 흘러내리고 있었기 때문이다. 다가선 최혜영이 손끝으로 김태수의 눈물을 닦아주었다.

"오버하지 마, 여보."

"오버 안 했어, 눈물만 났을 뿐이야."

"이해가 가."

어깨를 늘어뜨린 최혜영이 이제는 두 팔로 김태수의 허리를 감아 안더니 얼굴을 가슴에 묻었다.

"당신 참 착한 남자야."

전주 시내 팔복동의 조그만 커피숍 안, 오전 11시 15분, 정양숙이 핸드폰에다 지도까지 보내 줬지만 찾느라 애를 먹는 바람에 약속 시간에 15분 늦었다. 정양숙이 구이면 면사무소 근처에서 만나자는 것을 김선호가 굳이 전주 시내로 약속 장소를 잡은 것이다. 그러나 어색할 것으로 예상했던 둘의 만남은 금방 자연스럽게 풀렸다.

"어, 정 선생, 옛 모습이 그대로네."

정양숙을 본 김선호가 대뜸 반갑게 소리친 순간부터다.

"선생님."

김선호를 부른 정양숙의 눈에 눈물이 그득 고였다. 두 손을 모으고 선 정양숙은 마치 선생님 앞의 학생 같다.

"앉아, 정 선생."

앞자리에 앉은 김선호 또한 감개어린 표정으로 정양숙을 보았다. 32년 만에 만나는 것이다. 그때 정양숙은 35살, 딸 둘을 가진 교사였고 김선호는 45살로 갓 교장 발령을 받았던 때다. 마주보고 앉았을 때 김선호가 물었다.

"딸 둘이 있었지? 다 출가했겠구먼?"

"네, 손자 손녀가 넷이에요."

"어이구, 정 선생이 벌써 그렇게 되다니."

"저, 예순일곱이에요."

"그렇구먼, 내가 일흔일곱이니."

"그런데 전혀 그렇게 안 보이세요."

"정 선생도 그래, 나한테는 그때 30대 그대로야."

"아이구, 선생님도."

그때 종업원이 다가와 주문을 받아갔고 잠시 숨을 돌린 김선호가 정양숙을 보았다.

"33년을 혼자 살았어?"

"네."

쓴웃음을 지은 정양숙이 김선호의 시선을 받았다.

"애들 때문에요."

"애들 때문이라고?"

"그 어린것들을 데리고 어떻게 재혼을 해요?"

정색한 정양숙이 말을 이었다.

"저만 바라보고 있는 두 딸한테 어떻게 새아빠를 데리고 와요?"

"그렇지."

"정신없이 살았어요."

"내가 소문은 들었어."

"선생님은 행복하게 사셨어요, 사모님도 고통 없이 가셨다고 들었습니다. 정말 진심으로 애도를 표합니다."

"고마워."

종업원이 커피 잔을 놓고 갔다. 그때 다시 김선호가 물었다.

"그런데 갑자기 나하고의 인연 생각을 하게 된 동기는 뭐야?"

"그냥요."

"그냥이라니?"

"선생님이시라면 여생을 같이 보내도 좋겠다는 생각이 들었어요."

"그러면 쓰나?"

"네?"

"그렇게 소풍가는 것처럼 가볍게 생각하다니."

"소풍요?"

정양숙이 눈을 가늘게 뜨고 웃었다.

"그렇군요, 소풍."

"난 집사람 보낸 지 반년밖에 안 되었어."

"힘드시죠?"

"뭐가?"

"자식들 눈치 보는 거요."

숨을 들이켠 김선호가 시선만 주었고 정양숙의 말이 이어졌다.

"제가 그래요."

정양숙이 다시 차분해진 얼굴로 말을 이었다.

"자식들이 제가 나이 들수록 점점 힘들어 하는 것 같아요."

"…."

"손녀 손자 들이 어렸을 때는 그놈들 봐주는 역할이 있었는데요."

커피 잔을 든 정양숙이 한 모금을 삼키더니 지그시 김선호를 보았다.

"혼자 있으면 자식들을 의지하게 돼요, 선생님."

"…."

"그럼 자식들이 점점 부담을 느끼게 되고요."

"…."

"전 애들 결혼시키고 20년을 그렇게 겪었어요, 손녀 손자 들 봐주는 것으로 부담을 서로 덜어보려고 했지만 지치더군요."

"…."

"결국 혼자 남아요, 선생님."

"…"

"그래서 선생님과의 인연을 생각했던 거죠."

정양숙이 다시 눈웃음을 쳤다.

"그저 서로 지팡이 같은 역할이 필요하다는 생각이 들어서요."

"정 선생이 말을 잘하는군, 머리에 쏙쏙 들어와."

"저도 교장을 10년 넘게 했거든요."

"그렇군."

"연금은 선생님보다 많이 받을 걸요?"

그때 김선호가 천천히 머리를 끄덕였다.

"그래, 결국은 혼자 남는 거야."

정양숙이 다음 말을 기다리는 듯 시선만 주었다.

"어, 너, 웬일이냐?"

조길만 씨가 놀란 얼굴로 다가와 물었다. 오후 2시 반, 조길만은 시작한 지 얼마 안 되는 양봉을 하느라고 동분서주하는 중이다. 오늘도 벌통을 산기슭에 갖다놓고 늦은 점심을 먹은 참이다. 마을 회관 앞길에서 김태수를 만난 조길만이 다가가 섰다.

"아버지 만나러 왔어?"

"예, 지금 면에서 오고 계신다는구먼요."

김태수가 공손하게 말을 이었다.

"여기가 시원해서 기다리고 있었습니다."

"집에 아무도 없어?"

"예, 철수 혼자 있습니다."

"그놈도 니 아버지 닮아서 자주 싸돌아 댕기지는 않어."

조길만이 나무 그늘의 평상에 앉았으므로 김태수도 다시 앉았다. 평상은 은행나무 밑에 놓여서 그늘이 졌고 시원했다. 벌써 6월 말이다. 조길만이 김태수를 보았다.

"너, 여그 내려오기 힘들겄지?"

"예, 당분간은요."

"니 나이가 몇이더라? 쉰이냐?"

"예, 아저씨."

"사업을 하니까 정년도 없지 않냐?"

"예."

"니 아버지가 돌아가시면 여그는 빈집이 되겄다, 안 그냐?"

"글쎄요, 저는 아직…"

"생각 안 한 것이 아니라 생각허기가 싫겄지."

"…."

"금방이다, 야."

"예?"

"금방 갈 날이 온다고."

"…."

"니 아버지 재혼 이야기가 나왔다가 쏙 들어갔던디, 동수네가 반대를 헌다면서?"

"아니, 그게 아니라요…"

"여그는 다 안다. 누구네 강아지가 언다 똥을 쌌는가도 다 알어."

"…."

"마을이 손바닥만 헌 디다 우물 안 개구리처럼 밖에 나가지도 않고 안에서 개골개골 뒷소리만 허고 있응께…"

"…."

"너야 장남으로 어렸을 때부텀 성격이 원만혔지, 장남은 그려."

"…."

"부모야 다 자식 생각허다가 가는 거지."

조길만이 담배를 꺼내어 불을 붙이더니 연기를 길게 뿜었다.

"자식들은 지 입장만 생각허게 되는 것이고."

머리를 든 김태수를 향해 조길만이 빙그레 웃었다.

"너, 아버지허고 어머니 둘뿐이면 좋겄쟈?"

"무슨 말씀이세요?"

"니 아버지가 새어머니 데려오면 말이다."

"…."

"니 어머니가 안쓰럽게 느껴지쟝?"

"고생만 허고 일찍 가신 어머니가 더 외롭게 되실 것이라고 말이다."

"아저씨, 저는…"

"얼매 안 남었응께 그냥 혼자 기시다가 어머니 옆에 묻히셨으면 좋겄쟝?"

"아닙니다, 아저씨."

정색한 김태수가 머리를 저었다.

"전 그 말씀드리려고 왔어요."

"…."

"아버지가 좋으시면 모시고 오려고요."

"누구를 말이냐?"

"새어머니요."

"누구 있어?"

"미경이가 말해준 분도 있고…"

"내가 연락을 받었는디 안 헌디야."

"어쨌든 아버지 편하게 해 드리려고, 그 말씀드리려고 온 겁니다."

"잘혔다."

어깨를 늘어뜨린 조길만이 길게 숨을 뱉었다.

"역시 니가 다르구나."

"아닙니다, 동수도 곧 받아들일 겁니다. 동수가 저보다 나아요."

그때 발동기 소리가 들리더니 모퉁이를 돌아오는 붉은색 경운기가 보였다. 김선호가 운전석에 앉아 있다.

"응, 오래 기다렸냐?"

경운기를 세운 김선호가 조길만을 흘겨보며 김태수에게 말했다.

"저 사람하고 길게 말하면 안 된다, 득 될 일이 없다."

"예, 아버지."

김태수가 웃지도 않고 말하고는 경운기로 다가가면서 조길만에게 인사를 했다.

"아저씨, 먼저 가겠습니다."

"어, 그래."

자리에서 일어선 조길만이 김선호에게 시선도 주지 않고 말했다.

"네 아버지 이야기는 다 거꾸로 해석하면 된다, 저 나이 때는 으뭉해져서 말을 한 바퀴씩 돌리는 법이다."

마당의 수돗물로 손을 씻은 김선호가 토방으로 올라왔다.

"아버지, 희선이는 언제 옵니까?"

마루 끝에 앉아 있던 김태수가 묻자 김선호가 머리를 기울여 마룻방의 벽시계를 보았다. 오후 3시다.

"7시쯤 올 거다."

"미경이는요?"

"미경이가 학교 끝나고 가게에 들러서 지 엄마하고 같이 온다."

"그렇군요."

"너, 점심은 먹었냐?"

"예, KTX 타기 전에 용산역에서 사 먹었어요."

김선호가 마루 끝에 앉더니 마당 끝에 엎드린 철수를 보면서 말했다.

"철수 저놈이 혼자 자주 가."

"예?"

"거그 말이다."

"거그라니요?"

되물었던 김태수가 숨을 들이켰다. 어머니 산소를 말하는 것이다. 김태수의 시선이 철수에게로 옮겨졌다.

"철수가 간단 말입니까?"

"응, 혼자."

둘의 시선을 받은 철수가 엎드린 채 꼬리를 슬슬 흔들었다. 김선호가 말을 이었다.

"난 요즘 보름에 한 번 정도나 간다."

"…"

"할 이야기도 없고, 얼른 가지도 못하고 찾아 댕기는 것이 영 서먹혀서."

"서먹허시다니요, 아버지."

정색한 김태수가 김선호를 보았다.

"떠나고 남는 건 운명 아닙니까? 아버지, 어머니가 들으시면 화내실 겁니다. 아버지답지 않다고 말입니다."

"내가 항상 많이 알고 가르치는 애비가 아니다, 이제는."

"아버지."

"나도 판단력이 흐려지고 주관적이 된다, 자제력도 약해져서 시들어 가는 생명이다."

"아버지는 그렇지 않으세요."

"너도 알고 있을 거다."

김태수의 시선을 받은 김선호가 쓴웃음을 지었다.

"추태 보이기 전에 가야지, 하다가 어느 순간이 지나면 그 시기를 놓치고 만다는구나."

"아버지, 제가 오늘 온 건 아버지 재혼 문제 때문입니다."

불쑥 김태수가 말했으므로 김선호가 눈을 치켜떴다. 목요일이다. 평일에 내려온다는 연락을 받고 김선호도 짐작했다. 얼굴을 굳힌 김태수가 김선호를 보았다.

"제가 대근 엄마하고도 상의를 했어요, 아버지."

"내 일은 내가 알아서 할 테니까 놔둬라."

김선호가 한 마디씩 차분하게 말했다.

"희선이한테도 두 번 다시 꺼내지 말라고 했어, 그것도 추태이고 부담이다."

"그건 아버지 생각이시죠."

김태수가 말을 이었다.

"아버지는 여생을 아버지 혼자서 결정하실 수가 있습니다."

"언제는 내가 결정 안 했냐?"

"자식 눈치 보실 필요가 없어요, 아버지."

"안 본다."

"이렇게 외롭게 사실 것 없습니다, 아버지."

"외롭지 않다."

"자식들은 다 제 가족이 있어요, 아버지."

김태수가 굳은 얼굴로 김선호를 보았다.

"그러면서도 자식들은 제 위주로 생각한다니까요."

"아니다."

김선호가 머리를 저었다.

"너희들 생각이 맞다. 노욕을 부리지만 않으면 우리 가족은 무탈하게 이어진다."

"아버지."

김태수가 엉덩이를 들썩여 김선호 옆으로 다가가 앉았다. 두 눈이 번들거리고 있다.

"보세요."

김태수가 손으로 마당을 가리켰다. 철수가 다시 꼬리를 흔들었다.

"이렇게 아버지는 철수 꼬리만 보고 계시잖아요."

"허, 참, 갑자기 철수는."

"다 제 가족, 제 식구예요, 아버지."

"그렇지, 다 내리사랑이야, 그건 인류가 이어져 내려오는 근간이기도 하다."

"아버지, 자식들의 시선, 무시하세요, 제가 밀어 드릴게요."

"그만두자."

"제가 미경이한테 이야기해서 그, 교장 선생님으로 퇴직하셨다는 분

만나 볼게요."

"안 돼."

김선호가 눈을 크게 뜨고는 목소리를 높였다.

"버르장머리 없는 짓 하지 마라."

"아버지, 저, 그 일 때문에 왔습니다."

"안 된다."

머리를 저은 김선호가 목소리를 높였다.

"나는 다르게 살란다."

"아버지는 다르게 산다고 하신다."

김태수가 말하자 김동수는 이맛살을 찌푸렸다.

"그게 무슨 말이야?"

"글쎄, 그 말이 계속 귀에서 돌아."

손가락으로 제 귀를 가리킨 김태수가 길게 숨을 뱉었다. 오후 3시 반, 대전역 앞 커피숍에서 둘이 마주앉아 있다. 어젯밤 문촌리에서 자고 김태수가 서울 올라가는 길에 김동수를 만난 것이다.

"어젯밤에 희선이네하고는 아버지 이야기 못 했어. 그냥 한 서방하고 술 한잔했다."

"잘했어, 걔들하고 말할 필요 없어."

김동수가 커피 잔을 들면서 말을 이었다.

"재혼 안 하신다는 말로 들어도 되겠구먼."

"글쎄."

"아버지 연세가 곧 일흔여덟이야."

"아직 건강하셔."

"그래도."

어깨를 늘어뜨린 김동수가 혼잣소리처럼 말했다.

"어머니 돌아가신 지 일 년도 안 되었다고."

"아버지가 그냥 견디시라고 놔둬야할까?"

"뭘 견딘다는 거야?"

김동수의 눈빛이 강해졌다.

"외로움? 그건 둘이 같이 살아도 느낄 수 있는 거야, 인간은 다 그래."

"인마, 교수 같은 소리 말고."

"내가 모신다고 해도 절대로 안 한다고 하시는데 어쩌라고?"

김태수가 커피를 한 모금 삼키고는 김동수를 물끄러미 보았다.

"어머니가 계셨을 때도 우리는 따로였다는 생각이 안 드냐?"

"먼 소리여?"

"아버지, 어머니 따로, 내 가족 따로, 니 가족 따로, 희선이는 또…"

말을 그친 김태수가 심호흡을 하고 나서 김동수를 보았다.

"어머니가 가시고 나서 난 그게 느껴져, 아버지를 어떻게 해 드려야 하나 하고 우왕좌왕하는 나를 보면서 말이다."

"먼 소린지…"

"우리가, 아니, 내가 아버지를 압박하고 있지나 않는가 하는 생각으로 불쑥 아버지한테 내려간 거다."

"…."

"그랬더니 역시나더구나."

"…."

"아버지는 그냥 그렇게 사실 것 같다. 그러다가 어느 날 어머니처럼 우리 시야에서 사라지시겠지."

"…."

"너는 교수니까 더 잘 알겠지, 경제학에서 어디 딱 맞는 답이 있더냐?"

"갑자기 경제학은…"

"아버지가 우리를 의식하지 않으셨으면 좋겠다는 생각이 들더라."

"어머니를 잊으시면 안 되지."

"글쎄, 그건 아버지한테 맡겨두라니까?"

"형 본심이 그거였군."

"본심 같은 소리 하고 있네."

쓴웃음을 지은 김태수가 의자에 등을 붙였다.

그러더니 길게 숨을 뱉고 말했다.

"어머니가 보고 싶다."

눈을 가늘게 뜬 김태수가 김동수 뒤쪽의 벽을 물끄러미 보면서 말을 이었다.

"아침에 아버지한테 말 않고 어머니 산소에 갔어."

"…."

"희선이네는 모두 출근한 후에 말이다."

"…."

"아버지가 가게에 가신 사이에 갔는데 내가 밭두렁으로 나오니까 갑자기 철수가 앞장을 서더라."

"…."

"그놈이 내가 어디로 가려는지 아는 거야."

"…."

"난 철수 뒤만 따라갔어."

"…."

"내가 좀 늦으면 철수가 멈춰 서서 기다렸고, 그래서 또 같이 갔고, 산소에 갔더니 그놈이…"

김태수가 얼굴을 일그러뜨리고 웃었다.

"글쎄, 묘 옆에 딱 앉아서 내 절을 받는 거야, 그놈이."

"…."

"절을 두 번 하고 일어나는데 그놈 눈하고 마주쳤어, 그런데 그놈 눈이 꼭…"

김태수가 손바닥으로 눈을 닦았다. 그때 김동수가 외면하고 말했다.

"형, 나 몰라, 알아서 해."

김동수의 목소리가 떨렸다.

"욕심이지."

책상다리를 하고 앉은 김선호가 철수에게 말했다. 오후 4시 반, 7월 하순이어서 아직도 세상은 뜨겁다. 요즘은 무더위가 5월부터 계속되고 있다. 김선호가 지그시 철수를 보았다.

"다 욕심이여, 그 욕심이 인간을 살리는 동력이 되기도 하는 모양인디."

철수가 물끄러미 김선호를 보았다. 이제 철수도 머리를 땅바닥에 바짝 붙였고 두 다리도 앞으로 쭉 뻗었다. 길게 엎드린 자세였는데 긴 꼬리가 김선호의 말이 끝날 때마다 천천히 좌우로 두어 번씩 흔들렸다. 김선호가 손을 뻗어 잔디 사이에 박힌 잡초를 뽑아 던졌다. 지금 김선호는 오랜만에 윤수정의 묘 앞에 앉아 있다. 묘 옆에 철수가 나란히 엎드려서 김선호의 말을 듣는 중이다. 김선호가 다시 철수를 보았다. 철수에게 묘 안에 누운 윤수정의 혼이 들어와 있다.

"당신 생각은 어뗘? 물론 내 말이 맞다고 혔겄지, 당신이야 언제든지 내 말이 맞다고 혔지."

철수가 꼬리를 두 번 치고 내렸다.

"태수가 내 옆에 누구를 데려온디야, 그, 정 선생, 당신도 기억헐랑가?"

"…."

"예순일곱이래여, 내가 이런 이야기는 안 헐라고 혔지만…"

"…."

"자다가 깨었을 때가 가장 싫어, 밤에 깨었을 때 말여."

"…."

"옆에 누가, 그려, 아무라도 옆에 누워 있었으면 좋겄다는 생각이 들어."

"…."

"그럴 때는 자식들 생각이 안 나, 다 즈그들 자식들이 있지 않는가?"

"…."

"당신이 옆에 있을 때는 이런 생각이 안 들었지, 내가 인자 이 세상에 필요 없는 인간이 되었다는 생각 말여."

"…."

"갈 때가 되었다는 눈치들이 보여, 내가 쫓겨 댕기는 신세 같다니까."

"…."

"나, 어쩌면 좋은가?"

철수가 눈도 깜박이지 않고 쳐다보고 있었으므로 김선호가 다시 물었다.

"내 생각을 당신은 알겄지만 입으로 말혀야겄네."

"…."

"떠나고 싶네."

"…."

"지난번 파리 갔을 때 거그서 당신 따라서 가고 싶었는데, 당신도 알고 있겄지만 말여."

"…."

"이곳저곳 돌아 댕기다가 지치면 목을 매어 죽을라고 혔지 않은가? 그때가 가장 죽기 좋았는디."

"…."

"돌아와서 사는 건 기름 얼매 안 남은 경운기처럼 되어가고 있네, 인자 얼매나 더 움직일지 모르겄어."

"…."

"자식들이 내 걱정 해주는 것이 싫어, 당신허고 둘이 있다면 견디겄는디 지금은 아녀."

"…."

"내 욕심은 놓고 갈라고 혀."

"…."

"외롭게 죽지 않을라는 욕심 말여."

"…."

"내가 또 초상을 치루겄는가?"

그때 철수가 앞다리를 더 쭉 뻗고 나서 뒷다리부터 세우고 일어섰다. 그러더니 몸을 흔들어 먼지와 잡풀을 떨어내었다. 김선호가 덩달아 따라 일어서며 물었다.

"당신, 내 말 들었능가?"

철수가 꼬리를 쳤지만 이제 김선호는 무덤을 두 손으로 짚고 안을 들여다보는 것처럼 말했다.

"이봐, 태수 엄마, 나 가네."

김선호의 눈에서 눈물이 떨어졌다. 눈물은 묘의 뗏장 속으로 들어가 흔적도 없이 사라졌다.

"이 사람아, 왜 먼저 가서 나를 이렇게 힘들게 하는가?"

눈물이 계속 떨어지고 있었으므로 김선호는 올해 가뭄이 심하다는 생각이 났다. 뗏장 일부분도 누렇게 시드는 중이다.

"나 인자 여그 못 올지도 몰라."

김선호가 시든 뗏장을 손바닥으로 쓸면서 말을 이었다.

"이보게, 윤수정, 수정아, 나 간다."

그때 철수가 다가와 김선호의 다리에 몸을 비벼대었다. 그것을 느낀 김선호가 통곡했다. 모처럼 소리 내어 운 것이다.

점심을 먹고 가게로 돌아온 김희선에게 한상호가 물었다.

"이번에 형님이 아버지 재혼 문제로 내려오신 거야?"

"내 생각에 그래요."

점심시간이어서 가게에는 둘뿐이었으므로 김희선이 앞쪽 소파에 앉았다.

"우리한테는 오빠가 말 안 했지만."

"아버지하고는 말씀하셨을까?"

"얘기했을 것 같아."

머리를 기울였던 김희선이 말을 이었다.

"큰오빠는 아버지가 재혼하시는 것이 낫다고 생각하는 것 같긴 한데…"

"정말?"

"응, 오빠 성격도 그렇고…"

"직접 이야기 해봤어?"

"아니, 직접은 안 해봤지만…"

"둘째 형님은 반대 아냐? 그쪽 형수하고."

"작은오빠는 성격이 불같아서."

"…."

"작은오빠는 내가 재혼 이야기 꺼냈다고 나하고는 이제 말도 안 하려고 해."

"나서지 마."

한상호가 머리를 저으면서 말했다.

"가족 간 민감한 문제야, 당신이 아버님 생각해서 그랬지만 오빠들 생각이 다를 수도 있으니까 말이야."

"같이 사는 내 이야기도 좀 들어야지, 안 그래?"

김희선의 눈썹이 치켜 올라갔다.

"아버지가 아침에 멍한 얼굴로 방에서 나오는 걸 봐야지, 얼마나 가슴이 미어지는데."

김희선의 목소리가 떨렸고 얼굴은 상기되었다.

"요즘은 능력 있으면 나이 80이 되어도 다 재혼해, 치매 걸린 할아버지도 재혼하는 걸 봤어."

"그거야 그렇지."

"작은오빠는 자기 생각만 하는 거야, 아버지가 얼마나 외롭게 사는

지 몰라서 그래."

"진정해."

입맛을 다신 한상호가 소파에 등을 붙였다.

"그러다가 형제간 우애 상하겠다. 당신 형제 얼마나 우애가 좋았어? 그런데 요즘 좀 삐걱대는 것 같아, 아버지 일로."

그렇다. 요즘은 김동수는 물론이고 정영아, 서울의 최혜영한테서도 연락이 안 온다. 김희선이 재혼 이야기를 꺼낸 후부터다. 김동수가 거부 반응을 보인 후에 정영아한테서도 연락이 왔었다. 김희선에게 누구를 소개할 것이냐고 꼬치꼬치 묻더니 나중에 한 말이 가슴을 쳤다.

"아버지 모시는 게 힘들죠?"

부드럽게 말했지만 김희선은 심장이 덜컥 내려앉는 느낌을 받았던 것이다. 그래서 당황한 김희선은 아니라고 해놓고 그 후론 입을 닫아 버렸다. 물론 김희선은 그 이야기를 한상호에게 하지 않았다. 그때 탁자 위에 놓인 핸드폰이 울렸으므로 김희선이 들고 발신자부터 보았다. 김희선의 표정을 본 한상호가 물었다.

"누구야?"

"큰오빠."

심호흡을 한 김희선이 핸드폰을 귀에 붙였다.

"네, 큰오빠."

"어, 가게냐?"

"네, 가게에 있어요."

"한 서방도 있어?"

"네, 옆에 있어요."

"저기, 바쁠 텐데 용건만 말할게."

"네, 오빠."

"아버지 재혼 말이다."

"네."

"내가 그분 가족한테 전화로 이야기해보았는데 그쪽은 아주 적극적이더구나, 딸 둘하고 다 통화했어."

"어, 어떻게 알게 되셨는데요?"

"동수한테서 연락처 받았다. 네가 동수한테 중매 아줌마 전번 알려주었잖아?"

"네."

"그 아줌마 통해서 그쪽하고 연락했다."

"그렇군요."

"그쪽하고 만나기로 했으니까 너도 같이 만나야겠다."

"오빠, 작은오빠는요?"

"동수는 나한테 맡긴다고 했다."

"…."

"네 작은오빠 심지가 깊은 사람이야."

"알아요, 그런데 오빠."

"뭐냐?"

"아버지는요? 허락하셨어요?"

"아냐, 그건 내가 다시 말씀드릴 생각이다. 아마 동수하고 너도 같이 아버지를 만나 이야기를 해야겠지."

그러고는 김태수가 길게 숨을 뱉었다.

"아버지, 내일 전주에 가세요?"

김대근이 앞쪽 소파에 앉으면서 물었다. 오후 8시 반, 오늘은 가족이 모처럼 다 모여서 저녁식사를 했다. 한 달에 한두 번 정도나 이렇게 모인다. 김대근은 대학에 다시 복학했고 영근이 이제 고2, 서현이 중2여서 제각기 과외 공부로 모일 날이 드물다.

"응, 내일 자고 모레 돌아온다."

리모컨으로 TV 음 소거를 시킨 김태수가 김대근을 보았다. 할머니 돌아가시기 전부터 김대근은 할아버지 김선호는 물론이고 김태수의 신임을 받았다. 이제는 김태수가 김대근의 말이라면 믿는 분위기다. 김대근 본인도 그것을 의식하고는 행동이 더 신중해졌다. 최혜영은 주방에서 설거지를 하는 중이었고 영근, 서현은 각기 제 방에 있다. 그때 김대근이 물었다.

"아버지, 할아버지 재혼 문제로 가세요?"

"응, 그것도 있고."

조금 어색해진 김태수가 얼버무렸다. 최혜영하고 가끔 재혼 이야기하는 것을 김대근이 들은 것이다. 김태수가 불쑥 물었다.

"넌 어떻게 생각하냐? 할아버지 재혼 말이다."

"글쎄요."

정색한 김대근이 눈을 가늘게 뜨고 김태수를 보았다.

"전 자꾸 생각이 나요, 할아버지가 떠오를 때 말이죠."

그때 최혜영이 다가와 김대근 옆쪽에 앉았다. 듣고 있었던 것 같다.

"무슨 생각 말이냐?"

김태수가 묻자 김대근이 초점이 흐려진 눈으로 시선을 주었다.

"저하고 할아버지가 파리 갔을 때요."

둘의 시선을 받은 김대근이 말을 이었다.

"베르사유 궁전을 갈 땐데 할아버지가 할머니 털신을 신고 가셨어요."

"…."

"신발이 작아서 할아버지는 뒤축을 구부려 신었어요."

"…."

"왜 할머니 신발을 가져오셨냐고 물었더니 편하다고 하셨어요, 제가 이야기 했죠?"

"…."

"그런데 나중에야 알았어요, 할머니한테 파리 땅을 밟게 하시려고 그런 것을요."

김태수와 최혜영이 마주보았지만 입을 열지는 않았다. 김대근이 말을 이었다.

"파리 갔다 와서 문득 할머니 신발 생각이 나서 찾아보았더니 없더라고요."

"없어?"

최혜영이 물었고 김대근이 머리를 끄덕였다.

"신발장까지 다 뒤졌는데도 없었어요, 할아버지가 버리셨을 리는 없고."

"…."

"안방 옷장까지 다 뒤졌다니까."

"할아버지가 할머니 참 사랑하셨는데, 두 분한테는 사랑이라는 말도 어울리지 않는 것 같아요."

"그럼 뭔데?"

김대근 상대는 최혜영이 한다. 김태수는 초점이 먼 눈동자로 둘을 번갈아 보기만 했다. 김대근이 대답했다.

“그냥 한 몸처럼 사시는 것, 떨어져 다니시지만 그냥 한 개, 글쎄, 뭐라고 할까…”

“영혼 말이냐?”

불쑥 김태수가 묻자 김대근이 얼른 머리를 끄덕였다.

“그게 어울리는 것 같네요, 아버지.”

“….”

“그래서요.”

김대근이 둘을 번갈아 보면서 말을 이었다.

“난 아버지, 어머니가 할아버지 재혼 이야기 하시는 걸 듣고 좀 그랬어요.”

“그랬다니?”

이번에는 김태수가 물었다. 눈동자의 초점도 잡혀 있다. 김대근이 대답했다.

“할아버지를 놔두시는 게 나을 것 같다는 생각이 들어요.”

“무슨 말이야?”

최혜영이 묻자 김대근은 헛기침을 했다.

“할아버지한테 자꾸 그러시는 거, 오히려 더 불편하게 해드리는 게 아닌가 하는 생각이 들더라고요.”

“….”

“지난번 제가 파리 따라간 것, 할아버지 감시하러 간 것 아니었어요? 저도 그때 할아버지가 어떻게 되실까 걱정했었지만…”

심호흡을 한 김대근이 말을 이었다.

“할아버지한테 죄송했어요. 아버지, 할아버지를 그대로 놔 드렸어야 했어요, 저는 요즘에야 그 할머니 신발이 어디에 있는가 짐작을 하거든요."

오늘은 고추밭에 구엔과 동생 카모라가 나왔다. 카모라는 24세, 다옥의 동생이기도 하다.

"구엔, 너도 결혼을 해야 될 것 아니냐?"

김선호가 묻자 구엔이 빙그레 웃었다. 검은 얼굴, 마른 체격이었지만 웃는 얼굴이 밝고 선하게 느껴진다. 32세로 9살, 7살짜리 딸과 5살짜리 아들이 있다.

"해야지요."

말귀는 제법 알아듣지만 표현은 그 반도 안 되는 터라 구엔이 더듬대며 대답했다. 다옥의 말을 들으면 베트남에서 사귀던 여자가 있다고 했다. 밭을 매던 카모라가 구엔에게 월남어로 말했다.

"선생님, 카모라가 집에 가도 되느냐고 묻는데요."

"어이쿠."

손목시계를 본 김선호가 웃음 띤 얼굴로 카모라를 보았다.

"카모라에게 1시간 수당을 더 준다고 해라. 그렇지, 6만 원 주겠다."

김선호가 손가락 여섯 개를 펴 보였다. 오후 2시 반이 되어가고 있었던 것이다. 오전 8시부터 오후 2시까지 점심시간 1시간 빼고 5시간 일당이 5만 원이다. 그런데 카모라는 가라는 소리를 안 해서 30분을 더 일하고 있었던 것이다. 구엔의 말을 들은 카모라가 이를 드러내고 웃더니 두 손을 모으고 김선호에게 절을 했다. 단정한 자세다.

"고맙심다."

"오냐."

"안녕하세요."

인사를 한 카모라가 밭두렁을 따라 내려가자 김선호가 다시 일을 시작하면서 구엔에게 말했다.

"구엔, 시내에서 일하고 싶지 않냐? 공사장이나 가게 같은 곳 말이다. 대개 사람들 많은 도시로 나가려고 하던데, 넌 어떠냐?"

알아듣기 쉽게 띄엄띄엄 말했더니 구엔이 소리 없이 웃었다.

"전 농사만 지어서 다른 일은 못해요."

"그렇구나."

"그리고 사람 많은 것은 싫어요."

"왜?"

"서로 웃고 이야기 하지만 힘들어요."

"왜?"

"다릅니다."

"뭐가?"

"사는 것."

"어떻게?"

"고기 먹는 사람, 생선 먹는 사람, 국수 먹는 사람."

구엔이 흙 묻은 손을 꼽으면서 열심히 말했다.

"자동차 있는 사람, 오토바이 있는 사람, 아무것도 없는 사람."

"…"

"다 다른 것이 싫어요."

"그렇구나."

"여긴 같습니다."

다시 호미로 골을 만들면서 구엔이 손등으로 이마의 땀을 닦았다.

"선생님하고 같이 일하고, 같습니다."

"그렇지."

"선생님, 결혼하세요?"

"응?"

놀란 김선호가 잡초를 밭두렁에 버렸다. 김선호의 시선을 받은 구엔이 태연하게 말을 이었다.

"따옹한테서 들었습니다."

다옥이야 한국말도 이제 선수니까 이창수 부부가 주고받는 말을 들었을 것이다. 구엔이 말을 이었다.

"선생님 자식들은 결혼하라고 합니다. 그런데 선생님은 싫다고 하십니까?"

"맞다."

"마음에 안 드십니까?"

"그래."

"왜 안 드십니까?"

"일도 못할 것 같아서 그런다."

귀찮은 김에 바로 그렇게 대답했더니 구엔이 머리를 끄덕였다.

"선생님, 다음부터 제 어머니도 일을 시켜 주십시오."

"그러지."

"제 아이들을 보고 있지만 어머니도 일하려고 합니다."

"그러는 게 낫지."

"어머니가 카모라보다 낫습니다. 카모라는 한국말 배우면 미용 학원에 다닌다고 합니다."

"그래야지."

머리를 든 김선호가 구엔에게 물었다.

"네 어머니 몇 살이냐?"

"예, 57살입니다."

그러더니 구엔이 생각난 듯 말했다.

"우리 어머니, 혼자 사신 지 20년이 넘었습니다, 선생님."

대전 김동수의 아파트에 세 자식이 모였다. 오후 1시 반, 김태수는 서울에서 KTX로 내려왔고 김희선은 고속버스로 전주에서 올라온 것이다. 최혜영과 한상호가 참석해야 되었지만 세 자식은 다 모인 셈이다. 응접실 소파에는 세 자식과 정영아까지 넷이 둘러앉았다. 집안에는 넷뿐이다. 평일 오후였기 때문이다. 김태수가 먼저 입을 열었다.

"내 입장을 먼저 말할게, 이건 나하고 대근 엄마하고 같은 생각인데…"

김태수의 얼굴에 쓴웃음이 번졌다.

"대근이한테서 조언을 들었는데 솔직히 대근이 의견이기도 해."

"뭔데?"

김동수가 긴장을 풀지 않은 얼굴로 물었다.

"뜸들이지 말고 말해, 형."

"나, 아버지 놔 드리기로 했다."

"먼 소리여?"

김동수가 묻자 김희선이 거들었다.

"그럼 아버지 뜻대로 하시게 한다는 말인가요?"

"맞아."

"먼 소리여?"

다시 김동수가 묻더니 이마에 주름을 잡았다.

"아버지 뜻이 뭔데?"

"글쎄."

김태수가 얼버무렸을 때 정영아가 가볍게 헛기침을 했다.

"아세요?"

그러자 모두의 시선이 모여졌고 정영아가 말을 이었다.

"아버님이 그분을 만나셨어요."

"그분이라뇨?"

김희선이 묻자 정영아의 얼굴에 쑥스러운 웃음이 번졌다.

"그분, 교장으로 정년퇴직하셨다는 분. 저기, 전에 아버님이 교장이었을 때…"

"언제요?"

김희선이 다시 물었다. 긴장으로 굳어진 얼굴이다.

"좀 돼요, 그분 딸들한테서 들었어요."

정영아가 말을 이었다.

"아버님이 가타부타 말씀은 안 하셨지만 만나시기는 할 것 같아요."

김태수는 눈만 껌벅였지만 김희선이 셋을 둘러보았다. 그때 김동수가 말했다.

"뭐, 아버지가 그러시는데 말릴 수는 없지, 그렇다고…"

김동수가 외면한 채 말을 이었다.

"솔직히 말해서 난 아버지한테 그러시라고 권하지도 못하겠어."

"그렇다면 작은오빠는 큰오빠처럼 아버지 하시는 대로 맡긴다는 뜻인가요?"

김희선이 묻자 김동수는 머리를 저었다.

"아니, 난 새어머니 못 봐."

“그럼요?”

“그렇다는 거지 뭐.”

김희선의 시선이 정영아에게로 옮겨졌다.

“언니는요?”

“내가 아버님 하시는 일을 어떻게…”

정영아가 외면한 채 말을 이었다.

“난 빼줘요.”

“언니.”

“전 의견 말 안 해요.”

정영아의 목소리가 떨렸고 얼굴도 상기되었으므로 방안은 잠깐 정적에 덮였다. 가족 중에서 윤수정에 대한 미련과 애착이 가장 강한 사람이 정영아였다. 그것을 모두가 아는 터라 정영아한테는 한 수 접어주고 대한다. 이윽고 김태수가 다시 입을 열었다.

“놔 드리자.”

이제는 모두 입을 다물었고 김태수가 말을 이었다.

“그냥 아버지가 어떻게 하시는가 보기만 하자.”

김태수의 시선이 김동수에게로 옮겨졌다.

“네 입장도 잘 알겠어, 그리고 제수씨 입장은…”

방안에 다시 정적이 덮였을 때 정영아가 자리에서 일어섰다. 머리를 들었던 김태수는 숨을 들이켰다. 정영아의 눈에서 눈물이 흘러내리고 있었다. 정영아가 방으로 들어가 버렸을 때 셋이 서로의 얼굴을 보았다. 김동수도 정영아가 우는 것을 본 것이다.

“그래, 이런 일로 아버지를 비난하거나 만류할 자격이 없어, 우리는.”

김동수가 가라앉은 목소리로 말했다.

"나도 형처럼 놔둘 거야."

그 놔둔다는 의미가 김태수하고는 내용면에서 다를 것이었다. 김희선은 입을 다물었고 김동수가 말을 이었다.

"아버지를 이해하도록 노력해볼게."

김태수는 여전히 입을 열지 않았다. 만나지 않고, 연락도 않고 이해하려고 한다는 것은 결국 멀어지면서 잊힌다는 의미나 같다. 그것을 김동수도 안다.

"어, 왔냐?"

토방에 앉아 있던 김선호가 반갑게 윤재일을 맞았다. 그러고는 웃음 띤 얼굴이 금방 굳어졌다. 윤재일의 뒤로 여자 하나가 따라 들어왔기 때문이다. 그때 윤재일이 말했다.

"형님, 저하고 같이 사는 사람입니다."

"응? 같이 살아?"

"예, 같이 산 지 두 달 되었습니다."

그러더니 윤재일이 여자한테 말했다.

"인사해."

"예, 전 오금순이라고 합니다."

여자가 두 손을 앞으로 모으고는 공손하게 인사했다. 목소리도 곱고 얼굴도 얌전하게 생겼다. 특히 다소곳한 표정이 교양 있게 보였으므로 김선호는 가슴이 따뜻해지는 느낌이 들었다.

"어, 잘 오셨어요."

목소리도 부드럽게 나온다. 여자가 조심스러운 표정으로 김선호를 보았다.

"늦었지만 사모님 떠나신 일에 조의를 전해 올립니다."

"으음, 고맙소."

김선호가 머리를 끄덕였다. 갖가지 표현이 있지만 가슴에 와 닿는다.

"자, 안으로 듭시다. 너도 들어오너라."

김선호가 앞장서 마룻방으로 들면서 말했다. 평일 오전 11시, 윤재일이 온다고 해서 집에서 기다리고 있었는데 둘이 같이 온다고는 안 했다. 마룻방에 셋이 둘러앉았을 때 윤재일이 말했다.

"뭐, 서로 자식들 딸린 터라 식 올리고 자시고 할 것 있습니까? 아파트 하나 얻어서 그냥 삽니다, 형님."

"그렇구나."

"하지만 저한테는 유일한 친척이신 형님께 인사는 올려야겠다 싶어서요."

"그래?"

"정인이하고 일주일에 한 번쯤은 같이 만납니다, 형님."

윤재일이 들어올 때 양손에 보따리 하나씩을 쥐었고 여자도 뭔가를 들고 왔다. 들고 온 보따리를 들어 김선호 앞에 놓으면서 윤재일이 말을 이었다.

"형님 드시라고 홍삼하고 꿀을 좀 사왔습니다."

"어, 그래, 뭘 이렇게…"

보따리를 보았더니 단단히 싼 것만으로도 정성이 드러났다. 그때 윤재일이 집안을 둘러보는 시늉을 했다.

"본채에서 형님이 혼자 계시지요?"

"응, 그래."

"옆채로 미경이도 옮겨갔다면서요?"

"…."

"문간방도 비었겠네."

"네가 다시 올 테냐?"

"아닙니다."

머리를 저은 윤재일이 흐려진 눈으로 김선호를 보았다.

"유진이 이모가 거들어 주는가요?"

"응, 유진이 외할머니하고 번갈아서 일해 줘, 그, 외할머니 음식 솜씨가 좀 낫거든."

"그렇군요. 희선이가 한 서방 가게에서 같이 일한다니까 할 수 없지요."

"가게가 잘돼."

"결혼 잘했어요, 형님."

윤재일이 어깨를 늘어뜨리며 덧붙였다.

"누님이 잘 사는 걸 보시고 갔어야 했는데요."

"오늘 자고 가라, 빈방도 많으니까, 저녁때 한 서방도 만나고."

"아닙니다, 형님. 누님께 인사만 드리고 갈랍니다."

윤재일이 엉거주춤 일어섰으므로 김선호가 따라 일어섰다.

"어디 가려고?"

"누님 산소에요."

윤재일이 들고 왔던 보따리 하나를 눈으로 가리키며 말했다.

"제사지내려고 전까지 다 부쳐왔어요, 형님."

"그럼 같이 가자."

그래서 김선호는 윤재일 식구와 철수까지 같이 밭길을 걸어 산소로 향했다. 가다가 박복수를 만나 서로 인사를 하느라고 지체되었는데 곧 문촌 마을에 윤재일이 식구를 데리고 왔다는 소문이 확 퍼질 것이다. 산소에 닿은 윤재일이 제사상을 차리면서 훌쩍이기 시작하더니 절하면서는 통곡을 했다. 옆에 서 있던 김선호도 마침내 따라 울었는데 모처럼 눈물이 쑥쑥 빠졌다. 윤재일의 울음은 좀처럼 그치지 않았다. 10월 말이어서 산골바람은 서늘했고 벌써 진 낙엽들이 부스럭거리며 흩어졌다. 곧 겨울이 올 것이다. 김선호가 마침내 윤재일의 등을 만지며 말했다.

"재일아, 누나가 너 잘된 것 좋아하실 거다. 이제 가자."

전주 팔복동의 커피숍 안, 오전 10시 반, 막 자리에 앉은 김선호가 정양숙에게 말했다.

"요즘은 아침잠이 더 없어져서 5시면 일어나, 그래서 밭에 나갔다가 씻고 여기 온 거여."

"부지런하세요."

정양숙이 얼굴에 주름을 잡으면서 웃었다.

"전에 교장으로 계실 때도 그랬어요, 항상 제일 먼저 출근하셨지요."

"그랬던가?"

주문한 커피가 놓이자 김선호는 커피숍 안을 둘러보았다. 손님은 그들 둘뿐이다. 커피를 갖다놓은 종업원도 아예 주방 안으로 들어가 버려서 둘만의 공간이 되었다.

"곧 겨울이 오겠네."

커피 잔을 든 김선호가 혼잣소리처럼 말했다.

"곧 1년이 되어가는구먼."

"세월이 참 빨라요, 선생님."

김선호를 바라보며 정양숙이 말했다.

"금방 가요."

"금방 씻긴단 말인가?"

"일부러 날짜를 셀 필요 없다고요."

"무의식중에 세는 거야."

"나중에 보니까 무의식이 아니더라고요."

"인간이 그러면 안 돼."

그때 정양숙이 웃었다. 그 웃음이 쓸쓸하게 보였으므로 김선호가 우두커니 시선만 주었다. 정양숙이 다시 물었다.

"왜 그렇게 보세요?"

"큰아들한테서 전화가 왔어."

"…."

"아버지 뜻대로 하세요, 저희들 신경 쓰지 마세요, 하네."

"…."

"내가 저희들한테 신경 쓰고 있는 줄 알았던 모양이야."

"그럼 안 쓰셨어요?"

한 모금 커피를 삼킨 정양숙이 다시 쓸쓸하게 웃었다.

"혼자 산 지 수십 년이 지난 저도 아직 자식들한테 신경을 쓰는데요."

"그게 당연한 것 아닌가?"

"당연한 것 아녜요."

허리를 반듯이 세운 정양숙이 말을 이었다.

"지금 생각하면 억울해요."

"저런."

"저희들 머릿속에는 저희들만의 어머니로 남기를 바라놓고는 저희들은 제 자식들한테 쏟아요, 저희들의 가족이죠."

"…."

"저는 그 가족에 끼어 있지 않았어요."

"…."

"저희들 부모를 위한 공간은 없어요, 제 자식들 것뿐이에요."

"…."

"우리는 좋은 추억을 위한 장식물이죠, 거기에 흠집이나 이물질이 끼면 안 돼요."

"…."

"그 이물질이 되었어요, 우리가요."

김선호가 정양숙의 두 눈이 번들거리는 것을 보고는 외면했다. 커피숍 안이 서늘했다. 손님이 둘뿐이어서 히터도 켜놓지 않은 것이다. 김선호가 입을 열었다.

"무작정 살기는 싫어."

"…."

"아침에 일어나면 고추밭 일을 할 것이 떠오르지만 그게 꼭 컴퓨터에 입력시킨 느낌이 들더라고."

"…."

"인간이 옆에 있어야 희망이 만들어지는 모양이야, 난 인간에서 멀어져 가."

"…."

"이러다가 시들시들해지고, 곧 일어나지 못하게 된다는 것이 싫어."

"…."

"그런데 신경 쓰지 말라니, 아버지 뜻대로 하라니? 애들이 알고나

하는 말인지 모르겠네."

김선호의 얼굴에 웃음이 번졌다. 정양숙과 시선을 맞춘 김선호가 물었다.

"외로웠어?"

"요즘 더 그래요."

"정 선생은 훌륭해."

"선생님."

정양숙이 눈을 크게 뜨고 김선호를 보았다.

"큰아들 말대로 신경 쓰시지 말고 저하고 같이 살아요."

"…."

"1년이 되었건 3년이 되었건 제가 옆에 있어 드릴게요."

"…."

"저도 선생님이면 의지하고 살겠어요."

정양숙의 눈에 눈물이 고여 있다.

"그래요, 자식들이 거북해하면 떠나 있어 주지요. 뭐, 그쯤 감당 못하겠어요?"

"아이구, 정 선생."

쓴웃음을 지은 김선호가 길게 숨을 뱉더니 말을 이었다.

"내 나이에는 인연이 죄여, 그런 생각이 드는구먼."

그러더니 물끄러미 정양숙을 보았다.

"아버지, 식사하셨어요?"

김동수가 묻자 김선호는 손목시계부터 보았다. 오후 1시 반, 점심시간이 지났다.

"응, 먹었다."

아침도 먹지 않았지만 김선호가 대답했다. 11월 말이어서 싸늘하다 햇살은 밝은데 생기가 없는 빛이다. 눈발이 한두 점씩 떨어지는 밭길을 걸으면서 김선호가 통화를 한다.

"지금 밭이세요?"

"응, 밭에 간다."

귀찮아서 그렇게 말했지만 실은 병원에 가는 중이다. 이틀 전, 팔복동에서 정양숙을 만난 후에 병원에 가서 CT 촬영을 했기 때문이다. 혈압약을 받지 않아서 김동수가 가서 받아온 후로 착실하게 의사 말을 따랐다. 그러다가 지난주에 정기 검진을 받고 나서 CT 촬영을 하라는 의사의 권고가 있었던 것이다. 예전 같으면 의사의 말에 가슴이 덜컹거렸지만 지금은 담담하다. 윤수정의 과정을 지척에서 겪었기 때문일 것이다. 막상 남의 죽음엔 덤덤하다가도 자신에게 닥치면 당황하는 것이 보통 사람들이다. 그리고 그것이 정상이기도 하다. 서동리까지 동네 사람 경운기를 얻어 타고 전주행 버스를 탄 김선호가 창밖을 무심한 표정으로 내다보았다. 이제 윤수정이 간 지 1년이 된다. 하루하루가 10년씩 지나가는 것 같더니만 지나고 나니까 눈 깜박한 시간처럼 느껴졌다. 창밖으로 제법 큰 눈송이가 흩어지고 있다. 마른 나뭇가지 위로 눈송이들이 하늘거리면서 떨어진다. 정양숙은 자신의 말을 잘못 알아들은 것 같다고 김선호는 생각했다. 인연이 죄라고 했는데도 어제 또 전화가 왔다. 받지 않았더니 이제 연락이 오지 않는다. 김선호가 병원의 내과 교수실에 들어갔을 때는 오후 3시 반이다.

"아이고, 선생님, 오셨어요?"

40대 중반쯤의 오 교수가 정색한 얼굴로 김선호를 맞았다. 오 교수는 김선호가 전직 교장 선생이란 것을 안다. 하루에도 백여 명씩 환자를 맞으면 기계적이 되기 마련이다. 오 교수는 그것을 피하려고 애를 쓰는 기색이 역력했다. 오 교수는 이미 CT 촬영한 사진을 여러 장 준비해놓고 있었는데 곧 벽에 걸린 사진을 짚으며 설명했다.

"처음에는 위암인 줄 알았는데 아니었습니다. 여기 화면이 흐린 것은 빛이 들어가 잘못 찍힌 것이었네요."

오 교수가 그 옆쪽 사진을 가리켰다.

"여기 보십시오, 깨끗하지 않습니까? 선생님은 이상 없으십니다."

"내 나이에 이상이 없는 것이 이상하지요."

마침내 김선호가 말했다. 오 교수의 시선을 받은 김선호가 쓴웃음을 지었다.

"최악의 경우를 예상했더니 의외로 차분해지더군요, 그런데 이렇게 선생님 말씀 들으니까 가슴이 뛰닙니다."

"아아, 예."

"모르시겠지만 꼭 1년 전에 제 처가 췌장암으로 갔습니다. 그래서 가벼워졌는지 모릅니다."

"아아, 예."

"아이구, 바쁜 시간을 빼앗았군요."

김선호가 서둘러 일어서자 오 교수가 소맷자락을 잡았다.

"아닙니다, 선생님. 조금 더 앉아 계세요, 시간 있습니다."

"밖에서 기다리던데요."

"급한 분들은 아닙니다."

웃음 띤 얼굴로 말한 오 교수가 말을 이었다.

"혼자 계세요?"

"아니, 딸 식구들하고 같이 삽니다."

"지난번 심장혈관센터에서 약을 타지 않으셨다가 아드님이 가져가셨지요?"

"예, 어떻게 아십니까?"

"선생님 주치의가 말해주었습니다."

"제가 유명 인사가 되었군요."

"저도 아버지가 3년 전부터 혼자 계셔서요."

"아아."

"예순아홉인데 광주에 계세요."

"그럼 재혼하시는 것이 낫겠네요."

저도 모르게 불쑥 말한 김선호가 심호흡을 했다.

"옆에 사람이 있는 것이 낫습니다. 혼자 바쁘게 살면서 잊으려고 해도 사람이 옆에 있는 것 보다 못합니다."

오 교수는 시선만 주었고 김선호가 말을 이었다.

"자식들이 아무리 애를 써준다고 해도 한계가 있어요, 그러니 옆에서 숨넘어가는 것을 지켜볼 사람이 있는 것이 낫습니다."

갑자기 목이 메었으므로 김선호가 헛기침을 했다.

"그게 혼자 계시는 아버님한테 좋으실 겁니다."

밤에 내린 눈이 음지에 조금 쌓였지만 오늘은 날씨가 포근했다. 어제 햇살은 유리창 안에서 쪼이는 것 같더니 오늘은 그것이 벗겨진 것 같다.

"어제 병원에 갔더니 아무것도 아니래여."

김선호가 쓴웃음을 짓고 말했다.

"의사가 내 사정을 알고 있더구먼, 이야기 좀 허자고 날 잡더니 지 아버지 이야기를 하는 거여."

김선호가 머리를 돌려 무덤을 보았다. 지금 김선호는 무덤 옆에 앉아 윤수정과 함께 골짜기를 내려다보는 중이다. 오전 10시 10분, 아래쪽 골짜기는 마른 나무가 엉켜서 을씨년스럽다. 겨울이면 껍질만 드러나는 골짜기는 노인의 피부 같다. 음지에 쌓인 흰 눈도 빛이 바래 있다.

"이봐, 태수 엄마, 올해 고추 농사를 더 벌였지만 소출이 당신 있을 때보다 오히려 3할이 줄었네."

김선호가 다시 무덤을 보았다.

"태수하고 동수한테 친지들에게 선물하라고 5킬로짜리 10포대씩을 보냈어, 희선네는 5포대 주고."

소출이 줄어든 이유는 올여름은 비가 많이 온 데다 병이 번졌기 때문이다. 구엔과 구엔 어머니까지 일을 시켰지만 인건비만 많이 들어가는 꼴이 돼버렸다. 바쁘게 지내려고 고추밭을 늘린 것이 더 손해가 나는 이유가 되었다.

"내가 요즘 기운이 없어."

김선호가 손을 뻗어 무덤의 마른 잔디를 쓸었다. 까칠한 촉감과 함께 습기가 묻어났다. 양지쪽이라 눈이 녹아서 그렇다.

"태수 엄마, 정 선생 말이네."

김선호가 잔디를 움켜쥐고 말했다.

"나한테 같이 살자는구먼."

어깨를 늘어뜨린 김선호가 말을 이었다.

"내가 전화를 안 받았더니 문자가 왔어, 긴 문자인데 읽어 줄게."

김선호가 주머니에서 핸드폰을 꺼내더니 버튼을 눌렀다. 그러고는 곧 문자를 찾아 읽었다.

"선생님, 당사자가 원하면 죄가 아니죠, 인연을 피하는 것은 비겁한 짓입니다."

머리를 든 김선호가 윤수정을 보았다.

"좀 당돌해."

대답을 기다리는 듯 잠자코 있던 김선호가 말을 이었다.

"교사로 있을 때도 그랬어, 그때, 교장 관사로 김치 얻으러 온 거 기억나? 남편이 죽기 전에 말여."

어깨를 부풀렸던 김선호가 문자를 다시 읽었다.

"사모님은 잠깐 출타하신 것으로 생각하고 옆에서 서로 말동무해요, 선생님."

김선호가 윤수정을 보고 나서 말을 이었다.

"아침에 깨워 드리고 주무시기 전에 잠깐 이야기하고 사는 거죠."

입맛을 다신 김선호가 윤수정에게 말했다.

"정 선생은 자기 전에 이야기하는 모양여, 당신은 암말 안 허고 잤는디."

김선호가 문자를 읽는다.

"참, 저도 혈압약 먹습니다. 그럼 말 안 해도 아시겠지요, 선생님."

"혈압약 먹는구먼."

"제가 먼저 갈지도 몰라요, 선생님. 그럼 선생님께 죄지은 것 같아서 죄송하지만 어쩔 수 없지요, 말을 못 하니까요."

"그렇군."

"선생님이 먼저 가시면 사모님께 보내 드릴게요, 자식들이 다 알아서 하겠지만 저는 두 분 앞에 절이나 해 드릴게요."

"누가 절하래?"

"사모님도 그럼 그러라고 하실 것 같습니다, 선생님."

머리를 든 김선호가 윤수정을 보았다.

"이것이 끝이여."

핸드폰을 윤수정 앞에 놓은 김선호가 말을 이었다.

"죽지 못해서 산다는 말이 이런 때 나온 것 같여."

"응?"

윤수정 쪽으로 머리를 돌렸던 김선호가 숨을 들이켰다. 무덤 뒤쪽에 윤수정이 서 있었기 때문이다. 김선호가 눈을 감았다가 떴을 때 윤수정은 사라졌다.

"다 들었구먼."

얼굴에 희색이 돌아온 김선호가 떨리는 목소리로 말했다.

"다 들었어, 어뗘?"

김선호가 그쪽으로 몸을 굽혔다.

"나, 죽어서 당신한티 가도 되겄어?"

김선호의 목소리가 떨렸다.

"살었을 때는 정 선생허고 같이 있다가 말여."

자리에서 일어서던 김선호가 비틀거렸다.

"이건 욕심이 아니란 걸 당신도 알지?"

발을 뗀 김선호가 다시 소리쳐 말을 잇는다.

"사는 날까정 좀 기운을 차릴라고 그러네."

김선호가 머리를 끄덕였다.

"물론 사람마다, 환경에 따라 다르긴 허지만 말여."

"아버지가 요즘 식사를 잘 안 하세요."

김희선이 말했을 때 김태수는 건성으로 들었다. 막 회의를 마치고 자금 계획을 검토하는 중이었기 때문이다.

"어, 그래."

대충 대답하고 나서 핸드폰을 고쳐 쥐었다.

"식욕이 떨어지신 거야?"

"그것도 그렇고."

김희선의 대답도 애매했다.

"유진 이모가 그러는데 밥을 많이 남기신다고…"

"아버지가 좋아하시는 겉절이나 생선 같은 거 좀 해드려야…"

그러다가 김태수는 김희선이 집에서 아버지하고 거의 밥을 같이 안 먹는다는 것을 떠올렸다. 첫째 미경이 학교 시간에 맞춰 아침을 먹이는데 그것은 '별채'라고 부르는 김희선 가족의 주방에서 식사가 만들어진다. 그것도 아침은 대개 빵과 우유로 먹이는 것이다. 거기에다 김희선 부부는 대부분 아침을 건성으로 때우고 출근을 하는 데다 저녁도 밖에서 먹고 들어오는 경우가 많다. 미경이도 집에 일찍 들어오면 별채 주방에서 차려먹는 경우가 많다고 하니 아버지는 거의 혼자서 식사를 하는 셈이다. 김태수가 가라앉은 목소리로 말을 이었다.

"아버지는 건강하시지?"

"네, 별일 없으세요."

"너, 지금 가게냐?"

"네."

그러고는 김희선이 주춤거리는 기색을 보였으므로 김태수가 긴장했다. 오전 10시 반, 김희선이 전화를 해온 것이다. 아버지가 식사를 잘 안 하신다는 이야기를 하려고 전화를 한 것 같지가 않다. 그때 김희선이 불쑥 물었다.

"오빠, 할아버지가 치매로 돌아가셨어요?"

"아니? 그런데 왜?"

"아뇨, 그냥."

숨을 들이켠 김태수가 자리를 고쳐 앉았다.

"왜 그러는 거야?"

"아뇨."

"아뇨라니? 할아버지 치매는 왜 물어?"

"아니면 됐고요."

"아니라니?"

김태수의 목소리가 높아졌다. 눈까지 부릅뜬 김태수의 얼굴이 상기되었다.

"이야기를 해, 이야기를. 내가 내려갈까?"

"저기요."

김희선이 다시 주저했으므로 김태수는 심호흡을 했다. 지금까지 김희선을 나무란 적이 없다. 막냇동생이었기 때문이 아니라 거의 부딪칠 일이 없었기 때문이기도 했다. 그런데 김희선이 아버지를 모시고 산 이후로 자꾸 비틀리는 느낌이 든다. 그것은 최혜영이 가장 먼저 느끼고 김태수에게 전해주었다. 아버지하고 같이 밥 먹은 경우가 거의 없다는 것도 최혜영이 알려준 것이다. 유진 이모가 챙겨주는 데다 일어나고 일나가는 시차가 있으니 당연한 일이기는 했다. 김희선이 아버지하고 같이 있는 시간이 거의 없는 터라 이제는 유진 이모한테 전화를 해서 안부를 묻는 형편이 되었다. 그럼 문촌리의 같은 집에 살 필요가 없는 것이 아닌가? 어느 날 갑갑한 최혜영이 혼자서 그렇게 말한 적도 있다. 물론 어머니가 계실 때는 이런 일이 일어나지도 않았다. 그때 김희선의 말이 이어졌다.

"아버지가 저녁때 가끔 딴소리를 해서요."

"뭐라고?"

"어젯밤에는 제가 조금 늦게 들어왔는데 제 뒤를 보면서 '네 엄마는 안 오냐?' 하셨어요."

"…."

"며칠 전에는 미경이가 유진네 집에 갔다 오는데 대문 앞에 앉아 계시던 아버지가 미경이한테 늦게 들어오면 할머니한테 혼난다고 하셨대요."

"…."

"미경이가 장난인 줄 알고 웃기만 했더니 마당에서 할머니가 기다리고 계신다고 했대요."

"…."

"미경이가 무서워서 날 부르고 난리가 났었어요."

"…."

"아버지한테 왜 장난치셨냐고 물었더니 당신이 무슨 말을 했느냐고 정색을 하셨어요."

"아버지가 식사를 잘 안 하셔?"

김태수가 김희선의 말을 자르고 물었다.

"네, 유진 엄마가…"

"알았다, 그리고…"

숨을 들이켠 김태수가 말을 이었다.

"할아버지 치매로 돌아가시지 않았어, 폐가 나빠서 앓다가 가셨다."

그러고는 김태수가 핸드폰을 귀에서 떼었다. 잠시 멍한 표정으로 앞쪽을 바라보던 김태수가 다시 핸드폰을 들고 버튼을 눌렀다. 곧 신호음이 울리더니 김동수가 전화를 받는다.

"아, 형."

"내가 방금 희선이 전화를 받았는데…"

김태수가 바로 용건을 꺼내었다. 아버지가 식사를 잘 안 하신다는 말부터 김희선한테 들은 이야기를 전하려고 했더니 김동수가 말을 자르고 물었다.

"나도 전화 받았는데. 형, 걔가 할아버지 치매 있었느냐고 묻지 않았어?"

오전 4시 50분, 파카를 입었지만 춥다. 머리를 들면 콧속으로 식초가 빨려드는 것처럼 신 대기가 흡입된다. 옆에 선 철수의 벌린 입으로 흰 입김이 뿜어 나온다. 주위는 아직 어둠에 덮여 있다. 골짜기 위쪽 하늘이 검은 껍질을 벗긴 것처럼 회색빛으로 변해 있을 뿐이다. 김선호가 윤수정을 내려다보고 서 있다. 마른 잔디가 빈틈없이 깔렸고 주위는 잘 다듬어졌다. 오늘이 윤수정이 떠난 지 일 년하고 한 달 반이 되었다. 윤수정 기일에 손자들까지 다 내려왔다가 올라간 터라 그때의 흔적이 지금도 주변에 남아 있는 것 같다. 이윽고 김선호가 무덤 옆에 나란히 앉았다. 나란히 앉아서 골짜기를 내려다보는 위치다. 철수는 앞쪽에 엎드려 둘을 번갈아 본다. 김선호가 입을 열었다.

"내가 자꾸 당신하고 이야기하는 버릇이 들어서 그렁개 벼."

김선호가 어둠에 덮인 골짜기를 내려다보면서 말했다.

"그러다가 저녁때면 머리가 뜨거워지는 것 같여, 그러고는 기억이 안 나는디, 내가 딴소리를 하는 모양여."

말을 그친 김선호가 물끄러미 앞쪽을 보았다. 정양숙의 문자를 받고 나서 연락도 하지 않았다. 연락이 끊겼고 그렇게 한 달 반이 지났다. 새해가 되었지만 아직 봄은 멀었다. 김선호가 다시 말을 이었다.

"치매 증상 같구먼."

김선호가 손을 뻗어 윤수정의 어깨를 쓸었다.

"치매는 오전에 멀쩡했다가 오후에 슬슬 나빠져서 저녁때부터는 증상이 심혀진대야, 태수 엄마."

머리를 돌린 김선호가 윤수정을 보았다. 얼굴에 웃음이 떠올라 있다.

"지난번에 애들 내려왔을 때 동수가 아침에 슬그머니 묻더구먼, 내 할아버지 그러니까 즈그덜 증조부가 어떻게 돌아가셨느냐고 말여."

윤수정은 듣기만 했고 김선호가 말을 이었다.

"개들한테는 그냥 노환으로 가셨다고 했지, 근디 내 할아버지는 치매로 가셨어, 나도 기억이 나."

"…."

"내가 초등학교 때 열두 살인가 그때 가셨는디 나한티 선생님이라고 하셨어, 저녁 무렵이었는디…"

눈을 가늘게 뜬 김선호가 골짜기를 내려다보았다.

"나한티 와서 절을 굽신 하시더니 '선생님, 저 내일 떠납니다.' 하시더라구."

"…."

"내가 놀라서 아버지한테 그 이야기를 했더니 아버지가 소문내지 말라고 하셨지."

"…"

"그 후부터 할아버지는 방에만 계셨고 두 달쯤 후에 돌아가셨어, 아주 편안하게."

김선호의 얼굴도 편안해졌다.

"돌아가실 때 내가 아버지하고 임종을 보았거든, 할아버지는 웃음 띤 얼굴이셨어."

"…"

"아버지가 '아버지, 편안히 가세요, 다 잊고 가세요, 아버지. 저희들도 곧 따라갈게요, 아버지.' 그러셨지."

"…"

"난 아버지의 부드러운 그 말씀이 지금도 생생혀."

김선호의 눈에서 눈물이 흘러내렸다.

"아버지는 갑자기 돌아가셔서 치매 걸리실 여유가 없었던 것 같여."

"…"

"일흔둘에 가셨지?"

윤수정을 돌아본 김선호가 말을 이었다.

"어떻게 생각하면 치매가 지난 인연을 지우게 만들어서 편하게 세상 뜨라고 하는 하느님의 배려 같여."

"…"

"안 그려?"

"…"

"당신 생각, 자식 생각을 지우고 떠나라고 말여."

"…"

"그렇게 다 잊고 떠났다가 저승에서 당신 얼굴을 못 알아 보면 어떻게 하지?"

그때 윤수정이 말했다.

"내가 당신 알아볼 테니까 걱정하지 마요."

놀란 김선호가 상반신을 세웠을 때 철수도 앞다리를 세우고 일어나더니 컹컹 짖었다.

"그려? 날 찾아낼 수 있겄어?"

김선호의 목소리가 떨렸다.

"아, 그럼 내 서방 못 찾것소?"

"컹컹!"

철수의 목소리가 골짜기를 울렸다.

"알었네, 이 사람아."

"그러니까 걱정 말고 사시오."

"컹컹!"

"내가 왜 새벽에 여그 왔는지 알지?"

"내가 모르겄소?"

"컹컹!"

"다음에 내가 새벽에 올 때는 저그…"

김선호의 시선이 작년에 윤수정의 신발을 파묻었던 자리로 향했다.

"저 신발을 파낼라네."

윤수정은 대답하지 않았고 철수도 짖지 않았다. 겨울 아침이 다가오고 있다. 그리고 새로운 봄이 오면 새 생명이 태어난다.

<3권 끝>